La fille
de l'ethnographe

Timour Muhidine

La fille de l'ethnographe

ROMAN

Emmanuelle Collas

Couverture & intérieur: Cheeri
Photographie de la jaquette:
© Slim Aarons/Getty Images

Éditions Emmanuelle Collas
SAS Emmanuelle Galaade éditeur
3, place André Malraux
75001 Paris, France

1

Nedjla

Je me suis débarrassée de ces vêtements que l'on m'impose depuis toujours. Devant la glace, nue comme au jour de la Création, je libère aussi mes cheveux : mon corps paraît bien fragile, un peu maigre par endroits, trop gras là où il supporterait plus de fermeté, de muscle. Suis-je belle ? Inutile de compter sur l'élégance des vêtements, cette fois. Pas de foulard, pas de chemisier, pas de robe, pas de bas, pas de soutien-gorge, pas de culotte, pas de chaussures, pas de bijoux, pas de maquillage. Rien que mon corps, les cheveux, les ongles, la peau qu'il faudrait encore adoucir, les poils que nous nous évertuons à traquer, un assemblage incongru, ces mains trop fines pour des tâches parfois difficiles, les pieds bizarrement accrochés à l'extrémité de mollets que je trouve maigrichons, ces hanches trop larges avec des excroissances osseuses, un ventre qui commence à saillir, ces seins trop petits, ces clavicules trop marquées. Un mammifère protégé par Dieu qui lui donne conscience de son état. Perfectible, cela va sans dire. Je tourne sur moi-même, j'aperçois des fesses trop charnues pour être à moi, si seulement j'avais le courage de me muscler et de courir, de nager, de faire du basket !

Voilà que ma mère entre dans ma chambre, un peu surprise de me trouver devant le miroir, elle s'amuse néanmoins de la situation.

« Tu essayes un maillot de bain ou tu évalues tes chances de te marier ? »

Je ne me donne même pas la peine de répondre.

C'est une chose dont nous ne pouvons jamais parler : la sexualité. Je suis sûre que je me pose davantage de questions sur la sienne qu'elle ne le fait sur moi. La nudité invite avant tout au rapport entre les corps. Mais c'est un peu notre maladie : un corps nu n'est qu'un corps qui s'est libéré des contraintes de la civilisation, rien de plus. Cela n'induit pas d'obligation de désir ou de rapports sexuels. C'est cela qui serait primitif.

La lumière directe du jour ne cache aucun défaut, c'est ce que je voulais : regarder les choses bien en face comme lorsque j'examine ma conscience. Je veux me débarrasser des illusions. Personne n'essaie autant que moi, je lutte… Je pourrais me rhabiller, sortir, me mêler à la foule et peut-être, sur les conseils d'un philosophe français que mon père a souvent annoté, me découvrir, face aux autres.

Reprenons : nue et forte. Nue face au destin qui m'attend. À l'extérieur, couverte et bien couverte. Moi et les autres restons dans le mystère. Sauf peut-être lorsque je bavarde avec les amis. L'échange des idées, souvent semblables mais aussi contradictoires, correspond à une forme de liberté. Je réalise que j'ai longtemps apprécié – et me suis contentée – d'une liberté au sein du groupe ou de la famille.

Mais le monde au-delà, les millions d'inconnus que je pourrais croiser, quelle liberté m'autoriseront-ils ? Au moins, celle-là, une fois gagnée, aura de la valeur.

De derrière la porte, ma mère appelle :

« J'ai préparé le repas, tu viens ? Il y a de la soupe... »

C'est infernal, ces appels incessants. Je ne suis plus une enfant, et on me brime. On m'enserre, on m'étouffe. C'est peut-être cela le rôle d'une mère. Je crois que je ne veux pas d'enfant.

Après cette longue après-midi passée au cimetière, j'ai retrouvé Samiye et une amie allemande – enfin, une Turque qui a grandi à Cologne, en Allemagne. Tiraillée entre l'envie de m'éclater et celle de me retirer en moi-même, je file avec mes copines dans les rues bruyantes du quartier des bars en tâchant d'oublier ce qui me retient d'avancer. Mon père, mon mec, Nadir, la vie quotidienne, mon engagement de femme musulmane qui bat de l'aile, rien ne m'aide à me stabiliser... Est-ce nécessaire ? La jeune Turque de Cologne, Sibel, fait des efforts désespérés pour participer à notre conversation et, d'une certaine manière, à nos préoccupations. Elle reprend nos expressions, en déforme d'autres... Elle est sympathique et vive, comme une cousine que l'on n'aurait pas vue depuis longtemps. Évidemment, on parle de nos études : elle est dans les relations internationales et fait aussi de l'anglais, dit qu'elle voudrait voyager, travailler en Afrique ou dans un pays d'Asie du Sud-Est. J'ai l'impression d'avoir entendu mille fois ce discours de jeune qui veut se rendre utile à la planète entière. Moi, ce n'est pas mon truc, on dirait que tout est interchangeable et que nos appartenances nationales sont faciles à gommer. Si, chez nous, les gens sont trop nationalistes et d'une manière souvent stupide, ces jeunes détachés de la vraie Turquie se laissent contaminer par un internationalisme qui ne mène nulle part.

Chaque fois que je passe devant les somptueux immeubles en pierre noircie, je pense à l'époque de l'occupation occidentale. Avant la conquête de Beyoğlu ! C'est une des blagues favorites de Nadir. Il s'amuse à imaginer la Turquie colonisée par les capitaux occidentaux et s'est fabriqué une fiction qui alimente sa rage politique, justifiant des choix de plus en plus limites. Mon père lui a dit en souriant qu'il lui rappelait beaucoup les gauchistes excités des années 1970.

À gauche, l'enseigne ECZANE aux lettres blanches sur fond noir : la pharmacie où nos bons copains – mais avec qui couchent-ils ? – s'approvisionnent en préservatifs et crèmes diverses pour leur épiderme fragile. Nous avons beau chercher le rapprochement, la compréhension, la fusion parfois, rien n'y fait. C'est sans doute une erreur que de chercher à les éduquer, à les transformer. Ce serait une forme de domestication qui met mal à l'aise et s'achève sur le modèle de nos parents. Maintenant qu'elle est veuve, ma mère semble s'en émanciper un peu... Quel désastre ! « Je ne crois pas que la France puisse te convenir », m'a-t-elle dit il y a deux jours. Ça alors ! Elle qui s'exprime assez peu sur ce genre de choses et très peu sur quelque sujet que ce soit.

Je reprends le parcours rituel des distractions dans une ville qui, pour finir, est aussi la mienne. Les vendeurs de soda, les petites épiceries étroites où l'on confectionne à la demande un sandwich, les panneaux, enseignes électriques souvent accrochées de travers, photocopieurs FOTOKOPICI, les étals de vêtements bon marché en vrac, et soudain surgit le STARBUCK'S ou le NORMA JEAN'S... Que font-ils dans ce paysage si exclusivement turc ? Deux derviches au poil gris et à la barbe en broussaille attendent dans un angle, l'œil indifférent. Non loin de notre habituel café en plein air, une forêt de tabourets a envahi le trottoir. Ceux de notre âge s'y regroupent pour le thé. C'est là que nous allons passer la soirée.

Samiye n'arrête pas de pouffer de rire : je ne sais pas ce qui l'amuse autant, peut-être mon air renfrogné. Le volume des voix, des cris et des enthousiasmes a enflé et nous a englouties. Nous reparlons des vêtements, un sujet qui nous obsède : ma mère est fanatique des tailleurs qui lui donnent l'allure d'une femme occidentale convenable mais pour moi, c'est un uniforme hideux, celui de la femme pseudo-musulmane. Elle a passé sa vie à s'accrocher à des idées petites-bourgeoises, sans réfléchir. Les personnes dans son genre évitent de penser.

Soudain, Sibel brandit un sujet qui devrait nous fasciner : elle a vu une émission de télé sur l'arrivée de la psychanalyse en Chine qui connaît un vrai engouement pour cette pratique. Un médecin, une femme, déclare que les besoins sont énormes, que l'on compte au moins soixante-dix millions de patients potentiels. Soixante-dix millions, c'est presque la population de la Turquie ! On imagine la quantité de paroles qui s'échapperait de toutes ces bouches. Soixante-dix millions de plaintes, de confessions, de récriminations et d'aspirations. Le plus étonnant restant le besoin pour une société de s'exprimer ainsi et d'aspirer à la thérapie occidentale. Ne peut-on trouver en soi, dans sa culture… Oh, et puis nous n'en savons rien ! Sibel, Samiye et moi imaginons des choses qui finissent par nous dépasser. Tout m'échappe, je sens le monde me glisser entre les doigts. Nous n'avons toujours pas appris à formuler nos pensées avec exactitude.

Lorsque Altun se joint à nous, la conversation revient sur des actions qui pourraient marquer les esprits. Nous nous emballons, parlons de plus en plus vite, avec frénésie, surtout ceux qui se considèrent comme de bons orateurs : Nadir essaie de regagner ma confiance, puis Hikmet se montre hésitant sur la marche à suivre, sans doute pour se distinguer des autres. On voit qu'il commence à pencher du côté des ultra-conservateurs. Samiye est une féministe qui transcende toutes les catégories politiques, Altun relie tout à la rupture du tremblement de terre de 1999. La prochaine fois, ce sera l'Apocalypse, il s'en nourrit mais ça lui dévore la tête. Une fois que chacun a bien lâché son torrent de formules et d'improvisations présentées comme des vérités mûrement réfléchies, je me sens au bord du découragement. Que va-t-il se passer, qu'est-ce qui nous attend ? Et puis, quelque chose me préoccupe beaucoup : lorsque notre groupe d'amis se met à envisager des actions violentes, les garçons se laissent prendre au jeu et rêvent de cette violence qui est devenue la marque des activistes arabes : en Irak, en Palestine et parfois au Liban ou en Égypte, les jeunes les plus instables ou les plus convaincus cèdent à l'appel de cette terreur, une forme de suicide. Comme s'ils préféraient se retirer de la vie, trop effrayante, trop fermée pour eux. Il est possible que ces jeunes gens n'aient aucun avenir, de toute façon. Il existe pourtant d'autres formes d'action, un engagement plus efficace qui pourrait amener un changement social. Ce sont les hommes qui rêvent de la fulgurance des explosions. Ils y cherchent une gloire éphémère parce qu'ils sont incapables de plus. Comme leurs projets eux-mêmes ne font guère rêver, ils finissent par s'abandonner à une mélancolie typiquement orientale.

Je sais, on me reproche souvent d'être trop lucide, je n'y peux rien. Et même Samiye me lance au visage que je suis la féministe enragée du groupe. Il est clair que je refuse d' être dirigée comme un mouton par des hommes dont les théories ne sont que des simulacres de pensée. On en revient vite à la question des intellectuels et de leur projet : dans ce pays, les intellectuels sont toujours de gauche. À gauche de nous, cela va sans dire.

À 23 heures passées, Nadir nous rejoint avec l'une de ses connaissances, un garçon réservé à la barbe impeccablement taillée – il doit y passer du temps ! Ces hommes nous concurrencent en temps de préparation, mon père s'en moquait toujours en réclamant le maintien d'un certain ordre viril de la société. Mes amis font semblant d'approuver cette exigence mais, enfants de leur époque, ils savent que ces déclarations émanaient d'un homme d'autrefois. Partagé entre la nostalgie d'un passé dont il voyait s'éteindre les derniers feux, et son existence présente.

Nadir qui est assis à côté de moi me caresse le dos, ne cesse de me prendre la main mais ignore que j'ai décidé de rompre avec lui. C'est un mec toxique pour moi. Son amour a un goût de prison et il m'ennuie. Son désir de tout transformer en sociologie, d'analyser avec des concepts démodés et étrangers notre monde, nos habitudes – en se concentrant surtout sur le politique – me fait bâiller de lassitude ! Il ne pousse aucune de ses idées à terme et n'est motivé que par un sentiment de revanche sur l'Occident, se targuant d'utiliser les armes de l'ennemi. Tu parles ! Il est le jouet de la propagation de systèmes de pensée élaborés à Chicago ou à Cambridge, et complètement aveuglé. Il me traite comme une enfant, ce mec est incapable de se comporter en amant ! Que disait mon père : pour avoir une vie de femme réussie, il faut avoir mené une vie de garçon. Élevée comme un homme, on finit par jouir comme un homme. Guerre à la tradition ! Adieu minauderies, délicatesses, pâmoisons du « beau sexe ». On prend ce que l'on a à prendre et l'on n'est plus la créature inférieure qui attend les hommages du mâle. Je suis en train de devenir lesbienne ou quoi ? Féministe, lesbienne, affranchie et en crise ! Après tout, pourquoi pas ?

Il est très tard. Personne ne veut rentrer mais nous sommes tous saoulés de la soirée. À l'angle de la place où nous guettons le *dolmuş*, deux femmes accroupies, le visage buriné et noir comme un mauvais rêve, vendent des fleurs d'un éclat incroyable. Toute la grisaille des façades, la saleté et la poussière du sol semblent effacées d'un coup, balayées par ces bouquets d'œillets, de roses, de renoncules assemblés avec grâce par les doigts épais des femmes de la lointaine banlieue. Les fleurs des Tziganes exhalent une fraîcheur de torrent de montagne, son vert si cruel qui efface la ville et toute sa fadeur, sa chaleur moite, son air vicié qui agit comme une mauvaise drogue. Je me demande si les villes d'Occident transpirent littéralement leur passé, comme Istanbul. Pour moi, c'est un avant-goût de l'enfer, un enfer agité, fébrile et musical. Alimenté par un passé qui refuse d'être balayé. Cette cacophonie de petites rues étroites, où les musiques semblent ricocher d'une façade à l'autre, me plaît tant. Tellement accordée au rythme chancelant de ma vie, mon étrange vie incomplète… MA VIE ! Ça pourrait être une enseigne au néon criard, bon marché, annonçant une gargote sinistre où la cuisine est mal tenue et donne sur une cour, où les chats se battent pour une arête de poisson.

Nadir est parti de son côté, il m'a donné un rendez-vous demain, et je lui ai dit que je n'y serai sûrement pas. Il a éclaté de rire pour prouver qu'il connaissait mes caprices. Les odeurs affolées par la chaleur et la pourriture occupent le quartier. En été, Istanbul sent la grillade, la mouette gavée de poisson rance et les pieds sales. Istanbul est un vaste corps à l'hygiène douteuse.

Je ne sais pas si je l'ai déjà dit mais j'ai l'impression d'être une femme-turban, à la tête couverte d'étoffe, dont la bouche, lorsqu'elle prend la parole, est comme une déchirure dans le tissu. Cette femme-turban, qu'évoque un écrivain français dont mon père a recopié plusieurs passages, m'intrigue. L'auteur de cette formule parle d'une chose qu'elle ignore, lointaine et qui constitue plutôt un acte d'élégance, une prise de position contre une raideur administrative, une conception grise de l'apparence, un militarisme de la vie quotidienne, alors que ce turban, tissu noble ou serviette nouée sur la tête, est avant tout une extension de la féminité. Il indique une aspiration au ciel et annonce une beauté dépassant l'humain.

Je sais ce que l'on raconte sur moi : elle est voilée, c'est une islamiste. Une conne. Une hypocrite qui fait ce que les hommes attendent d'elle. Ou ce qu'elle croit qu'attendent les barbus à l'air grave pour qui les hommes et les femmes doivent adopter une attitude digne... D'ailleurs, « digne » est un mot trompeur. Ce qui serait empreint de dignité, c'est de vivre sa religion librement, de la déclarer pour soi. *Amr bi-l-ma'rûf*. Le bien, le bon, le souhaitable. Comme tout est difficile et comme le regard de la société pèse ! Je me suis toujours demandé si ce genre de dilemme existait pour les Européens, mon père abordait assez peu cet aspect des choses dans son journal de France.

Ça ne devait pas beaucoup l'intéresser, son regard se concentrait sur les détails de la vie quotidienne. Le Bien ou le Mal, ce n'était pas ce qu'il recherchait. Il parlait très peu de religion alors que la population qu'il observait en pratiquait une et que, contrairement à ce que nous imaginons, cette religion reste fortement ancrée dans la société. Les prêtres conservent leur importance, les congrégations religieuses sont bien là, même si elles semblent baisser la tête, de nombreux enfants fréquentent des écoles et des lycées catholiques... Les hommes politiques eux-mêmes marquent leur choix religieux, sans honte dirait-on. Et mon père n'abordait ce sujet qu'avec désinvolture voire désintérêt, il laissait croire que la vie en France avait été complètement gagnée à la laïcité. Quel jeu jouait-il ? Je ne peux pas croire qu'avec la finesse de son regard il n'ait pas perçu ça. Il préférait ne pas en parler. Il nous le cachait.

En arrivant au cimetière, j'ai aperçu un fossoyeur vêtu d'une salopette beige crasseuse qui poussait une brouette. Il s'est arrêté, s'est baissé pour déposer les brancards de la brouette et rallumer sa cigarette. Puis il m'a jeté un coup d'œil et s'est éloigné avec son petit chargement de terre. J'ai hésité à venir seule : il fallait prendre un autobus puis un bateau pour traverser le Bosphore, attendre un second autobus, mais j'ai préféré le taxi. J'ai gravi une pente avant d'accéder au cimetière. Signalé par des bosquets de cyprès, entouré d'un haut mur de pierre, il est immense. Chaque fois que j'ai cherché quelqu'un pour m'indiquer l'allée, la silhouette se dérobait. Seul un chien famélique, une oreille inclinée sur le côté et la queue entre les pattes, m'a suivie en zigzaguant entre les tombes. Le temps est maussade et de grands coups de corne de brume montent du Bosphore, loin derrière les arbres.

Papa est mort depuis six mois. Ma mère et moi nous étions promises de venir nous recueillir sur la tombe cette semaine mais je n'ai pu attendre et me suis dit que je ferais mieux de prendre l'habitude de venir seule. Il est temps d'adopter d'autres règles : j'ai vingt ans et dois prendre mon destin en main.

Peu de voitures pénètrent dans les cimetières mais il arrive qu'on les y autorise. Perdue dans mes pensées, j'ai entendu un véhicule s'approcher et la portière claquer. Je ne me suis pas retournée. Absorbée par la tombe d'un officier d'aviation dont la pierre tombale est couverte de fleurs, je me disais que certains morts sont plus fêtés que d'autres. Le bruit des pas sur le chemin goudronné puis le crissement des semelles sur le tapis de gravier qui s'est accumulé aux abords des sépultures m'indiquent que les visiteurs se rapprochent. Je vois surgir une dame âgée, la tête découverte, qu'accompagne un homme marchant à grandes enjambées. Le couple me salue et poursuit vers l'intérieur de la concession – les tombes étant fort rapprochées, il n'est guère aisé de se faufiler entre elles sans trébucher contre la base des tombeaux ou sans se tordre les chevilles sur le sol passablement bosselé et jonché de débris de branches. Cette petite femme recluse dans son habit noir et cet homme de haute taille, dont les jambes et les épaules forment un ensemble géométrique à dominante sombre se détachant sur le ciel, me rassurent : placés hors du monde, abstraits, ils sont le chagrin et la paix qui conviennent. Pas de fausse note dans le grand calme qui m'a envahie : ce n'est pas du bien-être, ce n'est pas de la joie ou de l'amour, il s'agit d'un abandon des sentiments et des passions, une sorte de vide où je flotte – et ce déjà depuis plusieurs jours. Alors qu'une souffrance insoutenable s'est abattue sur moi, je ne pense qu'à me révolter contre le chagrin muet de ma mère. Je vogue sur un océan de douleur rageuse, lancinante, parfois interrompue par une puissante indifférence, qui me submerge à son tour.

J'ai vingt ans et ne domine rien, ne désire rien.

«Vous pourriez nous indiquer l'heure, ma petite?

— Bien sûr.

— Nous ne venons pas souvent. Nous habitons loin d'Istanbul», reprend la vieille dame.

J'observe le couple avec attention: ils sont tous les deux assez beaux encore, l'air distingué. Un juge ou un professeur d'université. La femme ajoute pour finir, en désignant une tombe éloignée de quelques pas:

«C'est notre fils.»

Je dis: «Que Dieu le garde!»

Il n'y a rien à ajouter. Je ne connais rien de plus glacial que la mort des proches.

Depuis des jours maintenant, je relis ces passages du journal de mon père et me dis que son récit des années critiques en Europe nous offre plus d'une clef. C'était une époque particulière, les jeunes bourgeois s'étaient révoltés contre l'ordre ancien, beaucoup étaient devenus hippies, la société s'était mise à dénigrer le travail, les formes de relations trop conformistes. Tout cela a échoué, c'était inévitable. Pourtant, quand je lis les réflexions de mon père sur ce monde en déclin, j'apprécie la finesse de son regard, ses analyses – qui parfois m'échappent – et me dis qu'il avait probablement raison sur de nombreux points. Mais une hésitation ou un regret semblait l'empêcher d'aller jusqu'au bout de son raisonnement. Plus attendri par son sujet d'étude que véritablement incisif. À chaque ligne, je m'attendais à ce qu'il condamne, et avec sévérité, les errances de cette société.

Je pense, et il faudra que j'aborde la question dans notre comité de femmes musulmanes, que c'est la décadence de l'amour, la bassesse de ce qu'ils appellent « amour libre », le vagabondage sexuel qui annoncent la fin de leur civilisation. Ils sont à bout, épuisés, malmenés de toute part.

Nadir trouve que j'exagère : je sais qu'il prend mon père pour un fou ou un illuminé qui a raté sa vie. De toute façon, Nadir ne peut pas vraiment comprendre ce genre de choses. Il est sans malice, et c'est aussi pour cela que je l'aime. Son conservatisme est parfois désarmant, il s'attache à des choses sans importance.

« Tu ne devrais pas fumer, Nedjla !

— Jusqu'à nouvel ordre, je fais ce qui me plaît.

— Comme tu veux. Mais ça donne les dents jaunes. »

Quel idiot ! S'il croit me convaincre comme ça. Dans une société meilleure, il faut de l'égalité, mais les hommes sont rarement à la hauteur de ce genre d'ambition. Ils causent, ils argumentent puis rentrent dans leur foyer, se disputent un peu avec leur mère et ressortent. Ils vont boire de la bière ou du raki en cachette et serrent leur chapelet avec plus de conviction. L'amour ? C'est quelque chose de trop fort pour eux. Le voile, ça ne devrait pas être un problème. Je sais ce que j'ai à faire.

Je suis restée une bonne heure devant le miroir à le mettre, l'enlever et le remettre. Je réalise aujourd'hui qu'il ne sert à rien de s'attacher à ces détails, ce sont les plus faibles d'esprit, ceux qui simplifient tout qui sont les plus enragés pour conserver ces apparences. La religion, la culture, ce ne sont justement pas les apparences.

Je ne vois pas ce qui m'empêcherait de jouer avec le scandale : une tenue plus affriolante, les cheveux libres, le regard planté dans celui des hommes, moins d'appréhension face aux étrangers que je croise dans notre ville. Car ce sont eux les malheureux : il y a quelque chose dans notre histoire et notre civilisation qui nous a appris à les considérer comme des êtres plus forts, plus performants que nous... Mais, d'après ce que je peux voir, la plupart des Américains, des Allemands, des Anglais ou des Français qui viennent s'installer ici, vivent, mangent, travaillent à Istanbul, développent d'étranges réflexes. Je me demande souvent quel genre de personnes ils étaient chez eux, sûrement pas les meilleurs représentants de leur nation, s'ils avaient été vraiment occupés à quelque chose d'essentiel pour eux et leurs compatriotes, ils ne seraient pas venus s'échouer ici. Et puis ils se montrent un peu ridicules dans leurs efforts pour imiter les Turcs, s'intégrer à la vie de l'Orient comme ils disent. Ici, ce n'est pas l'Orient, cela n'a rien à voir avec l'Orient, c'est quelque chose entre les deux, plus près de l'Occident. On joue parfois à l'Orient, cela nous amuse beaucoup, surtout s'il y a des témoins. Quant aux expatriés, une tradition déjà longue chez eux si je ne m'abuse, ils sont infects. Vaniteux, ignorants de tout sauf des récits horrifiés de leurs amis ou des souvenirs anciens des membres de leur famille.

Certains, je l'ai entendu de mes oreilles, remettent sans cesse la bataille des Dardanelles sur le tapis. Mais qui se soucie encore de la Première Guerre mondiale ? Non pas que l'Histoire ne nous intéresse pas, mais c'est un tel poids. Un blocage, oui, j'appelle ça un blocage... En tenir compte ne signifie sûrement pas subir toutes les avanies. Ils continuent de parler de Gallipolli comme si l'événement était tout frais. Ce sont des imbéciles ou quoi ? Dans quel monde vivent-ils, ils veulent nous fourguer leurs vieilleries, nous imposer leurs conflits jusqu'à la fin des temps ? Je me sens tellement en dehors de ça. De plus en plus souvent, je vois les choses ainsi : deux groupes humains, pris dans leur fierté, s'observent et se mesurent chacun avec ses convictions, ses ambitions, ses règles et l'envie de vendre ses produits et d'imposer ses idées. C'est ainsi que nous nous tenons face aux Européens... C'est aussi comme ça que les Européens sont avec nous.

De temps en temps, un individu cherche à comprendre la logique de tout cela, les raisons profondes de nos divergences. Et il s'y casse les dents. C'est ce qui est arrivé à mon père. Tant d'années passées à observer, écouter, participer à la vie d'une population radicalement différente. En réalité, une population fondamentalement semblable. Il s'en est lassé. Même lui a fini par céder. Quand il est rentré, il a choisi de se consacrer aux arts traditionnels, s'est laissé séduire par la musique des siècles passés et, pour finir, a endossé le rôle de l'intellectuel conservateur. Sa trajectoire a effectué une boucle. Il s'est trahi et a trahi notre confiance. Je lui en veux. Mon père avait aussi un ami prêtre, un de ces catholiques établis en Orient depuis belle lurette et qui enseignait ici et là dans les collèges étrangers. Le père Jacques. Une bonne nature, passionné d'archéologie byzantine, féru aussi de poésie arabe car le turc ne l'intéressait que pour la vie quotidienne, il embringuait Oktay dans d'interminables conversations sur des sujets complexes. À plusieurs reprises ils avaient abordé la vie du Prophète et fini par une comparaison avec les Évangiles, sans qu'aucun ne cède devant l'autre. À grand renfort de références théologiques, géographiques, politiques, ils ferraillaient aimablement, le thé et les cigarettes se succédant : « Non, non, je ne peux admettre cette formule Oktay Bey, je ne vous la concéderai pas... » Et mon père éclatait de rire, prenait un livre, citait parfois un de ses poètes favoris dont les vers semblaient – à moi tout du moins – n'avoir aucun rapport avec ce débat. Plus d'une fois, la conversation s'était achevée par des éclats de voix, une porte qui claquait, mais les deux amis se retrouvaient assez vite ou se ménageaient une consolation au téléphone...

« Oktay Bey, vous qui êtes un homme intelligent, vous fréquentez trop les auteurs du XVIIIe, surtout ce Donatien de Sade qui vous tourne la tête. Il est très surévalué par nos intellectuels depuis les années 1960. Je suis étonné de voir ces histoires de coucheries retenir votre attention : chez lui le corps s'agite sans parvenir à éteindre les feux qui le tourmentent, que nous apprend-il que nous ne connaissions déjà ?

— Jacques, vous savez bien que mon auteur s'adresse très peu à la tête.

— C'est ce que vous croyez. C'est justement parce que c'est un cérébral... Ah, ces fantaisies d'Ancien Régime, vous ne pouvez pas vous laisser abuser... »

Et le débat reprenait, plein de détours, de scintillements et de naturel. Je n'étais jamais loin quand ces discussions se déroulaient, soit dans le couloir, soit accroupie dans un coin de la bibliothèque où mon père tolérait ma présence. Je crois qu'il aimait bien me sentir là, en train de m'imprégner de livres et d'idées. En fait, je ne désirais rien tant qu'être près de lui.

Certes, c'était un jeune révolutionnaire quand il est parti en Europe, mais il a compris au fil des années ce qui nous différencie de ces gens. Je comprends mieux ses remarques et ses préventions maintenant. Que disait-il ? « Je suis un ethnographe, il faut bien faire la différence. Nos compatriotes ont souvent visité l'Occident mais avec retenue, voire un certain complexe, ils n'osaient pas vraiment se prononcer sur ce qu'ils voyaient. Au mieux, c'étaient des touristes éclairés ». Mais je crains qu'il ait un peu vite oublié que nous étions davantage qu'une zone frontière de l'Europe. C'est l'Europe qui est notre frontière et qui constitue la limite que nous ne voudrions pas franchir.

Je me suis réveillée ce matin, certaine que notre planète, cette petite boule de matière et d'air et d'eau n'en a plus pour longtemps. C'est-à-dire au regard de l'éternité. Un jour, le soleil finira par s'éteindre et notre galaxie sombrera dans l'obscurité, le froid absolu et le silence. Je ne me sens pas très exaltée par cette idée. Tout le mal que l'on a pu se donner pour maintenir la civilisation !

Évidemment, ce n'est pas mon cas mais imaginons que j'en aie l'intention. Je me sens entravée avant d'avoir entrepris quoi que ce soit, comme une fourmi qui aurait conscience de la fin qui menace la fourmilière. La différence, c'est que les insectes s'en foutent complètement et que rien ne peut interrompre leur agitation. Il y a des jours où je ne crois plus en Dieu, il y a des jours où tout me paraît inutile, et même de savoir d'où l'on vient… S'abandonner au courant de l'existence toute simple, cesser d'interroger le sens qui ne nous sera jamais révélé, faire l'expérience de l'hédonisme. Quelle pagaille d'idées ! Par exemple, vivre comme les plus humbles et, malgré les difficultés, les piétinements, les limitations qu'impose notre état, se prosterner en quelque sorte chaque jour devant la puissance de Dieu. Ce qui n'empêche pas de douter. Si je ne m'impose aucune épreuve, qui m'en imposera ? Dans notre milieu, on a plutôt tendance à les éviter car le destin que nous endossons dès l'enfance ne s'y prête guère. Si je passe à la seconde étape, il est peut-être envisageable de fréquenter d'autres personnes, des étrangers en particulier. C'est là que le marquis de Sade commence à m'intéresser comme il a intéressé mon père : l'assemblage de corps et d'étreintes, ces combinaisons qui confinent à l'abstraction, me ramènent à ce presque-rien que nous sommes : petit sac de chair et d'os jeté dans le monde pour, certains le croient, changer, adapter les choses, les améliorer. En réalité, maintenir l'espèce qui ne le mérite guère et tenter l'équilibre entre le milieu social, l'individu et ses convictions, quand elles existent ! Nous avons même, en réunion, abordé la question de la pornographie, ce flot de bestialité et de commerce illicite qui nous assiège. On en voit les prémisses dans les habitudes relâchées des Occidentaux et les préceptes de ce noble français que mon père cite à plusieurs reprises. C'était un dément que les Français prennent pour un auteur, et classique de surcroît ! La question a son importance car la débauche peut tenter de nombreux jeunes et les livres autorisent à croire que cela est possible. Plus encore, dans un esprit nihiliste et moderne, ils peuvent croire qu'y réside une part de bonheur. Le danger me semble encore plus grand pour l'esprit religieux qui pourrait se montrer attiré par ces errements, car il y a de la force dans les arguments de ce noble enfermé dans la prison de La Bastille. J'ai même trouvé des extraits traduits par mon père dans la masse de

papiers qui accompagnent son Journal. L'un était si osé et en même temps si démodé, que j'ai failli éclater de rire, seule dans le bureau.

Je n'ai pas osé confier à mes amies que mon père avait connu une femme. Qu'il en ait connu une, admettons, mais il semble avoir eu l'intention de passer sa vie avec elle ! Si je comprends bien toutes ses allusions, ils étaient comme mari et femme. Il a envisagé une vie commune, un avenir partagé avec quelqu'un qui n'avait rien de commun avec lui justement, ni son histoire ni ses traditions. Il est probable que, comme font les hommes dans ce cas-là, mon père a envisagé une conversion complète, l'abandon de ce qui le faisait, lui, de ce qui le fondait. Comment peut-on à ce point céder à la terre étrangère ? Ai-je failli être supplantée dans son cœur et dans la vie réelle par des sœurs et des frères issus de cette femme ? S'il n'avait pas lâché prise et décidé de rentrer en Turquie puis s'il n'avait pas rencontré ma mère... Dois-je encore croire le récit bien romantique de leur rencontre, ces premiers mois – faut-il dire ces « premiers temps » ? – teintés de bonheur sans partage ?

Mon Dieu, il faudrait que je réfléchisse à tout cela à tête reposée car je me suis promis de regarder les choses en face. Afin de commencer ma vie sous des auspices favorables.

Plus j'y pense et plus je me dis que la vie doit être menée comme une séance de prière, comme un effort effectué dans la joie. Il faut faire des choix fermes, pas comme mon père qui a trop tergiversé. Je comprends son raisonnement initial, cette volonté de reprendre à la base la conception des étrangers dont la civilisation nous a dominés, mais comment a-t-il pu se montrer aussi timoré dans la compréhension de ce que nous, nous possédions et que les Occidentaux ont perdu depuis longtemps ? Tout le monde le sait ici : notre mode de vie, peut-être imparfait du point de vue des priorités économiques, est différent, son rythme est différent. Même si cela ne se voit pas au premier abord, il bénéficie d'un avantage exceptionnel : le respect et la considération de l'humain. Oui, je n'ignore pas les critiques que l'on nous oppose toujours, je connais bien ces jugements. Ils résonnent à mes oreilles avec toute la force de l'injustice. Le plus surprenant pour moi, c'est que mon père se soit embarqué dans ses longues recherches en partant du postulat que les Français cachaient leur jeu et qu'ils étaient à la fois plus primitifs que ce que le brillant de leur civilisation et le rayonnement de leurs diplomates laissaient paraître... Mais aussi plus en avance que ce que leur perte d'influence laissait à entendre. Ils le sont à un degré que mon père n'a jamais voulu voir : ils sont brutaux d'une autre manière, ils sont dominateurs, vaniteux et sans considération pour ceux qui sont en face d'eux.

J'ai parfois l'impression de les détester autant que mon père a pu les aimer. Comme si, dans notre famille, nous étions condamnés à entretenir des relations avec ces Européens. On m'a souvent raconté, comme un récit mythique de nos liens privilégiés avec l'Occident, que l'oncle de mon père, Chakir, avait participé à ce périple sur le *Karadeniz*. Un navire affrété par la République, représentation flottante d'un pays en pleine renaissance, qui effectua le voyage de Constantinople à Leningrad, en je ne sais combien d'escales à Barcelone,

Liverpool, pour finir à Dantzig, n'hésitant pas à proposer des expositions de photos et des concerts, bref une croisière militante et inspirée. Au retour, dans l'été 1926, l'accueil à Marseille avait été glorieux et enthousiaste. La bonne bourgeoisie de la ville s'était rassemblée sur le quai pour saluer le navire pavoisé de drapeaux turcs, ce drapeau qui enfin incarnait une identité ! Mon père m'a raconté que Chakir avait invité à bord une jeune fille qui lui avait tapé dans l'œil et avec laquelle il correspondrait longtemps – quelques lettres se trouvent encore dans les boîtes en carton classées par année dans le bureau de mon père, sans doute accompagnées de commentaires insistant sur les erreurs « indigènes ». Il l'avait promenée le long des coursives de l'énorme *Karadeniz*, l'encourageant à découvrir les stands de faïences d'Iznik, de tissus de Bursa et de Hereke, de tapis, de loukoums et de bijoux en ambre, tout ce qui, en un regard, peut faire surgir la Turquie. Oktay a quand même la dent dure ! Pour lui, tous ces produits sont de la verroterie que nous proposons aux indigènes, à ces étrangers qui ne demandent qu'à nous aimer parce que nous sommes bons et simples, après avoir eu peur de nous pendant des siècles. Moi, je me demande quel pas de danse a rapproché Chakir et la jeune Française, charleston ou cake-walk, stimulés par l'orchestre Riyaset-i Cumhuriye Müsiki Heyeti – rien de moins que quarante-six musiciens embarqués avec eux dans cette aventure ! En tout cas, habité d'une folle nostalgie pour l'Europe, il n'avait que très lentement renoncé à cette femme, au même rythme lent et douloureux qui l'avait amené à renoncer à ses rêves d'Europe.

Dans notre famille, on a le sentiment que ce sont les hommes qui écrivent l'histoire, y compris l'histoire personnelle. J'ai bien l'intention de raconter celle des femmes, l'histoire clandestine de ces vies moins prestigieuses mais aussi riches. Quand je pense que Chakir, devenu un brillant géographe, cartographe de toutes les régions bordant la Géorgie et le littoral oriental de la Mer Noire, et en quelque sorte initiateur de mon père qu'il emmenait fréquemment dans ses randonnées, finirait comme un vagabond, rongé par l'alcool et les doutes, coupé des siens et de la religion. Les hommes sont chez nous bien moins résistants que les femmes. Et cela pose aussi la question d'une vérité historique : dans les récits de mon père comme dans son journal, on voit que l'aspiration maladive à l'honnêteté prête à sourire et l'on ne peut s'empêcher d'imaginer certaines scènes : à Marseille, il est notoire qu'une foule d'Arméniens s'était rassemblée au pied du navire et beuglait : « Turcs assassins ! Rentrez chez vous, Marseille sera votre tombeau ! » Et les marins, dockers, ouvriers français qui passaient par là, ignorant ces histoires mais s'amusant de voir conspuer des musulmans, des Turcs en chapeaux et casquettes comme de vrais singes de l'Occident, avaient joint leur voix à celle des manifestants... Un soir, des pots de peinture rouge censée évoquer le sang versé au cours des massacres avaient été lancés contre la coque du navire, et quelques excités avaient même tiré au lance-pierres avec des boulons, cassant un hublot ou deux, blessant un matelot à la tête lorsqu'un desdits boulons avait ricoché sur un canot de sauvetage. J'ai lu aussi que la peinture rouge était restée collée là où elle avait dégouliné, sur le bas de la coque, et avait coloré une partie du quai, rappelant, longtemps après son départ, l'emplacement exact du navire que l'on n'avait fait que tolérer. « Devant la Joliette » : c'est ce que retient le journal.

Apprendre une langue étrangère est vraiment un enjeu de taille. On s'en rend compte lorsqu'on n'a jamais fait cet effort. On prend la mesure de ce qui manque, on est comme amputé d'une partie de soi-même. Le français a toujours été présent chez nous, comme un luxe inutile mais que l'on aurait conservé à tout hasard. On en utilisait des bribes, des petits mots devenus expressions familiales et familières, c'était notre langue bien à nous, truffant la phrase turque de signes d'étrangeté bien connus. Comme dans son journal, tenu en français et que je m'efforce depuis quelques semaines de déchiffrer.

2
L'ethnographe

Janvier 1967 : déjà deux longues années que je suis établi dans cette bourgade de Franche-Comté située sur les contreforts des monts Jura. La petite gare, où le train de Paris marque un arrêt avant de repartir vers la Suisse et Lausanne, est enfouie sous les arbres et toujours vide. À l'arrivée, il faut attendre l'autocar qui rejoint la place du marché en quelques minutes car, à pied, cela prendrait une bonne heure. J'ai noté que les habitants de D. étaient peu mobiles, ils se rendent rarement quelque part s'ils n'ont pas de voiture. Mais ne croyez pas que j'aie atterri là par hasard, par dépit ou faute de mieux. J'ai parfaitement calculé ce que ce séjour et cet isolement dans une région mal connue et délaissée par mes pairs pouvaient apporter à la science.

La science ! Mon unique objectif, mon but ultime, justifié par ses seuls principes, ma religion. Oui, j'y crois comme d'autres croient en Dieu ou en ces fameuses valeurs qui tiennent lieu de chemin dans l'existence. J'aime la solidité que donne cet objectif et, en même temps, refuse les contraintes admises par mes prédécesseurs, des générations d'hommes intelligents, sensibles, inventifs et qui

– c’est désormais mon avis – ont cédé à la facilité. Quant à moi, j’ai évité pendant plusieurs mois de bouger, considérant que mon travail était primordial et ne souffrait pas de distraction.

Je n’ai pas tardé à prendre conscience de l’abîme qui me sépare de mes nouveaux compatriotes. Dès les premiers mois, j’ai eu la conviction que, dans ce pays froid où l’obscurité tombait dès 5 heures du soir, il faudrait se résoudre à vivre une longue période d’hibernation. Sur le plateau anatolien, on est confronté à la même situation : à l’approche de l’hiver, il ne reste qu’à se calfeutrer à l’intérieur, à regarder les arbres se tordre sous les bourrasques et attendre que la neige submerge le paysage.

Dans la salle du café meublée de quelques tables en bois rugueux et d’un poêle électrique, dans ce désert humain où la lumière diffuse se charge d’atténuer tout sentiment, j’ai l’impression que la solitude est venue se ficher dans mon cœur comme un pieu. Ce qui, au départ, n’était que l’inquiétude de se trouver à l’étranger s’est mué en sentiment d’abandon. Pourtant, je me répète que j’ai choisi cet isolement au nom de la science. Les conversations flottent entre les tables alors que la musique de variétés, familière à celui qui fréquente ces parages, aide à lutter contre l’engourdissement. L’atmosphère à la fois rassurante et triste me confirme l’accoutumance au paysage. La vie suit son cours et je m’accommode de cette énigme.

Depuis mon installation, j’ai pris la décision de tenir, parallèlement à mes recherches, un journal qui consigne découvertes et interrogations. J'y adjoins des croquis qui permettent de mieux visualiser la situation. Mon quotidien est simple et sans relief : j'occupe un studio presque vide dans un immeuble en pierre, situé non loin du centre. Si l'on peut appeler ça un centre ! Une place ombragée où se concentre l'activité de la bourgade et qui, dès l'automne, prend des airs de deuil permanent. J'ai des voisins discrets, qui entrent et sortent promener leur chien à heure régulière et ressortent parfois pour aller acheter quelque provision manquante : les Girard, un couple avec un enfant, sont mes compagnons d'étage et nous avons pris l'habitude de nous saluer chaque jour mais j'ignore s'il est possible de pousser plus loin avec eux.

Après tout, je ne peux m'en prendre qu'à moi : j'aurais pu rester à Paris ou chercher une ville de plus grande taille mais cette bourgade constitue un terrain d'étude idéal. Contrairement aux conseils de mes maîtres qui m'ont désapprouvé quand j'ai entrepris cette analyse anthropologique, je pense avoir eu le nez fin : la civilisation française se joue dans les détails de la vie provinciale, dans les moindres recoins d'une société qui ne s'expose pas au regard des étrangers ni aux voyageurs de passage.

Quels arguments ne m'a-t-on pas opposés ! Depuis deux siècles, la France est le pays d'Occident le plus familier pour les Turcs, qui connaissent parfaitement la vie de ses habitants. Il n'y a rien à découvrir sur ces gens-là. Le triangle catholicisme-bourgeoisie marchande-esprit révolutionnaire n'a plus de secrets pour nous. Le doyen de la faculté, Djavit

Ural, un homme tout à fait affable et qui n'a pas pour habitude de démoraliser les jeunes chercheurs, m'a reçu avant mon départ et tenu ces propos : « Mon cher Oktay, tu vas t'embarquer pour le grand voyage en Europe. Tu es bien formé, tes lectures sont nombreuses et solides... Je sais que tu es un esprit curieux, les conditions sont réunies pour que tu rédiges un travail de valeur. Mais n'oublie pas que les gens que tu vas rencontrer, puis étudier sont des *gâvur*. » Il s'est arrêté sur ce dernier mot : *gâvur*, les non-musulmans. Il était clair que mon projet ne soulevait pas l'enthousiasme à Istanbul, il sentait le réchauffé.

Je n'ai confié à personne l'étape suivante : mon intention d'explorer les provinces françaises les unes après les autres afin d'établir un catalogue aussi complet que possible de la vie locale et de disposer de traits de comparaison plus larges. C'est pourquoi, en octobre de cette année, afin de faire une pause dans mes investigations de l'est de la France, j'ai pris la décision de visiter le Midi. Non pas les rives de la Méditerranée, que je connais ou ai l'impression de connaître, mais une ville de l'intérieur.

Un après-midi, en descendant du train qui avait longuement serpenté depuis Lyon, je me suis retrouvé face à la porte d'entrée monumentale d'une cité qui ne manquait pas de charme mais qui m'a immédiatement semblé étouffante avec son dédale de ruelles. Dieu sait que je ne suis guère sensible aux ruines romaines ou moyenâgeuses. Après une longue promenade dans les venelles de pierre ocre où le passé me rongeait les yeux, je suis allé m'échouer dans un café : c'était un vaste bistrot au sol carrelé et frais, au bar en bois surmonté de panneaux représentant plusieurs scènes de corrida ainsi qu'un portrait de jeune paysanne souriante en costume traditionnel, sans oublier une fresque murale sur laquelle un bouquet de tournesols côtoyait la bouteille de pastis. Au fond, devant la porte entrouverte des toilettes qui dégageaient une odeur âcre de nettoyant industriel, un dernier tableau représentait les gardians dans un paysage de Camargue.

« C'est pour déjeuner ? » a demandé la serveuse sans âge
après m'avoir vu détailler la carte du jour.

Vêtue d'un pantalon court qui s'arrêtait sous le genou et d'un chemisier à fleurs, la femme dégageait une grande tristesse et aussi un peu d'exaspération.

« Je vais seulement grignoter quelque chose. Donnez-moi une bière, en attendant. »

Heureusement que l'on m'a appris correctement le français au lycée à Istanbul. Chaque jour, je suis confronté aux questions et aux bizarreries des habitants, au café, dans les magasins et les administrations où je me rends, et ma seule arme c'est justement cette langue. Mon regard décrit un demi-cercle avant de tomber sur une énorme tête de taureau empaillée qui trône sur le mur à côté du poste de télévision que l'on vient d'allumer : le match de football commence. Avec ses yeux en verre globuleux, la bête noire comme l'enfer m'aurait presque fait peur. Je suis sûr qu'un culte secret est encore rendu à cet animal puissant : cela voudrait dire que les croyances païennes, comme en Turquie, restent ancrées dans le quotidien. Les *gâvur* méritent bien leur nom. D'ailleurs, les auteurs français du XIXe siècle ont repris, par goût du pittoresque, ce mot de giaour. Des incroyants, mais fichtrement intéressants.

Derrière le bar, le patron s'amuse à exciter deux clients qui se tiennent campés à quelques mètres du poste, prêts à hurler un score. J'ai en permanence l'esprit occupé par la question de l'étranger et continue de creuser cette réflexion : le plus simple serait sans doute de considérer qu'il s'agit d'une notion culturelle, simple et sans ambiguïté, ou d'accepter de croire ce que mes nouveaux amis me répètent pour me rassurer, une main amicalement posée sur l'épaule. Mais je n'arrive pas à me laisser convaincre par ces théories optimistes.

Tout à l'heure, je suis passé sur le quai du Rhône, et la puissance tranquille du fleuve m'a réconforté. Les eaux limoneuses s'accordaient bien avec la pierre rousse des murs de soutènement, dont la surface grêlée témoignait de l'histoire de la région.

Les trois hommes rassemblés au comptoir viennent de lâcher un rugissement : « Buuut ! »

En ce moment je suis surtout tracassé par la structure des relations familiales. En France, il semblerait qu'il n'y ait plus de règles précises et adoptées par tout un chacun : tant de schémas se présentent sous les yeux, tous en conflit pour obtenir la suprématie. Et comme beaucoup sont de l'ordre du domaine privé, les gens se fréquentent malgré tout. Que ce soit par goût ou par inimitié, ils évitent d'exercer le contrôle social que d'autres sociétés pratiquent.

J'en reviens toujours à mes lectures : pourquoi la plupart des grands ethnologues européens et américains ont-ils privilégié les îles lointaines, souvent situées en Océanie, pour définir l'humain ? Bien sûr, je connais la réponse : l'éloignement des centres de civilisation moderne, la vie recluse, la singularité d'une tradition intacte et très ancienne leur ont dicté ce choix. J'ai également remarqué chez les Français et les Belges en particulier, une rage d'explorer l'Afrique la plus sombre, la plus reculée, pour sonder les mystères de la forêt primitive. Le choix n'est pas critiquable en soi mais donne à l'ensemble de leurs écrits, pour peu qu'ils insistent sur les aspects techniques de l'autre civilisation, un air d'exotisme de bazar.

Dans une bande dessinée destinée aux enfants que tout le monde a lu ici, un jeune homme blond parcourt le monde flanqué de son petit chien et, parfois, d'un vieux capitaine de la marine marchande. Quel dégât cela a-t-il dû faire dans les esprits ! Ces récits proposent surtout des histoires de colons en rupture de ban, des idéalistes ou des inadaptés qui viennent fouiller dans les poubelles de l'Histoire. Comment un peuple aussi intelligent que « les Français » a-t-il pu avaler ces sornettes et surtout les donner en pâture à sa jeunesse ? Mais, à côté de cela, il y a aussi chez les Européens de telles trouvailles ! Si l'on pense à cette illumination de l'anthropologue Marcel Mauss sur le « droit de grossièreté » pratiqué dans les familles amérindiennes : certains peuples s'insultent entre quatre murs, n'hésitant pas à houspiller leurs proches et refusant le respect dû aux aînés... ce n'est certes pas lui qui a identifié cette idée mais il la reprend et en fait un concept clef. De mon côté, j'ai remarqué que, dans ma ville des confins de la Bourgogne, les brimades, plaisanteries licencieuses et diverses insolences sont largement tolérées entre neveu et oncle, cousins proches, belle-sœur et beau-frère. Ces extravagances communes aux habitants de province, structurent et régulent la vie sociale comme la vie privée. Il faut admettre qu'il s'agit d'un exutoire, la surface d'un discours plus sérieux, voire essentiel, qui permet de vivre ensemble. Que disait encore Marcel Mauss ? « La retenue cherche revanche. » C'est cela, très exactement.

Difficile d'imaginer qu'autrefois je ne rêvais que de Paris. Même une mansarde faisait l'affaire, ce qui m'importait, c'était d'être dans la capitale et de côtoyer le plus de Français possible. J'imaginais, de cette manière, pouvoir les observer dans le détail de leur vie courante et de leurs particularismes. Je pourrais en tirer des règles et des modèles. Et dans quel but ? Comprendre enfin ce qui différenciait et opposait les Turcs aux Français, ce qui rendait les Occidentaux si supérieurs. Je remarquais quelque chose d'implacable dans leur alimentation, leurs libertés, leurs défauts mêmes, tellement assumés.

Et puis, on ne pouvait oublier le bruit des cloches qui réveillait l'esprit : j'avais pris goût à ces découpages horaires qu'impose la proximité des églises, des abbayes, des chapelles parfois. Beaucoup de mes proches en Turquie se disaient gênés et même choqués par cette insistance des volées de cloches et des carillons, en réalité par ce rappel constant de la chrétienté. C'est précisément ce que les visiteurs occidentaux avouent ressentir en entendant le chant du muezzin. Et ils ne se privent pas de le rappeler ou d'ironiser lorsqu'ils séjournent dans les villes d'Orient, même à Istanbul où la cohabitation des deux religions est inscrite dans le paysage. Mais aucun n'échappe à l'illusion préalable : pour voyager, il faudrait accepter de redevenir ignorant, et les voyageurs sont bien trop vaniteux pour cela. La plupart refusent de descendre de leur piédestal de savant occidental qui profite de la pauvreté avec les pauvres et jouit, lors de son passage, de la richesse des nantis.

Les mardis et vendredis, jours de marché, le centre-ville s'anime : les paysans des villages avoisinants viennent faire des achats, mènent leurs tractations et emplissent les cafés jusqu'à 13 heures. Hommes et femmes se côtoient dans un brouhaha inimaginable. Certains vendent à la criée leurs produits, légumes, œufs ou volailles, d'autres viennent chercher ce que l'on ne trouve pas dans leur hameau : ustensiles de cuisine, cuvettes et seaux en plastique, vêtements de travail pour les hommes, tabliers en toile ou en nylon pour les femmes. Deux magasins de la place, la droguerie et le bazar, proposent des engrais et des sachets de graines pour les potagers. J'ai remarqué que très peu d'entre eux achètent des fleurs : seules quelques femmes, plus délicates sans doute, se procurent des pots de fleurs à repiquer car, dans l'ensemble, les Français donnent l'impression d'adorer les géraniums.

Par contre, dès que l'on s'éloigne du bout de la place et du terrain de pétanque, de vastes demeures silencieuses imposent le calme et semblent repousser l'agitation. C'est là que la bourgeoisie locale a accumulé l'argent et le pouvoir : il faut admettre que les mondes se séparent dans une apparente tolérance. Celui qui réussit depuis des siècles côtoie celui qui cherche à réussir. Comme sur d'autres continents, de puissants appuis et des alliances internationales empêchent le faible d'accéder à un autre statut.

Mais j'entends procéder autrement et m'apprête à aller plus loin. Prenons l'exemple de Jean Mercier, un homme avec lequel j'entretiens de bonnes relations et que je retrouve souvent au café La Licorne. Nous y sommes plus à l'aise pour bavarder que chez lui, où sa femme et même son enfant prennent vite un air sombre si la conversation se prolonge. Je m'applique à lui soutirer, non pas des renseignements, mais des impressions. Au fond, ce qui m'intéresse, c'est l'idée que ce dernier se fait de sa vie, la façon dont il envisage les rapports familiaux et ce qu'il accepte de me confier de sa vie professionnelle et amoureuse. Au cours des semaines écoulées, j'ai appris comment mon voisin aborde la question de la crise d'adolescence – il est clair que Mercier emploie cette expression à contrecœur – de son fils Xavier. Ce dernier a seize ans et refuse ou conteste son autorité, bien qu'il ne semble pas un père très contraignant ; son défaut est surtout d'escamoter un débat qui pourrait les soulager tous les deux. C'est à croire qu'un principe de souffrance extrême les anime et qu'ils en retirent une satisfaction mutuelle.

La question des vêtements : il paraît normal qu'une génération, en Europe particulièrement, choisisse de s'habiller différemment de la précédente et en accentuant les différences. Si je me suis déjà fait une idée claire de la structure de la personnalité des parents, je vois que celle du jeune adulte peine à se définir : il est déjà homme ou femme, mais dans une proportion bien éloignée de la nôtre. La nôtre ? C'est cela que je viens d'écrire ! Dans quelle communauté suis-je en train de me ranger ?... Bizarrement, et si je me réfère à la culture orientale, j'en arrive à la conclusion que l'on assiste dans ce pays à une désexualisation de l'être jeune ou alors à une intensification des plaisirs infantiles, une auto-érotisation, un phénomène de jeu de séduction revu à la baisse, une satisfaction buccale par la consommation de nombreuses boissons sucrées. Sans compter l'abus de musique qui baigne l'être en formation dans un halo proche de l'expérience mystique. L'anthropologue comprend qu'il est le témoin d'un changement majeur dans les rapports des Occidentaux avec leurs enfants.

Sur ma table de travail, j'ai posé une photo d'un masque gouro provenant d'Afrique. Ce qui peut passer pour une surface de métal noir est en réalité du bois à patine foncée. Les fentes des deux yeux ressortent en blanc sur le fond et semblent me fixer, comme le taureau du café de Camargue, mais avec moins de colère. Une figure apaisée et dédiée à l'abstraction. J'aime cet art africain autant que les peintres et artistes européens qui l'ont découvert au début du siècle et, depuis quelque temps, je me demande ce qui pourrait résumer l'univers français, à l'instar d'une œuvre où se lirait toute une période de l'histoire africaine. Un tableau sans doute, un portrait choisi parmi l'infinie variété des représentations aristocratiques du XVIIIe ou du XIXe siècle. Pourquoi pas un des hommes peints par Quentin de La Tour ? Un visage à la peau rose, dominé par un œil vif, l'emblème de l'esprit critique, un visage détaché de la religion, avec des dispositions au libertinage. Sans compter le bleu qui envahit tout l'arrière-plan, les vêtements, les tapisseries, les papiers peints avant de revenir aux yeux. La France et son bleu.

Je serais bien en peine de dire si Paris me manque : j'ai désiré y vivre puis ai préféré le terrain d'observation de cette petite ville. Tout se détache nettement ici, même l'ennui qui est un des grands ressorts de l'existence humaine. Comme dans les bourgades moyennes d'Anatolie, mais sous une apparence plus civilisée – des trottoirs en meilleur état, des boutiques plus variées, un grand nombre de cafés où l'alcool n'est pas proscrit –, la monotonie des travaux et des jours peut s'exprimer. Or l'ennui ronge continuellement l'esprit des habitants et les pousse à la médisance, à la curiosité maladive et à la dissimulation. Personne ne sait par exemple ce que son prochain fait de son argent. Je ne doute pas qu'une étude bien documentée sur l'argent, son utilisation, les rumeurs qu'il entraîne, serait la meilleure lecture de cette civilisation. En contrepartie, le mode de production asiatique n'est-il qu'un mythe ? La stagnation et le retard de l'Orient, y compris le plus moderne comme la Turquie, ne sont pas aisés à définir.

En 1930, le Komintern le caractérisait comme « une variante asiatique du mode de production féodal », mais fut pour cela critiqué et taxé de « révision du marxisme » par Eugène Varga, qui demanda, à la suite de ses monographies de géographie économique, que la question fasse l'objet d'un débat bien planifié. Aussitôt arrivée la déstalinisation, et spécialement après le XXe congrès du Parti communiste d'URSS, en 1956, de jeunes étudiants soviétiques commencèrent à abandonner le dogmatisme rigide de l'ère de Staline, à briser le carcan des « quatre étapes » et se laissèrent tenter par le classicisme du concept. Puis on est passé à un second concept normatif, celui de « mode de production africaine ». Pour finir, les modèles de développement ont rejoint la cohorte des critères économiques en négligeant l'aspect anthropologique. Quant à moi, je continue d'hésiter entre les réflexions de Karl Radek et de Karl Wittfogel, de purs produits de l'Europe centrale qui se sont à un moment penchés sur le cas chinois... Eux aussi ont bien vite enjambé la Turquie.

Cette semaine, j'ai accepté pour la seconde fois une invitation de Jean à passer la journée au bord de la rivière : c'est une marque d'amitié forte car la partie de pêche est un moment de retrait, et presque d'intimité dans la vie des hommes de province. Reliquat de la vie sauvage, cette communion confortable et parfois gastronomique avec une nature paisible est une occasion pour les pensées de vagabonder pendant de longues heures, de suivre le fil de l'eau et de voleter comme des libellules. Nous avons déjà participé ensemble à un concours de pêche : j'avais servi d'assistant dans un matin brumeux au bord d'un étang où une dizaine de participants s'étaient inscrits. Pour finir, il s'était mis à pleuvoir et il avait fallu passer une bonne partie de la journée sous un parasol, face à la surface d'eau opaque que la chute des gouttes faisait clapoter. Les poissons pêchés étaient jetés sur un tissu disposé sur l'herbe où ils agonisaient assez vite. On les avait ensuite mis dans un seau.

« Alors, Oktay, tu reconnais qu'on a ici tout ce que le monde peut offrir ? » commença Jean.

Je fixais mes bottes en caoutchouc vert. Sensible à son amabilité, je me sentis écartelé entre des impressions contradictoires.

« C'est calme. Qu'est-ce que l'on est bien au bord de l'eau...

— Tu vois ! Tu as troqué ta Turquie pour un bout de département français et tu es content. Moi, je serais incapable de vivre ailleurs...

— Pour être honnête, Jean, j'ai l'impression que je ne serai heureux nulle part.

Attention, la ligne va casser ! »

Mercier s'était levé d'un bond et raidissait les deux bras tandis que la canne pliait et s'arc-boutait en direction d'un bouquet de roseaux. Bientôt une queue de poisson se mit à battre l'eau autour des joncs en partie immergés. Mercier n'avait aucune envie de s'engager dans une discussion de fond sur le sens de l'existence. Comme beaucoup de Français, il évitait ces parages dangereux.

« Vite, prends l'épuisette ! Ne le laisse surtout pas s'échapper. On dirait bien une carpe. »

Je m'étais enfoncé dans l'eau jusqu'aux mollets et me réjouissais de ressembler à un prolétaire français en vacances. J'avais bien conscience que si mes oncles d'Istanbul me voyaient, ils en auraient été navrés. Voilà à quoi s'était réduit mon univers : une barque peinte en vert foncé, un rideau d'arbres qui fermait l'horizon, le doux clapotis de la rivière qui, un peu plus loin, prenait de la vitesse dans une cascade née d'un bloc de rochers. J'avais très souvent vu ce cadre dans les tableaux qui représentaient l'Europe, lorsque j'étais en Turquie. D'ailleurs les Européens adorent ce genre de scène où se vit le contact avec la nature en même temps que le détachement qui les caractérise : ils aiment être au bord, rester au seuil de la réalité. *Nous, nous la prenons à bras-le-corps et prenons grand plaisir à nous y noyer*, pensai-je.

Aujourd'hui dimanche 17 juillet, il fait trop chaud, même sous les arbres. Les mêmes pensées continuent de me tourmenter. Je ne perdais pas de vue la question du développement : certes, la France où je réside désormais n'est pas un pays du Tiers-Monde, son histoire l'a placée au cœur du monde développé et l'énergie ainsi que l'intelligence de nombreux habitants en ont fait une nation dominante. Mais si l'on vit dans une petite bourgade et que l'on est attentif aux détails de la vie ordinaire, que l'on accepte de se conformer au rythme de ses habitants, que l'on prend en compte toutes ses catégories sociales – ce que je m'efforçais de faire mais l'accès en restait difficile –, on ne peut aboutir qu'à une conclusion : une fraction de ce pays riche et ancien attend sa part du développement. Oui, et l'on avait déporté cette réflexion sur les anciennes colonies françaises afin d'en diminuer la portée. Comme si la responsabilité était strictement politique et ne pouvait être attribuée qu'à l'envie d'exploiter la zone coloniale, en faisant abstraction des inégalités au sein de la société justement.

Je réalise ici que l'influence du catholicisme demeure faible, l'affrontement se joue entre partisans de la droite moderne et la classe ouvrière, où le communisme est en train de s'effilocher. Pour ce qui est de la morale, il y aurait plus à dire encore. Mais que pouvais-je apporter aux habitants de cette petite ville ? Je reviens souvent sur cette question avec Jean Mercier : j'aimerais me rendre utile, participer à la vie locale, franc-comtoise en l'occurrence. Y aurait-il des activités auxquelles je pourrais me joindre ? Non, il n'y a rien où je puisse m'introduire, ni sport ni activité récréative, je ne suis pas très doué pour raconter des plaisanteries ni pousser la chansonnette. Et puis personne ici n'a envie d'écouter des chansons orientales. Il reste les conversations ou les débats sur l'histoire du Moyen-Orient qui intriguent beaucoup d'hommes autour de moi. J'ai même pensé à initier un atelier de cuisine mais eux préfèrent les pâtés en croûte ou le gibier ; quant aux légumes, ils sont toujours revenus à la poêle avec de l'oignon ou de l'ail, sur un mode assez gras, tandis que l'on mange des pommes de terre à presque tous les repas. Ce sont des montagnards, pas des habitants du littoral.

Il m'arrive de m'interrompre, de m'abstraire de mon environnement immédiat et de contempler l'espace où je vis et travaille – une cuisine qui tient lieu de salle à manger et de séjour, suivie d'une simple chambre meublée –, très différent du logement lugubre où j'ai passé les premiers mois de mon arrivée. En quête d'une location, je m'étais laissé guider par mes premières impressions et avais opté pour une maison en rez-de-chaussée avec une treille. Pourtant, très vite, l'isolement et le côté banal du lieu m'avaient lassé, même si cela me permettait de dominer mon terrain. Les maisons cossues aux façades défraîchies où vivaient les autochtones, les commerces habituels dans ces recoins de France et la verdure qui reprenait ses droits un peu partout semblaient s'être ligués, mais je continuais de résister aux faubourgs et préférais l'unique place animée de la ville.

Mon environnement immédiat consiste en un lit dont le couvre-lit rouge à franges sent l'ancien temps, une table et une chaise, quelques livres bien alignés sur une étagère de bois foncé. Il y a aussi une armoire où j'ai placé mes quelques affaires. Je tiens à ne pas accumuler de choses personnelles, je dois vivre dans la sobriété de l'étude et l'observation. C'est un objectif bien arrêté qui laisse beaucoup de place à la concentration. S'il n'y avait pas eu les femmes ! Il m'arrive d'en ramener une ici, dans ce décor qui toujours les surprend : elles commencent par s'en amuser, ravies de la bohème improvisée, toutes chamboulées de faire la dînette sur un coin de lit. Puis, lorsque je fais mine d'espacer les rencontres, elles s'éteignent comme une bougie soufflée.

Les Françaises constituent une étrange sous-catégorie de la population. Leur sexualité et leurs amours tumultueuses méritent un petit traité. En réalité, ces femmes ont dû beaucoup changer en un quart de siècle. Bien sûr, tout cela a un rapport avec le travail et sa répartition, l'arrivée des ruraux à la ville. J'ai noté dans mon cahier que ce n'est pas un phénomène exclusivement français. J'ai aussi récupéré, au fil des mois, des stocks de photos chez les particuliers et chez un brocanteur de la région : des clichés de famille, la plupart du temps des portraits d'hommes ou de femmes au travail. Parfois surpris dans une attitude de repos, difficile à dire au premier abord. Au début, ces clichés m'ont paru d'un intérêt limité, je les ai à peine regardés, cédant à cette disposition commune aux êtres humains de passer devant certaines choses sans en saisir la portée. Et pourtant, je pouvais dès le lendemain être happé par leur présence, leur réalité. Cet aspect volatile de la capacité d'attention reste un mystère pour moi. Il faut bien dire que l'absence de légendes ou de commentaires n'a pas simplifié la tâche. Il fallait imaginer, réinterpréter. J'affrontais des paquets de photos sépia ou en noir et blanc très affadi, tenues ensemble par des élastiques durcis qui se cassaient en deux à la moindre sollicitation et libéraient les rectangles de papier crénelé, s'éparpillant sur le sol ou s'alignant en accordéon sur un meuble. Le jeu de la consultation des images et de leur interprétation, au gré des humeurs et des recherches, était devenu un de mes rituels préférés. Comme s'il s'était agi d'un jeu de cartes, je les battais et les redistribuais, les classant parfois en familles. Je m'étais particulièrement intéressé à celles qui représentaient les parties de chasse.

Il est essentiel de constamment se déplacer : j'ai vu pour la première fois la Manche, que les habitants d'ici distinguent nettement de l'océan Atlantique. Ce qui m'a tout d'abord semblé être une différenciation bien casuiste – j'aime ce mot que les Français cultivés affectionnent – s'est révélé juste : quelque chose de menaçant semble en permanence planer sur cette mer aux flots gris et bleu marine, délimitée par une ligne d'horizon fine comme une lame alors que l'on s'attend à deviner la côte anglaise. L'absence d'îles qui rassurent habituellement quant à la distance du rivage rend les eaux plus inhospitalières. Je me suis promis d'y revenir quand le soleil se déciderait à briller.

En attendant, j'effectue un séjour d'étude dans la France septentrionale et en Belgique : une semaine à Lille, trois nuits dans une bourgade proche de la frontière afin d'observer les bords de France, et une période encore indéterminée à Bruxelles. À un moment du séjour, je suis arrivé au bout du rouleau. Tous ces mois sans femme, j'avais cru devenir fou, hésitant entre les images d'un érotisme débridé, des visions infernales qui ne quittaient plus mon esprit : je voyais les rares femmes que je croisais, même si elles étaient peu désirables, comme des corps offerts, des sexes béants, des toisons qui couvraient jusqu'à leur visage. Leur sexe se confondait avec leur visage, je souhaitais leurs caresses et me promettais de leur en procurer. Et puis la tension retombait : j'étais de nouveau devant la table, feuilletant un livre, plongé dans l'étude qui garantissait l'oubli aussi sûrement que l'alcool ou l'ennui de la province.

Un soir, j'ai décidé de me rendre dans le quartier de la gare. J'avais entendu dire que dans ces villes du Nord le sexe ne se cache pas : j'emboîtai le pas aux malheureux, aux jeunes en bandes nerveuses, aux travailleurs immigrés d'âge mûr qui fumaient et prenaient le temps de regarder les filles. Ils fouillaient au fond de leur poche, s'appuyaient contre un mur, gardaient le nez en l'air puis commençaient à traîner le long des vitrines éclairées par un néon. Parfois bordées d'ampoules violettes ou jaunes dont les rayons étaient avalés par le bord de ces piscines de nuit, bassins verticaux où les reflets dansaient et s'accrochaient au corps lisse des filles, sûrement enduit d'une crème ou de poudre au goût douceâtre, le visage trop maquillé. Vêtues d'une sorte de collant uni, de très belles femmes figées dans des poses lascives cherchaient le regard pour vous ferrer comme un poisson. Pourtant, aucune n'était vraiment excitante, car elles étaient assez mauvaises comédiennes. Je passai plus d'une heure dans une rue dont un côté était bordé par le haut mur noir séparant la chaussée des voies ferrées. J'avais déjà fumé plusieurs cigarettes et me disposais à m'en aller quand une scène attira mon attention. Lorsque le client est encore à l'intérieur, les rideaux sont tirés, c'est le signe, le code, mais là, entre l'encadrement de la fenêtre et le rideau hâtivement tiré, une silhouette féminine se détachait : sa poitrine était nue, elle se lavait doucement les avant-bras au savon. Je contemplais avec volupté son ventre et ses seins fermes inclinés vers le bas, certain de saisir un instant volé. Elle dut le sentir : après m'avoir jeté un regard furieux, elle se précipita pour replacer le rideau sans se soucier de sa nudité, cette fois non commerciale. Mécontente, comme si ce moment avait dû être payant. Elle donnait l'impression de vouloir surgir sur le trottoir et ameuter la rue.

Je ne sus plus ensuite comment m'occuper. Un petit restaurant lugubre servait encore à dîner et j'y entrai, décidé à mettre mes idées en place. Une analyse de l'amour chez les

Occidentaux ne pouvait vraiment se passer d'une réflexion sur la prostitution. Il me fallait encore creuser le sujet, poursuivre dans cette voie, recueillir des témoignages. Je savais ce que cette résolution pouvait avoir de cocasse et qu'on me jugerait mal. Mais non, la science était ma seule motivation.

En France, il y avait des femmes étonnantes : ce genre de brune de cinquante ans plutôt bien conservée, bien tenue, maquillée et aux sourcils épilés, habillée comme une femme encore jeune car son corps le permettait, se révélait pleine de séduction et de dureté à la fois. Elle s'exprimait de manière directe, se situant parfois à la limite de la vulgarité mais sans jamais céder à la grossièreté masculine, dégageant quelque chose d'urgent dans le domaine sexuel. Ma dernière conquête, Christiane, au-delà de plusieurs soirées d'amusement, n'aurait jamais laissé entendre que nous allions vivre ensemble. Ce n'était pas son but, elle était revenue de ces projets de midinette, comme disaient les Français pour tout ce qui est superficiel. Malgré un air juvénile, on pouvait deviner son âge à la façon dont elle plissait les lèvres, à un léger affaissement des joues et à la texture de la peau quand la lumière venait la frapper sous un certain angle. Elle avait aussi, après une certaine heure, un tic qui consistait à cligner rapidement des yeux, sans raison. Elle avouait fréquemment refaire la teinture de ses cheveux et de ses sourcils si fins que l'on aurait dit une aquarelle japonaise. Elle ne buvait que de la bière et se targuait de ne pas se soûler. Ses besoins sexuels étaient impérieux car une bonne partie de son énergie s'était logée là, entre ses cuisses et dans ses reins.

Les habitudes d'entretien du corps étaient-elles si différentes d'un pays ou d'un continent à l'autre ? Les poils rasés des femmes turques contre ces toisons abondantes, les sourcils épilés contre la pilosité libre du dessus des yeux de nombreuses Occidentales. Pour les hommes, le contraste était plus fort encore : sexe circoncis contre prépuce encapuchonné qui évoquait une certaine dissimulation dans les mœurs, sauf chez les libertins de notre marquis. Que fallait-il penser de ces différences somme toute très anodines ? Je croyais au contraire que ces détails ne faisaient que pointer du doigt les similitudes, l'extrême proximité des êtres sur la terre. À ce titre, plusieurs récits me repassaient en tête : une de mes connaissances, un Marocain, vivait en France avec une compagne depuis des années et en toute bonne foi, s'était marié, Un jour, il connut une autre femme et la suite ne fut guère glorieuse. Lorsque le couple se sépara, il eut la surprise d'être devenu un étranger mais à double titre : son ex-femme voyait maintenant en lui un musulman, un homme d'Orient pétri de duplicité, un polygame invétéré, l'ennemi de toute une civilisation.

C'est alors qu'une scène d'intimité me revint à l'esprit. Le matin n'allait pas tarder et le lit bouillonnait d'envies malgré le demi-sommeil du couple : j'avais senti Christiane me pincer le scrotum puis déplacer sa main et la refermer vigoureusement sur mon sexe ami, avec toute la confiance d'une bonne poignée de main. Quant à moi, je passais mes doigts sur le friselis de poils pubiens avant d'aller placer un doigt dans la vulve tiède. Il faut peu de choses pour rassurer un individu. Une colonne ferme, surmontée d'un gland à la peau ferme et tendue comme une olive. Une forme pleine, vigoureuse à l'instar d'une sculpture de l'artiste roumain Brancusi. Un sexe à la surface polie qui semble faire de la réclame pour la circoncision : l'étranger l'était encore plus par le sexe. Et je songeai que l'amour était une chose magnifique qui échappait à l'étude et à l'objectivité, aussi longtemps qu'il se maintenait. Remonté comme un mécanisme, il s'épuise peu à peu, au rythme de la fatigue du ressort et sans moyen de mesurer son usure. C'était là tout le mystère de l'amour : combien de temps va-t-il durer ?

Quelle drôle de contrée que la côte nord du pays : le climat était frais et venteux, mais la proximité de la mer donnait un air d'éternel printemps aux prairies proches des plages. Ces derniers mois, j'ai arpenté plus d'une ville portuaire et ne m'en lasse pas. On peut admettre que l'activité industrielle est une explication du monde et je tire encore plaisir de ces déambulations qui ne mènent qu'à la réalité, ou plutôt à une réalité déjà ancienne : partout s'affirme la perte d'énergie, d'envie et de mouvement. La foule des travailleurs s'est retirée, les bistrots de marins restent vides. L'entropie a gagné cette manche. Dans les rues principales qui vont de la gare au port, les boîtes de nuit et clubs louches rescapés des années 1950 sont alignés comme des monuments dressés à la gloire de loisirs défunts. Néons crasseux des enseignes, volets de fer baissés, portes d'entrée à la décoration kitsch, vitres en verre dépoli couvertes de poussière et striées de traces de gouttes de pluie. Avec leurs noms anglo-saxons, Las Vegas, Piccadilly, Disco 66, Le Club, les bâtiments aux façades géométriques, blanches ou gris pâle, à la surface rongée par le sel et l'air marin, se sont transformés en décor de film. La réalité a glissé sur le côté. Plus loin s'étend la zone industrielle, des bassins d'eau sombre agités par la marée, peuplés de ferries et de porte-conteneurs. Le charme de l'industrie continue de flotter sur le silence du bord des quais, au milieu des grues et des winchs, des matériaux entassés…

Les cargos rouillés venus de tous les coins du monde mais surtout du nord de l'Europe se sont accumulés là, faute de destination et de tâche à remplir. Se promener à l'aventure dans ces espaces de labeur m'étourdit : le long des quais, comptant les bites d'amarrage en acier ou en fonte, les madriers de bois noirci de la ville maritime, je finis toujours par scruter l'eau opaque en espérant distinguer une épave ou un corps remonté à la surface. J'échoue sur des digues éclatantes de soleil qui mènent vers le large, piéton marchant sur les eaux. Des grues se mettent en branle : bizarrement, elles charrient du charbon et envoient des nuages de poussière noire voleter sur l'eau. En hiver cela doit tacher la neige et faire suffoquer les habitants. J'avais vu cela ailleurs, la neige, les brumes et les poussières d'industrie, le quotidien de ces ports en perte de vitesse. Ceux que mon oncle Chakir avait connus en 1928, confrontant l'histoire et le destin de l'industrie à un jeune pays qui espérait à son tour extraire des minerais, construire des navires et produire de la richesse.

J'ai fait la connaissance de Florence des mois plus tard, comme si elle était destinée à mettre un terme à ces promenades funèbres. Après s'être littéralement jetée dans mes bras, elle fit volte-face en disant que je l'avais utilisée à des fins ethnologiques et sûrement un peu sexuelles. Elle ne manquait pas de fantaisie et, à peine achevée notre première nuit d'amour dans un hôtel près de la gare du Nord, la beauté venue d'Algérie laissa libre cours à ses reproches. Elle avait subi la promiscuité de deux maris successifs (c'est elle qui le formulait ainsi) et voulait maintenant des étreintes de qualité. J'étais flatté d'avoir été sélectionné pour accomplir cette revanche sur son histoire amoureuse. Un autre soir où, amants détachés de toute contrainte, nous étions nus sur le lit comme dans le berceau du monde, seuls et unis contre l'humanité environnante, après avoir fumé une troisième cigarette et mêlé nos univers dans l'extase du tabac, cette femme se mit à me dire qu'elle avait rendez-vous le soir même avec un groupe d'anciens camarades de son lycée à Oran. Je la taquinai en disant qu'elle allait revoir ses petits copains du moment, les amies devenues mères de famille. Tout le monde allait s'adonner aux confessions et peut-être avouer certains secrets restés en suspens. Je sentais ses jambes douces appuyées contre les miennes, sa tête reposant sur ma poitrine. Rien ne pouvait nous atteindre, nous étions fragiles et indestructibles.

Comment pourrais-je oublier sa voix, sans doute l'élément le plus érotique de sa personnalité. Elle s'était insinuée en moi et je m'en enivrais, buvant ses paroles et toutes les petites manières qui vont avec. Le rythme mais aussi la tonalité, très cristalline en même temps qu'affirmée de sa voix, m'avait immédiatement charmé. Depuis, j'attendais chaque moment passé en sa compagnie pour m'en emplir, me répéter que c'était celle de la femme aimée, profiter de chaque mot employé par elle. D'ailleurs, même après que nous nous fûmes quittés, je continuais d'entendre résonner l'appel. Elle était devenue le son du pays.

Et je réalisais que sa personnalité ne manquait pas de prendre appui sur différentes figures comme celles de son père avec lequel elle se disait fâchée. D'après elle, c'était un type d'homme assez fréquent en France : retraité d'un ministère, grand lecteur, jovial et esprit fin, il connaissait bien

les idéologues et écrivains des années 1930 à 1950. Mais sa culture s'arrêtait à Jean-Paul Sartre, qu'il considérait comme un dangereux agitateur. S'il avait pu connaître ce Turc bien éduqué, il aurait sûrement pu échanger avec lui. Il lui aurait confirmé sa situation d'étranger et l'aurait félicité de ne pas être un de ces « cosmopolites » qui détruisent le monde. Avant guerre, tout le monde craignait l'influence des Juifs et des apatrides. Mais il y avait des Juifs très bien : dans son administration par exemple, il en connaissait. Moi, Oktay, j'étais un visiteur fortuit qui s'intéressait aux indigènes et à leur culture et personne n'aurait eu l'idée de s'en plaindre.

Le sentiment de solitude et d'étrangeté est tellement grisant ! Dans une ville portuaire, c'est-à-dire ouverte sur le large, stimulé par les cris des mouettes, on ressent la force de la liberté. Mais c'est aussi un décor vide. Chaque soir, sur le coup de 20 heures, un léger crachin commence à tomber puis se transforme en embruns. Le vent se lève et quelques pauvres hères viennent s'abriter dans l'entrée de l'hôtel de ville. Mon hôtel, le Fier Azur, ressemble à une pension d'une ville d'Anatolie : il se compose d'une porte d'entrée suivie d'une longue baie vitrée derrière laquelle on aperçoit l'employé, assis à son bureau, occupé à remplir un tas de paperasses inutiles. Il ne manque que le calorifère pour dégager une haleine brûlante dès l'entrée comme dans l'hôtel d'Isparta où j'ai logé quelques semaines. Mais ici comme ailleurs, les femmes dominent : personne n'ignore que ce sont toujours des patronnes, plus accueillantes, qui vous reçoivent à l'hôtel. Celle de Dunkerque m'a fait passer à l'annexe et m'a accompagné avec sa clef jusqu'à la chambre, située à quelques mètres. Après que je lui eus dit que je souhaitais sortir tôt, elle me promit de préparer un petit déjeuner convenable, du thé en sachet et du pain grillé, avant de m'abandonner dans le couloir où toutes les chambres étaient inoccupées. Je vis en entrant que la baie vitrée donnait sur un jardinet très sombre mais bruissant de verdure. Plus tard, sous la pleine lune, alors que la radio grésillait et que la barre des stations éclairait faiblement la chambre semblable à une sépulture assez confortable, je me sentis comme un cadavre joyeux.

L'après-midi du jour où j'allais reprendre le train pour rentrer à D., après un crochet par Paris dont je me réjouissais déjà, je me réfugiai dans un bar du port. Dans cette salle très claire qui ouvrait sur un bassin, j'étais incapable d'agir et laissai mon esprit élaborer de nouveaux schémas ; je m'abandonnai à la rêverie tout en détaillant mon environnement. Un cordage de schooner ceinturait le comptoir, de hauts tabourets en bois patiné trônaient sur le parquet et, au niveau du sol, une sorte d'estrade recouverte de cuir noir faisait le tour du bar, permettant de poser les pieds. À l'instar d'un rêve maritime, le ciel changeait vite sous les assauts du vent, et la lumière battait comme les ailes d'un papillon. Dans cet endroit hors du temps, le seul bruit que l'on entendît était le murmure de la conversation des habitués et un filet d'eau qui s'écoulait, quelque part à l'arrière, dans la cuisine probablement. Des hommes et des femmes vivaient ici, il fallait en tenir compte.

3

Les Français

Depuis mon retour de Belgique, j'ai pris conscience du désert où je me trouvais : ville éteinte, morne sujet d'étude et misère de l'être humain. Il pleut sans cesse. Aujourd'hui, je n'ai pas bougé de ma chaise pendant deux heures, la table calée contre la vitre, fixant la surface goudronnée de la place qui s'étend sous mes yeux. Cette semaine entre les fêtes est terrible, j'appréhende toujours d'y être confronté. Et je crains d'autant plus d'y être replongé dans les années à venir puisque je l'ai déjà vécue. Pourtant je suis seul et dégagé de toute obligation, personne ne s'attend à des cadeaux ni à des attentions de ma part, j'ai beau être invité à plusieurs soirées de réveillon, je réalise bien que j'ai réussi à éviter le pire.

Désormais mon activité principale consiste à relever les phrases, les bouts de mots, les copeaux de syllabes. Toute cette civilisation – millénaire, comme certains ouvrages savants se plaisent à le répéter – se résume désormais à quelques régionalismes, à des habitudes langagières qui tirent les habitants vers le passé, c'est aussi simple que cela. J'avais pourtant rêvé d'appartenir à cette tradition française, de m'insérer dans ce vaste dispositif. Même si certains détails me heurtent : dans ces petites villes, dans les villages aussi, il y a beaucoup d'éclopés ou de blessés. On croise régulièrement des hommes qui claudiquent sur une béquille, d'autres dont l'avant-bras est enfoui dans un cocon de mauvais plâtre – parfois c'est le tibia – ou qui déambulent avec une minerve salie par des mains de travailleur. On dirait que les pauvres se blessent plus que les autres. Soit par négligence ou dissipation – combien de ces chutes sont dues à l'alcool –, soit en raison d'un destin contraire. Ce point reste difficile à établir. Au fur et à mesure que je m'installais, de plus en plus proche de ces Français qui se détendaient et oubliaient leurs soucis, je sentais mes préoccupations professionnelles s'éroder, faillir et céder devant l'appel d'une autre vie supposée plus simple, plus authentique, mais qui n'était qu'une formule car le travail régulier, les douces abdications des onze autres mois, constituait l'aspect authentique de l'existence. Il était temps que moi aussi, après avoir goûté à cet effacement provisoire de mon être, je retourne à mes travaux. Faut-il pour autant rester à D.?

Oui, on peut dire que j'ai jeté l'ancre à La Licorne. J'y passe une bonne partie de la journée, à mettre au propre les notes prises au cours des dernières semaines mais aussi à suivre l'animation qui règne dans les rues : même si la ville n'est pas grande, les voitures, les piétons et les habituelles grappes de vélomoteurs dont les Français sont si friands s'agitent en tous sens. Et ce brouhaha n'est pas pour me déplaire. J'ai fini par guetter avec un pincement au cœur l'apparition de l'autocar pour Dijon qui signe l'arrêt du mouvement et l'extinction des lumières. Car il est notoire que dans les bourgades de France, les volets s'abaissent, les lumières et le commerce s'interrompent brusquement aux alentours de 19 heures. Les mesures d'économie, de division du travail et l'aspiration générale au repos se conjuguent en un mouvement unique, journalier et terrifiant comme une éclipse de soleil prolongée. Cette fois le rideau est tombé. La rue principale se vide, sur la place où tristement s'écoule la fontaine, un couple âgé chemine à pas lents. L'homme porte la casquette enfoncée bas sur le crâne et la femme tient son fichu d'une main, bien serré comme s'il allait s'envoler. Seuls deux signes lumineux dominent la place : les néons verts de la pharmacie qui brûlent les yeux et la carotte rouge, clignotante, du tabac.

C'est sans doute parce que rien ne m'attache au foyer et que je jouis d'une rare liberté, que le crépuscule me procure un tel plaisir. Loin d'une banale mélancolie, c'est une forme de douleur qui remonte à l'enfance. Pourtant, je ne me sens ni délaissé ni malheureux. J'ai l'impression que le spleen que j'expérimente de plein fouet m'aide à mieux comprendre cette société. Des heures où l'on s'ouvre et où l'on se ferme à la vie.

J'en reviens à mes lectures et m'interroge sur la raison pour laquelle ce marquis français prélude à Karl Marx et aux études freudiennes. L'apparition d'un tel auteur au sein d'une culture donnée fournit-elle matière à modifier notre regard ? Je me suis appliqué à observer l'existence ordinaire mais c'est dans l'extrême de l'horreur et du vice que je pourrai entrevoir certaines règles qui régissent ce groupe humain. Par exemple, la fixation des plaisirs selon un schéma très strict, puis l'évolution fatale vers la théorie du jardin des supplices qu'un de mes auteurs favoris avait élaborée. Pour l'observateur, la vie des Français atteint, avec cette cruauté, une de ses frontières : les Ottomans n'ont pas connu une telle abjection mais ils se sont montrés incapables de formuler avec clarté leurs limites ou l'éventualité de leurs limites. L'excès et la cruauté de leur mode de vie féodal étaient connus : mais aucun auteur n'a su le dire ni été capable d'en faire une matière littéraire comme ce de Sade. Pourquoi les Turcs sont-ils si prudes dans les termes ? Lui excelle dans les formulations imparables : à la suite d'une argumentation qui ne peut que ravir les laïcs, il fait ainsi converser deux dames :

« Quoi, réellement, mon aimable amie, l'existence de Dieu serait une chimère ?

— Et des plus méprisables, sans doute. »

Et de broder sur cet « abominable fantôme », avec la jubilation d'un esprit libre de l'Ancien Régime. Comme je l'admire d'être autant en accord avec la société de son temps !

Depuis le milieu de l'année 1968, j'ai publié plusieurs notes de lecture sur des ouvrages scientifiques mais cette fois l'un de mes articles a été accepté sans réserve : trente pages dans le volume XXV du *Journal de la Société euro-asiatique*. Ce n'était pas une mince affaire et je me sens à la fois vidé et satisfait. La revue est hautement considérée dans le milieu, elle devrait me servir de tremplin. Quelque temps après la parution, la rédaction m'a fait suivre une lettre de lecteur au ton sévère, pleine de reproches déguisés, m'invitant à donner un nouvel article. Je me suis senti utile, la communauté des chercheurs pourrait me convenir, finalement. J'ai aussi commencé à rassembler mes croquis : en particulier les objets du quotidien dont j'ai tenté de dresser la liste et qu'il importe d'identifier par un dessin ou un schéma. Les habitants du cru privilégient tellement leur intérêt immédiat, c'est à peine croyable : ils se concentrent sur le casse-noix, le presse-ail, le tire-bouchon ou la tapette à mouches.

Je me suis mis en tête que cet attachement venait d'un pragmatisme érigé en admiration de l'objet et du geste qui finissait par contraindre la pensée et l'empêchait de voguer dans l'au-delà des idées. Ils sont semblables à des enfants pour qui le moindre bout de ficelle recèle un univers. J'ai remarqué qu'en ce qui concerne les insectes volants, ils portent une affection particulière à la tige de plastique bicolore, terminée par une grille plate, la tapette ; il faut l'utiliser en complément d'un cylindre recouvert de ruban adhésif jaune, à la surface enduite de colle, d'où les insectes ne peuvent s'arracher. Ils agonisent là dans un accès de fureur. La tapette à mouches est un objet presque totémique chez les Français. Les flacons, souvent fort nombreux chez ces buveurs de vin et d'eau-de-vie, figurent en bonne place à la cuisine comme à la cave. D'anciennes bouteilles de vin délaissées, aux formes élégantes, sont nettoyées puis réintégrées au circuit de la vie quotidienne afin d'y stocker l'huile, le vinaigre et parfois des sirops. Lors de cette opération, l'objet complémentaire est le rince-bouteille. Et dans les foyers français, la toile cirée est généralement réservée à la table de cuisine où elle remplit une fonction importante. J'ignore à quel moment elle a détrôné la simple surface de bois sur laquelle on pouvait s'acquitter de travaux de cuisine, épluchage, tri des légumes. Je me souviens aussi que, dans la Turquie des villages et même des villes, il est très rare de voir une toile cirée...

Et pourtant, je n'ai pas honte de rester accroché à de tels détails. J'ai bien assimilé la leçon de mes prédécesseurs ethnologues, les petites choses sont essentielles pour révéler l'étrangeté.

Quel plaisir, quelle jubilation d'être au fin fond de la France rurale, invisible, oublié de mes connaissances et fréquentations d'autrefois ! Se couper de son milieu, cela reste une règle essentielle pour un ethnographe. Et puis j'en ai soupé de tous les intellectuels du tiers-monde qui ne songent qu'à s'établir à Paris pour affermir leur ambition et prouver la sagacité de leurs vues politiques et sociales. Une fois sur place, ils rêvent de conférences à Rome, Londres ou New York, mais enfin, bouger d'un centre de culture à un autre, ce n'est pas réfléchir ! C'est juste utiliser une gamme de références occidentales avant de rentrer chez soi et afficher un air de connaisseur. Le Café de l'Avenue de l'Indépendance, que l'on trouve dans chaque ville d'Orient, et les salons littéraires déclinants sont l'agora des penseurs revenus au pays. Quel aveuglement. Le peuple ne comprend pas grand-chose à ce qui se déroule à l'extérieur et les grands hommes sont des imposteurs. Je ferai tout pour échapper à cette tyrannie de l'esprit. Peut-être resterai-je dans mon nouveau terroir, même si j'espérais plus de réactions à propos de mon article : « Une théorie des loisirs dans l'Occident d'après-guerre ». J'accepte néanmoins ce travail obscur et ingrat puisque peu de gens s'intéressent à mes recherches. Il faudrait d'ailleurs étoffer cette contribution et en faire un livre.

Pour revenir aux choses courantes, j'ai pris conscience qu'il existait en France, chez de nombreux habitants en tout cas, un attachement à l'objet usé. J'ignore encore s'il s'agit d'une gestion permettant d'éviter les dépenses inutiles et la dilapidation, mais les réparations sont fréquentes. Il faut dire que l'acquisition d'une maison et son entretien concentrent l'énergie vitale de mes nouveaux concitoyens : il suffit de prendre l'exemple du modeste habitat que vient d'acquérir François Markowicz, l'une de mes fréquentations de bar. Ce grand garçon sympathique, taillé en athlète, travaille chez un transporteur de la ville où ses activités vont de la livraison aux relations avec le service des postes, des travaux de comptabilité au déchargement du camion, comme cela est souvent le cas dans les entreprises familiales. Une semaine plus tôt, il m'a entraîné chez lui pour me montrer son intérieur. C'est une petite villa, bâtie en parpaings car la pierre de taille se révèle trop onéreuse, recouverte d'un toit d'ardoise, la façade percée de deux grandes fenêtres tandis que l'arrière bénéficie d'une baie vitrée donnant sur le jardin. Une véranda ou quelque chose de cet ordre semble se profiler là. Au moins, elle n'appartient pas à un lotissement moderne. Le couple a acheté la maison déjà construite, elle date de la période où l'on avait commencé à bâtir à l'extrémité du bourg, à la limite de la campagne. Comme le bâtiment est resté inoccupé pendant quelques mois, un an tout au plus, on doit se frayer un chemin entre les ronces, sans compter des amas de lierre pris dans la boue qui encombrent une allée en ciment déjà fissuré. On secoue ses pieds sur le perron, il faut racler les croûtes de terre qui se sont formées sous les semelles et la porte s'écarte : une jeune femme au ventre arrondi par une grossesse, dont son compagnon parlait il y a peu au café, ouvre la porte d'un air peu aimable, puis se radoucit en voyant son homme accompagné et nous fait entrer. L'odeur caractéristique des maisons longtemps fermées envahit mes narines. Cela m'incommode mais les propriétaires doivent en avoir l'habitude et n'y prêtent plus attention. Il y a là quelque chose qui m'est immédiatement pénible et m'aurait dégoûté du lieu.

Pourtant ce François, je le connais peu mais il m'a été presque instantanément sympathique : c'est un des autres mystères de l'existence que de savoir pourquoi et comment une personne vous plaît. Même si plusieurs méthodes scientifiques permettent de cerner ce processus qui combine analyse psychologique, sociologique, proximité des goûts et des odeurs, apparence physique. Encore plus difficile de dire combien de temps cela peut durer car l'ethnologue n'ignore pas que les défauts des autres, leurs manies, leur bêtise peuvent, dans certains cas, se révéler intolérables. François a tenu bon et a même multiplié ses efforts d'amitié alors que je me trouvais à court de prétextes. Il a probablement senti une réticence mais n'en démordait pas. Car, au café, dans cet espace neutre, je me suis peu à peu composé une position de retrait : on bavarde, il se plaint des longues heures de travail effectuées la nuit – faute de pouvoir remplir dans la journée les buts qu'il s'est imposés – et, après un ou deux verres, nous prenons assez vite congé. En effet, cette amitié embryonnaire s'est muée en bourbier dans lequel nous pataugeons.

D'ailleurs, j'ai remarqué que, chez les Français, les liens d'amitié avaient une autre teneur, ils la pratiquent avec modération, privilégiant la retenue comme s'ils craignaient de se faire du mal. Et ils s'inquiètent, en règle générale, peu de leurs amis. Mais ici, dans ce cas précis, tout avait tourné autrement. Alors que je méditais sur l'objectivité de l'ethnographe, j'ai réalisé que je n'aurais pas dû établir des liens si distendus. Il faut dire que sa femme, enfin la femme avec laquelle il vit, n'a pas arrangé les choses : elle s'est un moment éclipsée dans une autre pièce avant de revenir avec de la bière et quelques biscuits secs. Et voilà qu'elle resurgit d'un pas lent comme si elle marchait sur des œufs, en faisant cliqueter les bouteilles et les verres sur un petit plateau. Si pendant un moment sa curiosité a été piquée, elle s'est maintenant évaporée. Heureusement, je réussis à prendre congé après avoir poliment jeté un coup d'œil aux pièces du rez-de-chaussée comme on me l'a proposé. Cette maison est presque un musée en plein air : elle vient compléter le bâtiment du foyer rural, la laiterie où les troupeaux se massent en fin de journée et le bâtiment des archives que la municipalité cherche à développer dans un ancien corps de ferme.

J'ai encore dû ferrailler avec plusieurs personnes présentes chez mon voisin de palier, hier soir : ils sont incapables de comprendre les bases du sous-développement et de l'arriération que les Européens ont imposés. On parle beaucoup de la guerre d'Algérie dans les campagnes, sans rien y connaître d'ailleurs, ni des enjeux ni des actes violents perpétrés par l'armée française. Certains mots reviennent, on dirait de l'arabe mais déformé par les gorges françaises et sans doute véhiculés par les journaux : le douar, le gourbi, la mousmé... Des mots aussi rapatriés par les jeunes soldats expédiés là-bas. Il apparaît que très peu d'Algériens parlent le français en-dehors des villes et dans les montagnes où plusieurs langues sont en concurrence : le français est celle de la violence, des paras et de la torture. Je me rappelle que c'est ce qui est arrivé en Turquie avec les populations de l'Est qui n'accordent aucune confiance à la langue de l'État.

En plein milieu d'une conversation, un militant communiste présent chez Jean a lâché un slogan :

« Les colonialistes français, ce n'est pas le peuple français.»

— Dis donc, à propos de colonialistes il paraît qu'il y a des Noirs américains à Alger. Tu sais, ces mecs, les Panthères noires.

— Des Américains en Algérie ? Mais je croyais qu'ils étaient fâchés à mort ? », dis-je.

Maurice, le seul qui y connaît un peu quelque chose parce qu'il a vécu au Maroc, a pris la parole :

« Enfin, ce sont quand même des Amerloques. En général, on n'en est pas fanatiques là-bas mais, pour eux, on fait une exception... »

Je suis resté muré dans mes pensées : je préfère me taire que de relancer les clichés. Bien sûr, c'est un des visages du monde, changeant et multiple à tel point que chaque bord a du mal à le concevoir. Que savaient les Turcs de tout cela ? Rien ou presque. Chacun vivait replié sur son cocon national, dans sa gangue d'ignorance et de certitudes. Un jour aussi, l'Amérique exporterait vers la Turquie ses problèmes et ses questionnements de jeune nation agitée.

Dans cette Algérie rigide, administrée d'une main de fer par le FLN, il y avait de petites marges de manœuvre : Eldridge Cleaver qui créait une Section internationale des Black Panthers à Alger, puis obtenait le droit de traverser la ville qui sentait encore la poudre, dans une décapotable flamboyante, au mépris des règles de circulation déjà très malmenées, avant d'aller s'attabler dans un des cafés proches de la Grande Poste. Ce groupe d'hommes à la peau éclatante, aux cheveux crépus, affublés de chemises bariolées pour vêtir leurs grands corps souples, possédait une arme supplémentaire : une inimitable gouaille américaine. Tout le contraire de nos fonctionnaires guindés et des militaires omniprésents. Un régal pour les yeux et les oreilles. En plus, eux, ils étaient musulmans. Des musulmans noirs, comme si l'Afrique rattrapait les Arabes après un détour par le nord.

«Il n'y avait pas des filles avec eux ? a demandé Maurice.

— Si, quelques-unes, des Noires très belles. Mais ne t'en fais pas, il y a aussi des Algériennes.»

À la fin du mois dernier, la France s'est déchaînée : manifestations, bagarres dans les rues et les meetings, contestation du pouvoir. Et pourtant rien ne se passe dans notre petite ville. L'agitation du monde ne parvient ici que sous la forme des gros titres des journaux et de quelques conversations : «Mai 1968 !» Dans ce bel exemple de révolte contre le père, je constate que les zones périphériques restent épargnées. Je n'arrête pas de réfléchir à tout ce que cela implique : en Turquie, on avait trop cherché à imposer une culture nationale au moment où elle n'existait pas encore en la rattachant aux anciens cultes nomades, bien éloignés des préoccupations communes. C'est la raison pour laquelle les Occidentaux s'obstinent à enfermer les Turcs dans le carcan de traits anciens, voire archaïques, dont ce peuple serait plus détenteur que les populations d'Europe. Le substrat que la modernité recouvre, est chez eux plus visible. Pris entre l'utopie et un avenir sans contours définis, les Turcs ont fabriqué une chose nouvelle, aux exigences peut-être trop élevées pour leur capacité. Car ils sont allés trop vite en besogne et ce qui leur fait défaut, c'est la conceptualisation, l'élaboration de concepts neufs aux implications internationales. Mais peut-être cette étape-là du développement intellectuel n'est-elle plus nécessaire ? Il suffirait de brasser, de fondre ce qui relevait d'ores et déjà du patrimoine mondial pour accéder à une nouvelle forme de pensée. C'est-à-dire de valoriser ce qui existait déjà, de le multiplier, de l'étayer grâce à la diffusion – insolite pour ceux qui sont restés longtemps repliés sur eux-mêmes – de l'information, cette communication qui s'attaque sans vergogne aux domaines les plus divers. Et malgré ces événements remarquables, l'ennui le plus ordinaire règne dans le bourg écrasé de chaleur.

Deux jours plus tard, m'interrogeant sur mes travaux qui ne cessent de l'intriguer, M. Girard a voulu parler des rapports hommes-femmes dans la société de province et en profite pour me raconter, dans les grandes lignes, le dernier film pornographique qu'il avait vu dans la capitale régionale. Il a dû me prendre pour un puritain parce que je ne l'ai pas encouragé à poursuivre. S'il savait ce que contiennent les livres du marquis… On peut être français et ignorer à ce point son patrimoine ! Et puis, je ne l'ai pas attendu pour voir ce genre de film. Dans la foulée, Girard est revenu sur un fait divers crapuleux qui s'est passé dans la région. Là encore, la lecture des *Cent vingt Journées de Sodome* le ferait chavirer. J'ai noté quelque part les remarques que m'ont inspirées ces échanges : elles sont là, griffonnées sur un papier agrafé au dernier chapitre du livre à venir. « La pornographie ne présente aucun intérêt, hormis surexciter les sens de manière quasi infinie et pour un but très éloigné de l'accouplement. La jouissance du voyeur est toujours incomplète, frustrante et ne satisfaisait l'imagination que pour un bref instant. Désolé pour tous nos psychologues européens, mais on ne fait pas l'amour avec la tête. Ou alors, on le fait mal. Les sauvages, les primitifs, ceux qui n'accordent pas toute leur confiance à l'écrit, savent cela. Il y a quand même quelque chose de navrant dans les confidences de celui qui se rend une fois par mois à B. pour voir une production suédoise dans un cinéma proche de la gare. Il en profite, ce jour-là, pour faire quelques courses et régler des démarches administratives.»

C'est ici que j'ai réalisé que j'appartenais à une lignée de guerriers. Des générations d'uniformes rouge et bleu, de bottes taillées sur mesure, de *kalpak* et de casquettes chamarrées. À cause de moi, la tendance familiale s'inverse et la dynastie bascule vers l'observation, l'analyse ethnographique. Dans les deux cas, il s'agissait des métiers d'asociaux. Néanmoins, si je pense à ce qui animait mon aïeul, Ziya Bey, je comprends qu'il a pratiqué un art de la guerre à l'ancienne, le choix des armes, le culte de l'honneur. Beau sujet d'étude car la guerre des Européens ou des Américains m'épouvante : elle est devenue trop technique et a gommé sans vergogne ce qui restait d'idéal guerrier. J'ai fait la guerre sur l'écran de télévision et, l'esprit vidé de toute pensée, je contemple des cohortes de réfugiés ou de personnes déplacées fuyant d'un bout à l'autre du paysage superbe, presque touristique, à peine touché par le conflit. Cette campagne riante d'Asie du Sud-Est, il faut faire un effort pour admettre qu'elle regorge désormais de bombes, de mines, de grenades parfois minuscules suspendues aux arbrisseaux et aux buissons.

Quant aux civils qui courent sur le bord de la route, un baluchon sur l'épaule, traînant parfois une mauvaise valise étranglée par des sangles de cuir, ils s'intègrent parfaitement à l'Histoire en rejoignant leurs ancêtres qui fuyaient devant les hordes mongoles. On croit entendre une clameur monter du fond des âges. Alors que chaque soir mes nouveaux voisins passent du rock'n roll à haut volume, la musique elle-même s'efface au profit d'un martèlement puissant, sauvage mais contenu par l'épaisseur du plancher. Petit à petit, ce roulement sans harmonie mais non sans âme fait naître une inspiration et des souvenirs de musiques martiales. Pendant des siècles, les armées sont allées au combat soutenues par la fanfare car il fallait terrifier l'ennemi et se donner du cœur à l'ouvrage. Outre les rations d'alcool généreusement distribuées avant l'assaut, l'émulation musicale était un élément dont personne n'aurait nié la portée. Depuis quelques jours, un conflit fait rage aux portes du monde arabe, en Palestine. Une guerre d'un autre âge, un conflit oublié, mené à l'arme blanche et avec quelques fusils, soutenu par la rage que donne la vendetta : une guerre qui aurait dû être faite quelques décennies plus tôt et dont l'existence même est une vraie déclaration d'anachronisme. Et comme tout voyage dans le temps, celui-ci donne la chair de poule.

J'ai reposé le livre que je venais d'acheter, rédigé par un spécialiste français du Moyen-Orient, très savant et de toute évidence documenté. Il s'exprime brillamment, Dieu sait que les universitaires français s'y entendent. Néanmoins, en particulier dans les chapitres consacrés à la Turquie et à l'Iran, on pouvait lui adresser les reproches suivants : il est allé aussi loin que peut le faire quelqu'un qui ne domine aucune des langues de cette zone. L'auteur possède certes une intuition remarquable (ça, au moins, on ne peut pas le lui retirer) mais il ne parvient à dépasser une limite que seul le texte ou le contact avec l'original lui aurait permis de dépasser. Il est immobilisé au seuil de la vérité qu'il convoite et ignore qu'elle va se dissiper comme un mirage s'il tente d'aller plus loin. Les scientifiques aussi affrontent la croyance. Second point : si l'habitude de traiter l'ensemble de la région avec des références et des critères élaborés à propos du monde arabe peut se révéler utile en raison d'une base commune, les mondes turc et iranien ont quelque chose d'autre à offrir. L'auteur aurait été bien avisé de s'en rendre compte. Pour finir, j'ai perçu chez lui des relents de colonialisme français : dans la formulation des problèmes bien sûr, mais aussi dans le ton condescendant qu'il emploie envers des sociétés tenues pour inférieures, sous-développées et assoiffées de revanche. Il le leur accorde d'ailleurs et trouve cela normal.

Les grandes manœuvres ont repris : je suis aujourd'hui retourné au cimetière où j'ai assisté à l'enterrement de M. Hoche, l'ingénieur en retraite avec lequel j'avais beaucoup bavardé au fil des mois. Ami du maire et de Jean Mercier, il se joignait souvent à nous pour jouer aux cartes, racontait de piquantes anecdotes sur son long séjour dans le Sud marocain juste après la guerre, et se signalait par une philosophie intéressante sur les femmes. Et voilà qu'il est mort...

Quant à moi, je dois dire que j'apprécie beaucoup le site du cimetière : établi sur une hauteur, il domine la campagne environnante comme une terrasse. Des collines basses et boisées occupent le premier plan et au loin, surgissent les contreforts du Jura. Les buttes-témoins se transforment en falaises abruptes puis en petites montagnes, les villages émergent à distance régulière, signalés par le clocher de l'église, l'horizon s'ordonne en tableau romantique. De nombreuses tombes sont négligées, le gravier a glissé sur l'herbe ou forme de petits conglomérats dans la terre brune. Sûrement celles de familles qui n'habitaient plus la région. Sur les pierres tombales, on peut lire des inscriptions familières et distinguer des images en relief : emblèmes du club de football, canons croisés, caravanes, des fleurs aussi. Les plus belles tombes, les plus ornées sont celles des romanichels, et j'ai appris à cette occasion que les Français aussi ont leurs minorités. Bien entendu, il y a les inévitables tombes de guerre. Il s'agissait dans ce cas de quatre aviateurs anglais dont l'appareil avait été abattu au-dessus de D. pendant la Seconde Guerre mondiale.

Si l'acceptation de la mort des proches se fait encore de manière assez classique, les rituels d'accompagnement connaissent décidément une crise profonde : j'ai assisté à plusieurs veillées funèbres, cérémonies d'enterrement et également aux repas qui suivaient. Il se joue quelque chose de terrible, un théâtre que l'on connaît bien et où l'émotion est sollicitée puis promenée dans tous les sens, comme pour la vider de son contenu. En fait, personne ne s'y est abandonné. Ce n'est pas qu'une question de pudeur, c'est de l'indifférence, cette indifférence à l'humain qui caractérise les sociétés arrivées en bout de course. Je projette, avec des collègues musicologues et linguistes comme l'Université n'en manque pas, d'organiser une grande expédition qui portera sur une région de France mal connue et cependant caractéristique. La Bretagne par exemple, où vit une population encore très marquée par l'empreinte celte et la proximité de la mer qui permet toujours de remarquables productions artistiques. Chez les ethnologues français, la grande expédition Dakar-Djibouti de 1931 a laissé une impression tenace et les conséquences s'en font encore sentir aujourd'hui : si l'on fixe par une enquête de détail l'état d'un pays ou d'une civilisation, on en retirera des résultats considérables, impossibles à glaner autrement que par cette entreprise collective. Il est vrai que je lis beaucoup. Le temps passé à lire devrait être équivalent au temps passé à vivre ou à ce qui en tient lieu. Malgré la puissance du réel, on ne perçoit la vie dans toute sa force que dans les moments d'interruption, de flottement et même de rêverie. Je regrette d'ailleurs de ne pas m'imprégner davantage de littérature scientifique : les essais de collègues africains et asiatiques passés par Moscou paraissent les uns après les autres mais, en ce qui me concerne, je sais que les romans français me font gagner du temps sur ma recherche. Personne n'est allé aussi loin que les auteurs du XIXe siècle dans l'observation des structures de la vie individuelle et sociale, avec leur attirance pour les rapports secrets tissés entre hommes et coutumes. Des romanciers turcs ont tenté, plus tardivement, une approche esthétique des modes du folklore – d'une certaine manière, les bases de notre vie ethnique – mais ils n'ont fait que bâtir de nouvelles pastorales au goût amer qui ne nous ont guère fait avancer. Et puis leur critique n'était pas assez radicale. Était-il bien sérieux d'annoncer partout la naissance d'une « Littérature du village » comme si l'autorité des publications avait pu changer le monde !

Je continue d'acheter les journaux avec régularité, trop sans doute. Dans l'autre café de la place, Le Maryland, je regarde avidement la télévision tout en sachant qu'elle ment à outrance. Aujourd'hui, un bouton de fièvre m'a poussé à la lèvre, d'habitude ce sont des aphtes sur le palais qui signalent une contrariété : rien de bien grave mais je n'ai guère de marge pour marquer mon mécontentement ou mon inquiétude.

Quelle idée saugrenue de revenir à Paris à la mi-juillet ! Je pressentais quelque chose de douloureux dans la fête nationale. Pourtant les habitants de ce pays en sont fiers, c'est le cas de tous les peuples qui s'appuient sur une rupture historique majeure. J'ai eu l'impression que mes nouveaux compatriotes jouent cette comédie comme l'un des derniers rites festifs de l'époque moderne : j'y décèle une joie sauvage, un regain de sentiment patriotique, une indifférence confortable envers les autres. D'autant plus que cela vient conforter la place tenue par le Tour de France, une éprouvante course de vélo sur des routes désolées, que chacun guette avec fièvre.

Et si le bal du 14 Juillet se tenait en hommage aux joies frustes des révolutionnaires ? J'ai remarqué que le défilé militaire dans les plus grandes villes constitue une version lourde et blindée du tour cycliste : cette parade vient rehausser diverses animations estivales, rappeler la géographie aux habitants avant qu'ils ne goûtent aux joies de la campagne et de la mer. C'est une catharsis nationale qui confirme que les Français sont une grande tribu mais pas la puissante nation qu'ils imaginent être. D'un seul coup, la vie ordinaire va être remplacée par les occupations ludiques, des activités sportives édulcorées, de longues siestes et une consommation d'alcool en nette augmentation comme s'en étonnent les journaux locaux.

Tout cela déferle sur leur monde paisible. L'humanité a attendu assez longtemps puis gagné le droit de s'amuser et de se distraire. Il est clair qu'elle a besoin de régresser.

La femme dont je n'ai pu détacher mes pensées et que j'ai retrouvée lors de mes passages à Paris – parfois le week-end – est originaire d'Algérie. Très brune mais à la peau blanche, elle sait se montrer déconcertante : j'ai guetté les signes d'humeur sur un visage ovale aux traits marqués, avec un nez busqué et de très beaux yeux noisette. Très souvent habillée d'une jupe et d'un simple chemisier, parfois assorti d'une veste cintrée, elle dégage beaucoup d'élégance et de force en même temps : le corps voluptueux et solide, charpenté comme celui d'une paysanne. Je suis incapable de me l'ôter de l'esprit. Tout ce qu'elle dit me charme : elle parle avec tant de fougue de la ville d'Oran, de l'existence qu'elle y a menée et du malheur de la population livrée à la guerre. Les promenades sur le boulevard Clemenceau et la rue du Général-Leclerc, la colline avec la cathédrale, les vues plongeantes sur le port, la douceur de vivre. Elle s'enthousiasme pour ses collègues de travail et le médecin yougoslave qu'elle fréquenta quelques mois, un Croate très séduisant qui était rentré chez lui à la fin de son contrat... Et ne tarit pas d'éloges sur l'Opéra, où elle se rendait au moins une fois par mois.

Née dans l'Oranais et désormais installée au nord de Paris, dans une ville de l'Oise, Florence s'habitue difficilement au mode de vie des Français de l'intérieur. Non seulement le climat mais l'ensemble de leurs réactions lui coûtent car, après les grandes villes d'Afrique du Nord, tout paraît provincial et difficile à supporter. Les magasins de vêtements, par exemple, qu'elle jugeait démodés malgré le prestige de la couture en France. Elle se croyait sous l'Occupation, tellement les tissus étaient ternes. Je découvrais un univers de femme comme je n'en connaissais pas et l'entendre parler alternativement de ses goûts vestimentaires, de sa délicate attention aux matériaux mais aussi de politique était un régal. Je me laissais couler dans le bonheur de ses paroles. Elle disait avoir gardé l'habitude de se rendre chez une couturière une fois par semaine : c'était en quelque sorte son salon, un lieu où ne l'occupaient que des sujets légers, mais essentiels. Tout le contraire de moi, Oktay, un Turc obnubilé par la science et incapable de vivre ce qui s'offrait à lui.

Elle n'était pas là depuis longtemps car, après l'Indépendance, elle avait préféré rester sur place. Ce n'était pas une rapatriée ordinaire. Un ami nous avait présentés. Même après le putsch de 1965, cette drôlesse avait décidé de ne pas quitter Alger ; d'après Houari, on avait besoin d'elle car elle connaissait l'anglais et très peu de gens en Afrique du Nord pouvaient se prévaloir de cette langue. Le français avait tout investi, le moindre recoin. Et voici qu'allait se dérouler le Festival panafricain, comme pour narguer les Français et la propension de certains à regretter le colonialisme. Un centre culturel afro-américain avait été créé dans le centre-ville et les jeunes Algériens ne quittaient pas les Black Panthers d'une semelle, se groupaient autour d'eux, buvaient leurs paroles. Ces grands Noirs athlétiques, les yeux cachés par des lunettes de soleil, que l'on voyait sur plusieurs photos vêtus du pull ou sous-pull à col roulé, détonnaient et intriguaient dans le paysage d'Alger. En juillet de cette année-là, on allait suivre le Festival Panaf', on n'avait rien vu d'équivalent depuis des siècles. Les pays d'Afrique se rassemblaient et décidaient d'adresser un pied de nez aux anciennes puissances occupantes, sans compter ces salauds d'Américains qui faisaient les pires coups tordus dans la région : « Car la CIA se dépense sans compter. Et qui les accueille, le premier jour du Festival ? Boumediene lui-même, ce magouilleur, ce putschiste... C'est comme ça chez nous. »

J'étais incapable de répondre quoi que ce soit à ces violentes diatribes. Je connaissais encore mal le pays, seule la succession rapide des dirigeants m'intriguait. Je ne voyais défiler sous mes yeux que des groupes de folklore du Ghana et du Sénégal, des hommes musclés au casque orné de cornes d'antilope, des femmes de haute taille en boubou luxueux et les enfants des rues qui les entouraient en pleine extase tandis que les Panthères descendaient bouteille sur bouteille à l'étage d'un immeuble de la place de la Poste. Eldridge Cleaver donnait une conférence de presse à une délégation palestinienne. Il y avait quelque chose de comique à voir la confrontation des Afro-Américains et leur style Brooklyn, ces petites lunettes noires et rondes qui leur donnaient un air énigmatique, et des Palestiniens coincés entre costume un peu raide et style méditerranéen cool, chacun menait la révolution à sa manière. Mais les nuits étaient particulièrement belles : toutes les musiques, les sons les plus contraires et venus de tout le continent résonnaient dans les avenues, les tenues prenaient une apparence fantastique, une tour de Babel brièvement reconstituée. « Ah, si seulement Ben Bella avait pu ouvrir le bal ! » Bien sûr, il fallait des interprètes pour les nombreux militants d'Afrique du Sud, du Ghana, et les artistes américains. Florence faisait partie de ce contingent qui permettait aussi à l'Algérie de s'ouvrir au monde. Houari se délectait à égrener le nom des musiciens, en particulier Miriam Makeba ou Nina Simone, quand elle n'était pas ivre morte, avec lesquels elle avait travaillé. Mais Florence s'était surtout liée d'amitié avec un groupe d'activistes et c'était son luxe de se promener avec eux, de parler en slang dans les cafés, dans les soirées du Festival. Je n'avais jamais entendu ces noms. Pour une fois j'étais très impressionné, moi qui vivais en moine dans cette France assiégée, conservatrice, ignorante des mouvements qui agitaient le monde ; je comprenais que, dans une ville majeure de l'autre côté de la mer, les choses avaient pu bouger. Je rêvais de cet embrasement pour toute la zone du pourtour méditerranéen. Boire un café sur une place écrasée de soleil avec l'avant-garde de la révolution mondiale, c'était un objectif. Moi, qui n'avais longtemps envisagé la politique que d'un point de vue superficiel, découvrais le vrai sens du mot : pas des idées conventionnelles résultant d'une tradition familiale mais un engagement.

Si j'avais vécu en Turquie en 1919, j'aurais sûrement fait comme ces Algériens. En général, je ne suis pas très combatif, les communistes turcs me rebutent mais l'idée de repousser les impérialistes ne me déplaisait pas. Sûrement pas une décision facile à prendre, le risque d'être tué ou blessé devient moins abstrait au fur et à mesure qu'on y réfléchit. Comment se confrontait-on en toute lucidité à la perspective de la mort ? Dans ce cas, c'était plutôt l'inconscience et la révolte primaire qui menaient à la perspective de la mort. Périr par les armes à feu ou sous les bombes, comme ces milliers de jeunes hommes fauchés par la Première Guerre mondiale.

Je continuais d'aimer cette femme qui vivait son éloignement avec intensité. Plus elle pensait à l'Algérie, plus cette terre s'étirait, jusqu'à devenir le monde. Elle répétait que les Accords d'Évian étaient la date de naissance de la France nouvelle. L'arrivée des milliers de pieds-noirs, la mixité forcée avec une population méditerranéenne inattendue, largement incompréhensible, dans les provinces de France comme dans la capitale – ce bon vieux Paris qui s'imaginait cosmopolite mais était au fond peu mélangé – allaient tout bouleverser et pour longtemps. Il est clair que ce n'étaient pas les misérables travailleurs immigrés qui allaient orientaliser la France, mais les Européens teintés d'Orient : ils venaient d'Égypte, de Tunisie, du Maroc et, dans beaucoup de cas, d'Algérie. Ils allaient se charger d'infecter le corps sain et unifié d'une nation. Heureusement, il y avait déjà des bistrots arabes où se réfugier, avec leur décor immuable : espaces sombres et dépouillés, au mobilier toujours sommaire, où l'on pouvait stationner des heures devant un café, fermement décidé à ne pas en commander un second. Le sol y était souvent en carrelage rafistolé, les carreaux manquant bouchés au ciment pour éviter que toute la surface ne gondole ou ne se mette à hoqueter, comme une mer gagnée par la houle.

Bien avant de faire la connaissance de Florence, j'avais pris l'habitude de me rendre à Paris chaque mois pour retrouver Djihat, un artiste dont on allait parler un jour tellement sa vocation et son engagement étaient sincères. Ce dernier avait loué une minuscule chambre de bonne et peignait dans des conditions difficiles. Mais le goût de poursuivre lui donnait l'énergie du désespoir et je trouvais que ses tableaux gagnaient depuis quelque temps en vigueur et en simplicité. Il émanait d'eux une lueur et une brillance surnaturelles. Pourtant au cours de son enfance passée dans un faubourg d'Istanbul, lui n'avait vu aucun tableau car à cette époque-là les villes turques ne disposaient pas de musées de peinture. C'est une histoire de la peinture offerte par l'une de ses tantes qui lui avait ouvert les portes d'un monde qu'il continuait d'explorer. Depuis, il ressentait une affinité profonde avec l'art français classique que démontraient admirablement, chaque fois que nous prenions le temps de bavarder, ses interprétations de *L'Embarquement pour Cythère* par exemple. Je n'aurais jamais soupçonné ces arrière-plans.

Nous nous étions donné rendez-vous devant l'église Saint-Eustache : après un premier café, l'ami peintre a insisté pour me montrer quelques tableaux classiques au Louvre puis proposé de visiter la grande exposition consacrée à Ingres.

Après l'avoir quitté, je me suis attablé dans un restaurant proche de la gare de Lyon, à côté d'ouvriers arabes qui avaient pris l'habitude de se réunir là. Ils buvaient du café et feuilletaient le journal en commentant les combats en Égypte. Je les voyais penser au pays natal ou à ce qui en tenait lieu. Des patries de remplacement. Leurs visages peu à peu s'étiolaient, eux qui étaient déjà rongés par le dur travail et l'exil. Ils souffraient derrière la vitre d'une Europe inhospitalière tandis que des affrontements sporadiques avaient lieu le long du canal de Suez. Au cours de ces quelques jours passés dans la capitale, j'ai également repris contact avec Ali, un ami de lycée que je n'avais pas revu depuis nos dix-sept ans et qui s'etait aussi établi à Paris : remarquablement doué en maths, il s'est fixé très tôt des objectifs dans la vie, notamment celui de connaître le français mieux que les Français. Je le trouve un peu illuminé mais on peut considérer qu'il a réussi dans son projet. Cette appropriation de la langue étrangère constitue à la fois un succès et une névrose. Rien ne l'y oblige mais une voix intérieure le pousse vers toujours plus de français. En tant qu'ingénieur et amateur de profils aristocratiques, son but est l'acquisition du meilleur de la République. Il se pose la question que, tous, nous retournons mentalement : *sommes-nous si arriérés que nous ne puissions égaler les Européens ?* C'est une obsession. Et puis il se montre dur envers les Turcs qu'il accable de tous les maux, il les répudie totalement tel un amoureux éconduit. Je relis ses lettres – deux écrites coup sur coup – dont les feuillets vibrent de colère. Le cœur de son indignation s'est fixé sur les intellectuels colonisés qui, selon lui, pratiquent un double discours avec le peuple turc et avec l'Occident. Ils tirent leur épingle du jeu en étant acceptés, valorisés et parfois pris en exemple par les deux camps à la fois. Simplement, au lieu d'être les passeurs ou les « ponts » que l'on s'imagine, ils ne sont que les escrocs à double face du contact des civilisations. Cela met Ali dans tous ses états, lui qui avait déjà tendance à être maladivement colérique au lycée. Il vitupère, s'excite, balaie tout argument du revers de la main alors qu'une vision anthropologique pourrait l'aider à considérer cela comme une attitude humaine – un des « possibles » – parmi d'autres. Il ne sait pas s'épargner les désagréments de la pensée colonisée, justement. Il pense que sa colère est sainte alors qu'il est dépassé par ses affects. *Affekt*.

Une chose m'a frappé à la fréquentation de certains de mes collègues arabes comme Hocine : ce sont d'excellents francophones – d'ailleurs, ils n'ont rien à envier aux Français, ayant reçu une éducation aussi soignée que leurs maîtres et un accès aux concepts qui leur permet d'en user avec aisance et inventivité. Je vois régulièrement passer des revues parues à Alger ou à Beyrouth, de luxueuses publications où s'alignent des textes historiques, ethnographiques ou culturels qui ne contiennent que très peu d'informations. Et pourtant cette production qui se targue de science sert bien à quelque chose mais pas à la diffusion d'idées scientifiques : juste à fédérer quelques esprits forts autour de l'arabisme. Il paraît d'ailleurs que ce sont surtout des chrétiens qui dominent ce courant ; les Arabes sont moins bêtes que nous, ils savent retourner leurs faiblesses. Leurs articles martèlent les mots d'héritage de la civilisation musulmane, d'échelle de l'homme, du sens de l'Histoire, de visage moral et on invoque l'Unesco à la moindre occasion. Depuis vingt ans, ils se démènent pour attirer l'attention du monde et s'intégrer au flux de la culture mondiale. Et ils y arrivent, semble-t-il. Nous sommes bien loin, nous autres, de ces préoccupations. Comme de ces réussites. Je m'étais pourtant promis de rester en dehors des considérations politiques, en tout cas sans dépasser mon domaine ethnographique : et voilà que je ne peux m'en empêcher. Désormais je camperai sur mon territoire, et tant pis pour l'agitation du monde.

« Tu n'y connais rien à l'Algérie, toi !

— J'en ai une vague idée. Un pays méditerranéen et une république socialiste.

— C'est tout ? Tu sais quand même que nous avons été occupés. Elle a su être cruelle, la belle France que tu encenses... »

J'ai pris un air fâché avant de me défendre :

« Lorsque la Guerre d'Algérie a éclaté, je n'étais pas encore en France. On en entendait parler, chez nous, la presse prenait quand même fait et cause pour les musulmans opprimés, c'est une habitude...

— Tu es venu quand ?

— Je suis arrivé à l'automne 1964. »

Dans ces mêmes années, la télévision française diffusait pour la première fois des images d'enfants mourant de faim. Au Biafra sans doute. Après des siècles de malheur et d'oppression invisibles, l'homme voyait en direct ce qu'il supposait : des ventres enflés par la malnutrition, des visages et des bras couverts de mouches, des regards implorants ou résignés. Et l'on ne savait plus qui incriminer. On se demandait ce qui était acceptable ou inconvenant. On restait sans voix. Je regardais les clients du café : leur visage était figé ou navré, j'éprouvais moi-même de la compassion mais les événements restaient lointains. De Gaulle, par exemple, ne pouvait assumer son engagement de manière publique. Il était temps de changer de rhétorique : on introduisait le terme de génocide car on comptait cette fois pas loin d'un million de victimes. En 1970, c'était le chiffre minimum pour que l'opinion publique soit touchée. Mais le sujet préféré, dans les campagnes françaises, c'était la guerre d'Algérie. Hocine, lui, plastronnait en disant qu'il avait vécu dans le maquis avec des combattants pendant plusieurs mois. Et il concluait toujours par le même refrain : « Je vais t'expliquer, ce n'est pas sorcier... »

À Paris, l'indignation d'Ali l'emmerdeur ne baisse pas. Après avoir tant rêvé de la France, il s'est immédiatement rallié à ses chimères. Ce garçon que je connais depuis les premières classes du lycée n'a fait que voguer sur les flots de l'insatisfaction. Au lieu de tenter une synthèse qui l'aurait mis en accord avec lui-même, il s'est transformé en diffamateur de la culture d'origine. Déçu du rôle historique de ses compatriotes, il se range du côté des vainqueurs. Sa conscience douloureuse en fait un monstre, une figure hybride sans harmonie ni douceur. On peut prédire que, dans quelques années, il s'emparera de la bannière politique de ce qu'il dénonce aujourd'hui, le nationalisme étroit.

J'ai passé du temps à fouiller mon petit logement mais impossible de retrouver un carnet manquant, des notes de septembre 1968, sur lesquelles je comptais pour rédiger la suite d'un chapitre : au-delà du sous-développement dont on exagère beaucoup l'importance, il y a aussi la question de la pénurie de main-d'œuvre pour certains domaines et du chômage dans d'autres. Chez les Turcs, la multiplication des fonctionnaires, des porteurs de thé et des gardiens de parking est en réalité une forme de sous-emploi. Attendre, chercher un emploi, est-ce du chômage ou est-ce déjà chercher à travailler ? Si, en pays sous-développé, la sous-alimentation et les maladies rendent beaucoup de gens inaptes au travail, doivent-ils être considérés comme des chômeurs ? Ces femmes qui sont maintenues chez elles par des traditions hostiles à leur intégration au monde du travail, sont-elles sans emploi ? Par ailleurs, dans les pays développés comme ceux d'Europe occidentale où j'évolue désormais, n'y a-t-il pas une sorte de surenchère du travail, une exploitation exagérée des forces humaines qui mènent à l'exclusion de certains ? Par jugement moral, pourrait-on dire. Des traces d'austérité protestante continuent de servir de carcan à l'activité sociale rémunérée. Donc le travail n'est pas destiné à tous. Et lorsqu'il se présente enfin, il est déprécié car insatisfaisant. La courbe du chômage s'infléchit : une partie importante de la population – et dans les villes comme D., on en a le spectacle quotidien – doit s'y résoudre. Selon moi, l'individualisme qui grignote peu à peu les sociétés occidentales va s'en nourrir. Un nouveau mode de vie, où le travail serait l'exception et peut-être l'aberration du système, est en passe de s'installer.

4

Sur l'ouvrage d'un collègue bien informé

Je ne vais pas y aller par quatre chemins : ce qui caractérise la civilisation française, c'est l'engouement pour son passé, et j'ajouterai même : pour le passé que la Révolution française a brutalement balayé afin de laisser naître un monde nouveau, avant de se ruer – et avec quelle insouciance – vers une grande uniformité de sentiment et de production intellectuelle. Il y a comme une équation régulière, une valeur d'écart peut-être, entre le passé déjà mythifié, invérifiable, et cette disposition qui pousse le goût contemporain à se fixer sur un objet ou une idée la plupart du temps saugrenue. Le genre d'idée qui finit par obséder le corps social mais ne permet nullement d'avancer : ni en modernisme, ni en confort, ni même en valeur intellectuelle. Notre auteur a patiemment élaboré sa théorie dans les trois ouvrages publiés en 1949, 1952 et 1954, à la suite desquels il s'est engagé dans d'autres voies. En particulier une très longue enquête de terrain poursuivie à la frontière franco-belge, à la jonction du monde paysan et de la zone d'implantation des grandes usines qui avaient commencé à fermer l'une après l'autre. Plusieurs religions s'y livrent concurrence, la libre pensée en fait son terreau, les langues aussi se mêlent, flamand et français, patois des villages et des cités ouvrières, on voit s'agiter là l'ensemble de la condition humaine. Je savais que notre collègue avait une dent contre l'islam : mais dans ce livre paru il y a plus de dix ans, il s'en prend d'une manière que je dirai honteuse à une civilisation qu'il ignore de toute évidence. Apparemment tardivement entré en contact avec le monde oriental – au Pakistan, si je ne m'abuse, et qui en constitue une zone lointaine, presque périphérique et probablement très peu représentative – il n'en comprend que la surface et s'exprime de façon décevante, tel un Européen moyen, ignorant et soumis aux préjugés les plus coriaces. J'en suis bouleversé : un esprit si fin, lorsqu'il s'agit d'exprimer la fin du fantasme qui a accompagné le voyage ou d'analyser une population au cœur de l'Indonésie, se révèle déficient, boursouflé et ralenti par des vues provinciales (sans doute l'adjectif qu'il affectionne le plus en référence à l'expression contemporaine du monde islamique) et, d'une certaine manière, se rend lui-même la monnaie de sa pièce en se dérobant à une empathie dont on aurait pu attendre quelques bénéfices. Non, il est proprement affligeant de voir un tel esprit sombrer sous nos yeux !

On ne saurait évoquer la personnalité de mon éminent collègue sans insister sur la place centrale occupée par la musique dans ses travaux et dans ce livre en particulier. Tout comme son talent littéraire si personnel lorsqu'il décrit un paysage du grand Sud algérien, son amitié avec l'écrivain P.V. ou le peintre J.D., son amour des objets qu'il assimile à l'art brut, des coléoptères, la réflexion profonde qu'il a menée sur quelques portraitistes du XVIIIe siècle et le bleu français, la partition invisible qui relie d'un trait l'existence et l'œuvre. Il révèle, dans des entretiens accordés au principal quotidien national, avoir rêvé de devenir chef d'orchestre et ajoute qu'il travaille toujours en écoutant de la musique, attaché qu'il est à une sélection très fine de morceaux de compositeurs classiques européens. Et cela jette une lueur trouble sur un phénomène qui maintenant m'obsède : depuis sept ans que je suis en France, je cherche de plus en plus souvent refuge dans les bistros arabes pour écouter, capter, me nourrir des mélodies orientales. Même s'ils ne recouvrent pas toute la gamme des airs turcs, ces chants me permettent de me tenir à l'écart, en dehors de mes périodes d'étude spécifique, aussi bien de la variété française maintenant étirée entre les flonflons des fanfares traditionnelles et la musique pop qui subvertit tout, que des hauteurs stupéfiantes et béantes de la musique symphonique. Cette dernière me glace, j'ai l'impression d'être perdu dans une nef d'église qui voguerait sur un océan déchaîné, et ce sentiment de gravité religieuse, je le sais, ne m'apporte rien : au contraire, il m'est néfaste. Au fond, c'est à travers la musique occidentale que j'ai senti qu'un ethnologue pouvait rester étranger à son sujet, à son terrain. Ce sont les fibres, les strates du corps, de l'esprit aussi peut-être, qui sont là sollicitées. Il paraîtrait que notre collègue prépare une tétralogie sur le phénomène musical tandis qu'un essai sur Wagner dort dans ses tiroirs. Même si je suis avant tout fasciné par l'éclat de la formulation, je ressens comme très suspecte la double articulation qu'il propose entre nature et culture. Ou peut-être devrais-je dire que les intuitions devenues propositions et axiomes scientifiques ne me paraissent pas applicables en tout temps et en tout lieu. Au fond, le grand homme, qui se présente comme le plus scientifique d'entre nous, se paie le luxe d'énoncer des théories qui ne sont que des particularismes bien enrobés. Et comme il s'y entend ! « Je voudrais avoir vécu au temps des vrais voyages » : ainsi débute le livre d'un des hommes de science les plus respectables dont j'ai suivi la carrière, méditant ses remarques, lui emboîtant souvent le pas.

Une des nombreuses questions que pose ce type d'ouvrage pour notre discipline est son manque d'assise réelle : après une longue introduction qui réfute le mythe du voyage et du dépaysement – le bilan en est bien cruel pour toutes les jeunes générations qui commencent à peine à explorer le monde et découvrent le charme du changement de lieu – les chapitres se succèdent comme autant de réflexions plus inspirées par son bureau et le déroulement d'une carrière qui ne connaît pas de soubresauts – que par la réalité du terrain. Il n'aurait pas dû l'oublier mais, surtout, il aurait dû fournir à son lecteur une matière apte à être vérifiée : on y gagnerait en connaissance comme en plaisir. Mais ce rapport au réel, au vrai tel qu'il peut nous apparaître, est refusé à la plupart de nos contemporains, y compris dans la sphère des chercheurs. Ils se révèlent plus à l'aise dans l'illusion, en se berçant de fadaises pour mieux se maintenir en vie : sinon, l'existence telle qu'elle nous est donnée, leur procurerait trop de désagréments.

L'insatisfaction est la base de nos rapports sociaux, même lorsque de nombreux besoins et aspirations artificielles sont assouvis. Il faut savoir s'appuyer sur l'insatisfaction, en faire une forme d'énergie qui porte à se dépasser ; bien au contraire, les sociétés développées s'ingénient à nous contenter, tout du moins pour ce qui est des besoins matériels. Notre collègue a préféré laisser de côté ces considérations et nous entraîner sur des voies parfois fallacieuses, il aurait bien trop peur d'être pris pour un intellectuel marxiste ! Et puis il y a chez lui une curiosité candide qui lui fait rechercher les fondements d'une humanité qui a depuis longtemps disparu. Et qui ne se représentera sans doute plus sous cette forme... Quelle magnifique illusion que la recherche de ce point zéro ! Idée proprement scientifique de l'élaboration d'une référence, mètre-étalon de notre vision de la culture, misérable idéologie qui a longtemps cru dominer le monde.

Bien, je réalise que je dérape un peu et vais m'en tenir à une argumentation classique. Pourtant, c'est elle qui nous ronge et finit par réduire la réflexion à une algèbre dans le cercle étroit des spécialistes : pourtant, nous avons nous aussi vocation à éclairer le plus grand nombre.

Bien entendu, on peut difficilement mesurer l'impact que nos recherches exercent sur le public, à domicile comme dans le pays que nous avons pris pour objet scientifique, alors qu'en réalité les analyses d'un modèle local ou national intéressent au premier chef les acteurs eux-mêmes. Et pourquoi pas, même si notre travail ne vise pas ce but, les amener à modifier et à adapter leur comportement en dehors d'une loi naturelle vécue comme une fatalité ? Naturellement, l'ethnographie ne disparaît pas parce qu'un auteur – aussi éminent ce collègue soit-il – l'a décrété ou qu'il publie un ouvrage censé mettre fin à notre discipline. Ce n'est pas l'un des moindres paradoxes qui tourmentent le chercheur. On ne peut pas dire que l'ethnographie soit, comme d'autres, soumise au progrès : l'excès de scientisme, la précision des termes supposés maîtriser la fugacité des événements ou la complexité flottante des concepts ne rassurant qu'une génération, en général aveuglée par cette lumière divine. Ce faisceau de données n'abuse pas les autres qui continuent dans la voie qu'ils ont tracée, visiteurs assidus de sociétés entrées en déclin, qui appartiennent pour ainsi dire à un autre temps, même si elles se disent nos contemporaines. C'est exactement la raison pour laquelle j'ai choisi la réalité provinciale française, la plus curieuse des sociétés et néanmoins la plus fréquemment représentée dans ces documents remarquables que sont les romans français parus depuis un siècle et qui ont été déversés sur le monde entier : moi-même en Turquie, j'y ai eu accès et avec quel bonheur ! La réalité crue et proposée dans un luxe de détails de tous ces êtres grossiers, fermières ou bourgeoises de province dont les motivations, les arrière-pensées et les habitudes sociales n'ont cessé de me hanter : je m'étais juré de leur rendre visite. Je leur ai consacré de nombreuses années, surpris simplement de leur décrépitude. Car les temps ont changé et la diversité s'en est allée, tout comme leur assurance.

Je reviens à cette critique du monde – « de la civilisation » serait un terme plus juste – islamique : ce collègue reconnaît avoir été repoussé par les premiers contacts qu'il a eus avec le monde musulman à travers une ou deux causeries organisées à Paris dans les centres culturels des pays représentés sur le plan diplomatique. Pour le reste, dans le cadre de sa visite tardive aux monuments moghols, il ne peut se retenir d'employer une rhétorique orientaliste et, de toute évidence, nourrie d'auteurs du tournant du siècle, de ces décadents que l'Europe a produits à foison et qu'un homme de sa génération a dû intégrer. Odeurs, couleurs, foule ou solitude mystique, l'ensemble des passages consacrés à l'Orient dans ce livre souffrent d'un impardonnable décalage et sacrifient, même chez un ethnologue aussi averti, au déjà-vu et aux clichés les plus éhontés. Plus que les hommes et leurs systèmes, il ne parvient à déchiffrer que des images. Il ne dialogue pas, ne prend le temps de s'asseoir avec personne, il n'entre dans aucun foyer. Il trahit son métier, et avec quel lyrisme ! Je l'entends encore rapporter les conversations qu'il aurait eues avec de jeunes musulmans se disant obsédés par la virginité de leur future épouse tandis que la fin de l'ouvrage semble contredire les chapitres liminaires où le récit du contact avec la sauvagerie inconnue, la découverte de l'absence de traces écrites et de traditions livresques dans ces régions l'autorisent à se targuer d'un terrain d'exploration parfait. Ici, surgissant d'un seul coup comme une mauvaise surprise, ce ne sont que rappels historiques, anecdotes grecques ou parthes agrémentées de remarques fielleuses sur le socle indo-européen. L'immense ignorance de mon éminent collègue, à cette étape de sa lecture du monde, est quand même quelque chose de stupéfiant ! Comment croire qu'il le fait en toute innocence ? Le voilà rattrapé par son fonds national et religieux, un Français arrivé aux limites de sa perception et de ses capacités d'abstraction. Ce que vient nous rappeler de manière douloureuse un long développement comparatif sur la tombe, le tombeau, le mausolée en Orient et en Occident. L'auteur avance alors des remarques inouïes sur la petitesse et l'étroitesse des sépultures en islam, alors que le « tombeau européen est à la mesure de son habitant ». Sa plume divague.

Je terminerai avec cette anecdote : lorsqu'il se trouve confronté à un groupe de savants – précisant néanmoins « universitaires ou religieux « –, il se laisse abuser, au moins en surface, par le discours bien rodé sur la simplicité du système musulman et d'autres axiomes qui feraient sourire même un ignorant. Outre le fait que notre savant aurait dû se conformer à la règle non dite du soupçon face aux affirmations tranchées des informateurs, il n'ignore pas que le pays qu'il visite a été en guerre contre le voisin hindou. Et considérant son expérience préalable de groupes humains en Amérique du Sud, il ne devrait pas s'autoriser des jugements de valeur aussi péremptoires. Son radicalisme nous navre. C'est en effet à plus de vingt pages d'une diatribe continue qu'il nous soumet, au lieu de reconnaître – avant d'en faire le sujet de ses développements – qu'il ne comprend rien à ce lieu ni à ces hommes.

Fort heureusement, quelques remarques stimulantes viennent nous réconcilier avec l'homme, l'ethnographe enfin libéré de réflexes à fleur de peau et conclure le volume. Il identifie le sens de l'activité humaine : il faut en filigrane comprendre qu'il s'agit des civilisations dans toute leur variété et efflorescence, dans lesquelles s'inscrit le destin tragique d'un cheminement partagé vers l'entropie universelle. Tout cela est affirmé avec force et conviction ; il n'est jamais facile de conclure une pensée, de parfaire un raisonnement, j'en conviens, mais fallait-il nous infliger cette période mal équilibrée, ce déferlement de poésie et de philosophie indigente sur le travail et les loisirs, l'abandon à la vie réelle considéré comme la qualité à chérir par-dessus tout – le thème soustendant l'ensemble de l'ouvrage –, mais en quelque sorte gâché par cette conclusion si petite-bourgeoise ? Lutter contre le ralentissement généralisé et la perte de la diversité, lutter contre le dialogue au fond fictif entre les êtres et les civilisations, voilà ce qui permet l'abandon et le repli, deux façons surprenantes de mettre un terme au voyage. L'hymne à la vie simple qu'il entonne m'a tellement rappelé les écrits de jeunesse d'André Gide que j'en ai eu comme une nausée. Sans compter cette évocation de la complicité avec un chat : dans la tranquillité du bureau retrouvé, face à un animal de compagnie fréquenté depuis des millénaires, que subsiste-t-il de la curiosité attendue chez un anthropologue ? Rien, en fait. Un abus de relativisme et une philosophie simpliste qui mènent au pessimisme absolu. Car le pessimisme consiste à refuser la réalité telle qu'elle est, de n'en percevoir que ce qui gêne et de maintenir l'individu dans une pénible dépendance, principalement envers le hasard. Comment un homme de science peut-il se laisser affecter par cette donnée bien connue et qui, dans le cadre de la civilisation que notre collègue défend avec tant de fougue, se montre souvent clémente ? Cela pourrait être tellement pire. Le public non spécialisé ne devrait pas s'y tromper.

Une autre réponse, cette fois-ci indirecte, à ce savant considérable pourrait être mon incursion dans un territoire secret de la vie française, une particularité que l'on retrouve néanmoins dans l'ensemble de la civilisation occidentale. J'aimerais maintenant consacrer la suite de cet article à la passion de ses habitants pour une fraction inclassable du temps, celle à laquelle ils aspirent pendant la période laborieuse de leur existence, justement : les vacances. Chez nous, les congés existent comme une brève parenthèse d'été et de nombreux jours fériés jalonnent l'année, mais les vacances, la vacance, qui s'oppose au temps de travail et contient une terrible notion de vide, c'est encore autre chose. L'ensemble de la société accepte que tout s'immobilise et fait ce qui est en son pouvoir pour atteindre cet état de suspension : les quelques franges de la population qui pourraient vouloir s'y opposer sont contraintes à l'arrêt, à l'interruption des énergies et se voient peu à peu gagnées par le ralentissement. Sans doute est-ce l'apanage de sociétés productrices de forte activité, familières de pointes d'efforts qui les ont portées au premier rang des civilisations que de pouvoir, presque sur commande, interrompre ainsi le flux. J'irais même jusqu'à dire qu'il s'agit d'un luxe que s'offrent les civilisations dominantes : si l'on devait attribuer deux symboles à ce pays repu entre industrie et commerce international, je crois que j'opterais pour le train et le parasol. Et les autres civilisations ? Celles dont on considère qu'elles sont en retard, qu'elles cherchent à se hisser – et l'on sait avec quelle difficulté – au niveau des grands pays, ne peuvent-elles en nourrir une certaine animosité ? Je crois que l'on n'a pas suffisamment pris en compte cette haine du temps libre.

Cette année j'avais décidé de me retirer sur une île, de passer des vacances dans un lieu touristique, comme la grande majorité, même si les habitants de ce pays aiment bien ne pas faire comme les autres et y mettent même un point d'honneur. Moi, en bon produit de ma culture d'origine, je me conforme volontiers aux us et coutumes de l'ensemble des voisins, amis, concitoyens. Logé dans un hôtel familial puis dans un bungalow, j'allais à la plage, je faisais des courses d'alimentation, je marchais à l'ombre des arbres et il m'arrivait aussi de regarder une émission de télévision. Ces émissions passe-partout, ces films démodés que les soirées d'été réhabilitent, produisent un effet singulier, on a l'impression d'accéder à une autre réalité en arrière-plan, plus douce, une sorte de paradis de médiocrité, si confortable. Et même les informations télévisées semblent repousser les nouvelles désagréables, les reportages de guerre y sont plus espacés comme si la terre tout entière se trouvait en vacances. Au point que l'on pouvait s'inquiéter de savoir ce qui surviendrait dès le mois de septembre ou à l'automne.

Chaque période des vacances semble chasser les précédentes, balayant les bons moments, annihilant la chaleur ressentie sur la peau. Elle repousse un peu plus loin le corps et l'esprit amolli dans le passé. Je me rendais compte que je n'arrivais pas à oublier les vacances d'antan : des rites importants les parsemaient. Sur la côte turque, il fallait jouer, se baigner, parler aux familles des voisins, subir les longues périodes de plage imposées par les parents, se doucher, passer des soirées sous la pinède dans un jardin de thé proche d'un port de plaisance où les lumières donnent le tournis, il fallait attendre. C'est ainsi que l'enfance prenait son relief.

Le jardin trempé où, tôt le matin, sautillent de très belles pies bleues confirme la tranquillité que j'ai atteinte ici : résider sur une île est déjà une forme de réussite mais la paix irréprochable des vacances vient coiffer le tout. La promenade jusqu'au rivage, la sieste dans une chambre à la fenêtre entrouverte, la rêverie immobile accentuaient des sentiments au repos. En vacances, on peut arrêter de vivre : les autres, mes semblables, mes frères, que je voyais au village ou aux abords des campings, me donnaient l'impression de vivre avec plus d'intensité. Les vacances les exaltent. Ces morts-vivants de l'année sortent de leur gangue pendant quelques semaines d'été. C'est étrange, tout de même. Et pourtant, en bord de mer, sous un ciel bleu qui en France, est plein de cruauté, comme le temps s'écoule ! Goutte à goutte, sa fluidité et notre incapacité à le retenir s'affichent ; on se sent suspendu, dans cet été longtemps attendu, entre la vie et la mort. Alors, quelle valeur attribuer à ces « bons moments » ? En tout cas, c'est ici, dans ces conditions paisibles mais génératrices d'angoisse, que j'ai pris la véritable mesure de la temporalité qui nous façonne. Plutôt, qui façonne les Français et les transforme en ce qu'ils sont.

Une autre raison qui m'a mené sur cette île était le projet de visiter l'ensemble du pays qui m'héberge désormais. D'ailleurs, la vision complète du territoire occupe beaucoup de citoyens de cet état moderne car ils aspirent à connaître la totalité des lieux dont on leur parle à l'école, puis à la télévision, les lieux d'où est originaire leur famille ; certains se contentent de quelque accès de fièvre généalogique avant de s'interrompre à la cinquième génération. Au-delà, cela peut devenir confus, pour ne pas dire humiliant. Je suis également conscient que d'autres – et leur nombre gagne du terrain – préfèrent aller visiter des terres lointaines, des régions exotiques. Leur propre pays ne recèle plus assez de curiosités, ils désirent être plongés dans une culture différente, simplement, le nombre de volontaires n'est pas assez élevé pour que l'on s'émeuve du phénomène. Néanmoins, les particularités nationales transparaissent au grand jour, débarrassées de cette uniformité que les travaux et les habitudes leur ont conférée. Chaque jour, je vois passer l'Allemand et sa petite charrette aux pneus noirs comme de la réglisse, destinée à transporter les jouets de son unique enfant et les accessoires de plage ; j'observe l'Anglais et sa volonté de creuser des fortifications, son activité physique ininterrompue sous le soleil brûlant, même si son corps ne cesse d'en porter les stigmates. Quant aux autres Nordiques, très actifs, ils passent leur temps en constructions, bricolages, érection de tentes, pare-vents, manches à air, cerfs-volants, poursuivant une lutte sans merci contre l'ennui balnéaire. Je m'interroge sur ce qui m'avait semblé être des clichés. Et si ces étrangers l'étaient vraiment ?

L'élément le plus marquant de cette période de vacances, c'est la fuite en avant. Pas au cours des premiers jours vécus dans une sorte d'allégresse, d'ailleurs suspecte, mais pendant ceux qui suivent, de plus en plus identiques, se dissolvant au fur et à mesure en une longue journée toujours divisée en trois : plage, repas, pause au café. C'est peut-être pour cette raison que je me suis mis à apprécier certaines choses simples comme le chemin d'accès à la plage, une sente bordée de plantes grasses, de chênes-lièges, d'un ou deux pins parasols, dont le sol sableux laisse émerger des lichens et des graminées qui ondulent au vent. Sans doute est-ce ce désœuvrement absolu qui me pousse à m'intéresser autant à la nature et me conforte dans l'idée de privilégier le retour aux choses simples, considérées comme des marques solides dans une existence fuyante, ébranlée par la pensée fugace.

J'avance sur cette étroite sente entre deux mondes, d'un côté la mer que l'on entend gronder derrière la dune, de l'autre le parking envahi de voitures immatriculées dans toute l'Europe, quadrillé par des parents inquiets en shorts trop larges, suivis d'adolescents moroses que leur âge condamne à hésiter entre une glace et les fesses rebondies de la fille appuyée au poste de sauvetage. Cette nature mouvante modelée par le vent et le chant aigu des oiseaux me semble un dernier repaire des passions. Tout y est possible, c'est un passage dans le vrai sens du terme : on y quitte la civilisation mécanique pour accéder à une immense abstraction horizontale où l'on peut réfléchir à loisir sur la relativité de sa taille, de son existence, de ses proches et de son travail.

La plage se révèle un lieu philosophique presque idéal : ce brusque enthousiasme se rompt brusquement lorsque je vois apparaître une cohorte de petits dinghies à la surface luisante et au moteur pétaradant : de frêles esquifs sur lesquels s'agitent des tritons et quelques rares naïades, destinés à brouiller l'après-midi en même temps que l'eau, parcourue de volutes de sable. Par moments, une vue superbe se décroche du paysage, semble s'en extraire et proposer une vie tellement meilleure. Là-bas, derrière la première ligne de pins, dépassant de la crête des dunes, apparaît l'horizon bleu de la mer. Et dans le coin droit, l'avancée sablonneuse toute de pins rongée, du bout de la baie. C'est en effet un paysage doux au regard, charmant, sans contours agressifs. Un paysage de vacances qui apaise aussi les idées, ne provoque aucune émotion forte. Mais si l'on se retourne, il y a le camping : un environnement agressif fait de caravanes, de voitures et de tentes mêlées. Le voisin est celui que l'on aperçoit régulièrement dans l'enfilade, au bout d'une ruelle ensablée. On croirait un campement de nomades ou de réfugiés. Le ballet des voitures, des vélos et des piétons chargés d'une glacière est incessant. Cette agitation marque une fureur de vivre qui en vaut d'autres. Sans oublier les traits originaux qui se sont développés dans ce mode de vie occasionnel : la nudité calculée en est l'aspect le plus visible. La promiscuité revécue dans une vie très individualiste : on fait la queue aux toilettes, à la douche, pour faire la vaisselle. En particulier devant les toilettes, face à l'air las et désabusé de celui qui n'a qu'un rouleau de papier hygiénique à la main, je n'ai pu m'empêcher de penser aux camps de réfugiés, en Palestine ou au Maroc pendant la guerre des Algériens. L'attente est le mode de fonctionnement principal : à part que, pour les vacanciers, elle est consentie, voulue même. Et puis, comme dans une tribu primitive, les femelles se regroupent pour laver la vaisselle tandis que plusieurs hommes les rejoignent, transgressant leur condition. Il y a ceux du soir et ceux du matin : demain, tôt, on verra quelques individus tituber en portant d'énormes bassines regorgeant des assiettes de la veille ainsi qu'un sac plastique où s'entrechoquent les bouteilles vides.

Jamais je n'avais connu une telle proximité avec la nature : c'est une civilisation de l'Outdoor que nous propose le camping, un moment où les humains rejoignent leurs animaux de compagnie, par exemple ce petit chien à barbiche. D'où les Occidentaux tirent-ils ce goût pour les chiens, et surtout pour toutes ces races de chien, du plus minuscule au massif dogue que beaucoup de Nordiques affectionnent ? Ce petit chien, l'air épuisé et le dos hérissé d'une crête de poils blancs, suit chaque mouvement de son maître ; lui, en short, torse nu et des touffes de poils blancs dans le dos, ressemble à un Bouddha dégagé des servitudes de ce monde. Tous deux sont amenés à vivre sous les arbres, ces misérables balais déplumés tendus vers le ciel qui vire au bleu marine tandis que nous commençons à nous sentir bien, à nous sentir en villégiature, unis dans une communion que l'on n'aurait osé imaginer : à bonne distance du temps du travail. Depuis cet après-midi, de nombreux emplacements se sont vidés ; certains vacanciers rentrent chez eux. Le camp redevient un espace vacant et la nostalgie du plein été nous étreint. Lorsque la nuit s'étend sur le camping, s'établit un jeu surprenant de feux, de lampes-torches, de cliquetis de tasses, des petits rires et des chuchotements, un arrière-fond de ruissellement de douche prise juste avant de dormir. Près de mon bungalow, un homme ouvre un robinet situé au ras du sol et c'est un éclat d'argent ou de mercure dans le crépuscule. Car le jaillissement de l'eau est transfiguré par l'obscurité.

Souvent – à vrai dire, tous les jours – je me suis retrouvé en bord de mer, faute de mieux : soit par désœuvrement, soit pour profiter du choc provoqué par la découverte de l'océan. En tout cas, je n'ai pu me retenir d'élaborer une théorie de la plage et du « plagisme ». Par exemple, je m'applique à fixer le petit seau transparent où un garçon a entrepris de stocker ses maigres prises : des crevettes tout à fait nerveuses, des étrilles qui finiront par être relâchées, n'étant guère comestibles, un ou deux crustacés engoncés dans leur coquille et visiblement arrivés là par hasard. Comme dans un aquarium, on les aperçoit évoluer avec nervosité.

Je revois un après-midi où un jeune homme tenant à la main un sac de supermarché rempli de formes rougeâtres et orange, était passé au bord de l'eau. De toute évidence à la recherche de quelque chose, il scrutait les vagues qui à chaque retombée, faisaient jaillir des volutes de sable et brouillaient l'eau. On avait fini par comprendre qu'il s'agissait d'étoiles de mer déposées sur le rivage par une marée particulièrement puissante. Pauvres créatures aux lents mouvements et aux tentacules spongieux qui profitaient une dernière fois de la limpidité de l'eau dans le sac où on les avait logées. Quelques heures avant d'être abandonnées au soleil, à sécher. Et alors – comme si une illumination me traversait les yeux et l'esprit – j'avais pris conscience de la cruauté généralisée de notre vie. Comment, à n'importe quel instant, on pouvait être soumis à l'horreur, à l'arbitraire, en un mot à un certain absurde qui était aussi un aveu de notre incapacité à influer sur notre destin. Alternativement, on pouvait aussi essayer de pêcher quelque chose sans se poser plus de questions, s'abandonner au peu d'instinct qui anime encore l'individu. Renouer avec la brutalité et la mort comme l'avaient fait des générations d'ancêtres.

Mais les ai-je oubliés ? Non, car chaque fois que je passe un moment sur une plage écrasée de soleil, je pense à ce personnage de roman : tout peut arriver, et très vite, surtout dans l'éclatante blancheur du sable, à midi. Tuer, ça doit être facile. Et il y en a tant qui le méritent ! Mes maîtres à penser en littérature française sont aussi mes maîtres à penser tout court. Beaucoup plus que les théoriciens de ces Social Sciences que nous impose le goût anglo-saxon, je trouve des réponses, des occasions de réflexion dans quelques textes élaborés dans la France d'après-guerre : car l'harmonie esthétique n'empêche pas – au contraire, elle l'engage – la réflexion philosophique.

J'ai plusieurs fois relu ce récit qui plonge son lecteur dans les affres de la contemplation. La mort est là, si proche. Étranger au monde, je le suis parfois : confiné dans une familiarité qui n'évite pas le sentiment d'être ailleurs, au bord de l'abîme. Lorsque la crise se présente, j'y cède. Quel mystère que ce texte reconnu comme l'un des plus « français », où s'inscrit la toute-puissance d'un pays dominateur en passe d'être contesté. Bien sûr, cet Arabe qu'on abat sur une plage, en pleine lumière, c'est l'absurde de la domination qui s'y révèle. Un Maure, un Arabe, un homme de trop, et je me sens souvent comme lui. Pourtant c'est comme si, dans notre famille, nous étions condamnés à entretenir des relations avec ces Européens.

5
Oktay Bey

Après avoir réussi à l'éviter plusieurs mois en le tenant à distance par un échange de lettres régulier, je ne suis pas surpris de tomber sur le fameux Ali. Il a dû avoir vent de ma venue à Paris pour une conférence avec des collègues ethnologues, et il n'y a rien de bizarre à le rencontrer : dans la salle du musée où se tient le colloque, je remarque sa présence au deuxième rang. Bien entendu, il ne se prive pas de harceler les intervenants de questions qui sont autant de petits récits, de digressions verbeuses et parfois profondes destinées à confondre l'interlocuteur. Je n'ignore pas qu'il est possédé d'une haine profonde. Son état étrange appartient à une catégorie que les anthropologues n'ont pas encore répertoriée : la surexcitation – qui est un mélange de curiosité, d'envie et de rancœur dissimulée – vis-à-vis de l'étranger. Il dit chercher à se fondre, à être accepté, à se transformer, mais ne réussit qu'à rester un autre, insatisfait et déçu du monde. C'est un cas tout à fait intéressant mais placé en marge de l'enquête que je mène, et je vois en lui la forme extrême du voyage d'exploration.

Il s'agit cette fois d'une manifestation organisée par un groupe d'anthropologues et de spécialistes des arts primitifs. La rencontre a lieu au musée des Arts africains et océaniens que je n'ai jamais visité car situé dans un quartier de Paris dont j'ignorais jusqu'à l'existence. La Porte Dorée est un endroit désert où de rares automobiles évoluent dans un décor qui pourrait être celui d'un film des années 1940, avec ses grands immeubles cubiques en brique jaune et sa place centrale où trône une statue d'apparence grecque ou

pour le moins mythologique, recouverte d'un enduit doré. Un surgissement de verdure sous la forme de hauts arbres annonce le Bois tout proche. J'y suis arrivé en avance, désireux de voir le pavillon de l'Exposition de 1931, dans l'espoir de retrouver un peu de la grandeur de la France à l'époque de son empire d'Outre-Mer. Puis je me suis mis à consulter une immense fresque murale qui couvre la façade sur trois côtés et rappelle l'optimisme de la conquête comme la richesse économique de ces mondes destinés à l'exploitation. De pittoresques silhouettes en costume local, des Africains, des Annamites et des représentants de la population des Îles, se détachent au milieu d'une flore exubérante peuplée de nombreux animaux sauvages. À hauteur d'homme, à la gauche du portail d'entrée, je remarque une majestueuse tête de crocodile qui devait être calquée sur un fossile de dinosaure. Puis je fais le tour du bâtiment : sur l'autre partie de la façade, de petits cartouches rectangulaires indiquent les denrées les plus précieuses : thé, café, ivoire. Le rendez-vous étant fixé à 14h30, je décide de flâner un peu. Les espaces verts intégrés à la ville restent une des trouvailles de la ville européenne. On n'a pas su, à Istanbul, mêler aussi bien le naturel des arbres et le factice des constructions.

Après les habituelles passes d'armes entre scientifiques, alors que tout le monde se retrouve autour d'un verre, Ali a tenu à me parler du numéro spécial d'une revue consacré à un écrivain français ayant collaboré avec les Allemands et qui, violemment antisémite, a été condamné à mort lorsque le pays a été libéré. Je l'interroge sur ce nouvel intérêt. Selon lui, il s'agit de la réaction normale de l'être humain décidé à venger les outrages de l'Histoire – jusque-là rien à dire. Il me prête la revue et je découvre, entre les lignes, que des messes ont été célébrées à la mémoire de l'auteur dans plusieurs lieux de France mais aussi dans des sanctuaires en Afrique et à la Guadeloupe. Là encore, dans les anciennes colonies, l'esprit français souffle toujours. Ce qui me chagrine, c'est plutôt le ton, la rhétorique de ces phrases : « Nous savons que des prières nombreuses sont aussi parties du cœur de nos membres protestants vers l'âme de celui qui écrit : « Tout, quand Vous voulez, Seigneur, est possible, et la demande fervente de lumière céleste pour ceux qu'il aime. » Cette fois, la question qui me trotte dans la tête est la suivante : comment se fait-il qu'entre les bigots catholiques et les tenants de la charia en Turquie, la langue est si proche ? L'intention reste la même mais le catholique s'imagine avoir une supériorité sur l'autre, tant dans l'intensité de la foi que dans le raffinement et la bonté, la compassion. Comment justifier cela ?

Quand, à mon tour, je raconte, après avoir quelque peu hésité, que j'ai trouvé un emploi dans l'atelier de fabrication d'objets en bois établi à D., Ali change très vite de sujet de conversation comme si j'avais dit quelque chose d'inconvenant. J'aurais pu lui confier avoir aussi brièvement travaillé pour un cabinet immobilier, sans que cela demande beaucoup de présence dans les bureaux. Cette fois, je suis supposé commencer très tôt le matin, de 6 heures jusqu'à 14 heures. Le travail à la chaîne, dans les senteurs de bois tourné, de planches fraîchement coupées et de vernis, cette expérience du mode de production industriel capitaliste m'a paru indispensable, Ali ne peut se le figurer. J'ai besoin de ressentir la fatigue et l'insupportable répétition du même effort dans mon corps, son inscription dans les fibres de mes muscles. Comment lui faire comprendre ce qui constitue ma vie en ce moment ?

J'aurais pu lui raconter la scène suivante : un après-midi, après 15 heures, je me trouvais au café avec trois compagnons de solitude, un intérimaire que j'avais souvent entendu se lamenter, un ouvrier des Ponts et Chaussées en congé et qui reprenait le lundi suivant – « Trois semaines, ça passe vite, c'est pas croyable ! » – et la patronne appuyée du coude sur le comptoir, les yeux dans le vague. On écoutait le résultat des courses à la radio. L'un n'avait pas joué et le regrettait, le second avait perdu et la troisième écoutait pour être en phase avec ses clients, mais elle s'en désintéressait. D'ailleurs, elle s'était mise à lire le journal. À 15 h 30, deux amateurs de vin blanc avait surgi, une mère bien tenue, habillée avec recherche et affublée d'une étonnante face de poivrote, accompagnée de son fils, les cheveux noirs luisants peignés en arrière, à l'image des ouvriers dans les films populaires français. Ils ne s'adressaient pas la parole et sirotaient leur verre au comptoir, apaisés mais incapables de se défaire de l'expression démoralisée qui les hantait. L'intérimaire tenait absolument à raconter que l'usine ne s'arrêtait pas mais que ceux qui restaient au travail seraient payés double le 25 décembre. Leur Noël est encore plus assommant que le 14 Juillet : je pensais m'y être habitué mais les Fêtes étaient plus affligeantes cette année, sans compter ces folies d'achat. Sans doute parce que j'étais seul. Certes, on allait m'inviter de toute part. Et vivre encore mon statut d'étranger me mettait le moral au plus bas.

Je ne devrais pas penser cela, ce n'est pas une approche très scientifique mais je n'y peux rien. Pour moi, ces commémorations sont aussi figées et vides de sens que les dates liées à l'avènement de la République en Turquie. Puisque la France, les Français et leurs rituels constituent mon sujet d'étude, il serait vain d'autant s'impliquer émotionnellement, mais au fil des années j'en vois toute la trame, et l'aveuglement général m'a dégoûté. Il est sûrement possible de réformer le mode de célébration. Mes maîtres en Turquie bondiraient en m'entendant. Ou Mlle Koch, la lectrice allemande de l'université qui a fui l'Allemagne nazie et qui est tellement attachée aux principes républicains, ce qu'elle appelle l'intégrité des Turcs ! Car les hommes de science, dans leur immense sagesse, refusent de contester l'ordre établi et d'appliquer à leur propre existence l'esprit critique qu'ils incitent à appliquer aux textes. Vouloir, en tant qu'individu et scientifique de surcroît, modifier arbitrairement l'organisation sociale est une aberration. Fort heureusement ce n'est qu'un rêve, une intention mauvaise. Je nourris aussi le projet d'un «traité» supplémentaire et d'une bibliographie critique où il faudrait intégrer plus de références philosophiques. J'ai fini un autre article que m'a commandé une revue française, pas d'ethnologie cette fois, et je viens de passer plusieurs jours exalté par la formulation de thèses qui me tiennent à cœur:

l'influence des préjugés qui s'appliquent a priori sur la vie quotidienne tout comme les réflexes de base de l'homme de science qui a enfin réussi à les éliminer et à fixer les limites de la collecte de documents et témoignages, la névrose propre aux collectionneurs... Perpétuelle, destinée à alimenter une douce folie mais impuissante à se réordonner en matière à réflexion. Le caractère anthropophage de la recherche se fait jour, l'implication trop grande du sujet observateur me guette mais je m'appuie sur les enquêtes et les articles de plusieurs professeurs étrangers sur la ruralité turque. Ces derniers se montrent d'ailleurs élogieux, pour la simple raison qu'ils désirent absolument voir le pays sous ce prisme, une sorte de réserve de paysans dont les coutumes et le folklore les hissent juste au-dessus de la sauvagerie, et dont la richesse linguistique se révèle inépuisable. Un miracle de sujets d'étude nécessaires à un chercheur à l'aube de sa carrière.

Moins éloignée que les Îles Samoa ou le Grand Nord canadien, l'Anatolie présente d'indéniables avantages, et il faut en souligner la force. Ces zélateurs sont des étrangers en général bien informés, mais qui ne parviennent pas à s'affranchir de leurs premières impressions du pays. À l'exception de rares géographes attachés au concret et résolus à ne pas s'en détourner, une majorité de chercheurs semble persuadée que la terre aride et morne d'Anatolie va sortir de son inertie et prendre peu à peu la forme d'un mythe moderne. L'un d'entre eux, sans doute désireux de faire bande à part et frappé par une intuition qu'il imagine géniale, expose au fil des articles une théorie que l'on pourrait résumer sous le titre de « Littérature et sous-développement ». Ce sujet va permettre une insertion rapide dans les milieux universitaires et à raison : on se place d'emblée sur l'échelle des valeurs du monde tout entier. Dans cette formulation sacrifiant à l'esprit scientifique, je remarque une hiérarchisation rapide mais aussi une certaine réticence. C'est justement cette réticence larvée, cette coquetterie d'intellectuel nourri aux mamelles de la France qui me navre le plus. On peut y lire la rançon de l'engagement politique dicté par les modes d'après-guerre, les têtes pensantes des pays de l'Ouest ne montrant alors aucun intérêt pour des pays de moindre envergure. Mais cela pourrait être vu comme un moyen : à travers l'étude de petites nations ou des pays pauvres, sans compter les pays entrés en déclin, la recherche peut se maintenir à flot. Et la compassion mêlée à l'encombrement des champs de recherche ainsi que la volonté de faire du neuf avec du vieux finissent par tracer une vocation. Certains même, poussant la passion jusqu'à ses limites, s'intéressent puis se spécialisent dans les objets aratoires, les techniques de tissage et les tissus, d'autres, les bons vivants, envisagent l'étude de l'alimentation et des boissons… Les motifs du monde sont infinis : il importe seulement de les systématiser, d'en extraire les schèmes et les règles.

Pour ma vie d'enquête locale menée entre l'usine, le café et les champs, sur ce terrain de chasse parfaitement délimité, j'entends bien élaborer un système que je peux confirmer à travers la richesse de ma documentation. Les dessins et croquis ne sont certes pas à négliger. Des cartes, des coupes du relief géologique, des prélèvements de sol et de roches, une observation minutieuse des plantes et de la faune font partie intégrante de ce travail. Entre relevés et passion des objets, les deux sont nécessaires pour mener cette entreprise à bien.

Je brûle de rassembler mes conclusions. Impossible de fermer l'œil. Que l'on s'imagine mes soirées : je suis assis à mon bureau, les onze volumes des œuvres complètes du marquis alignés devant moi, une boîte de fiches bristol, divers crayons fraîchement taillés et des stylos à portée de la main. Je trime dur pour réfléchir à cette langue et à la réalité du désir prenant forme dans un cadre social donné. Pour l'anthropologue, l'œuvre de l'aristocrate français plonge dans les zones que les scientifiques n'atteignent jamais ou dont ils se détournent. Tellement occupés de règles, d'interdits, de fonctionnalités que nous connaissons bien, sans qu'il soit besoin de les détailler comme à de mauvais écoliers. Dans les recoins de l'âme humaine, il se pourrait que l'on retrouve les mêmes invariants que dans la vie sociale ou individuelle des primitifs de tous les continents.

Alors que la pluie tombe avec régularité, le chuintement des pneus sur la chaussée humide me pousse à relever la tête. À moitié assoupi, je rumine : mes pensées sont semblables aux gouttes de condensation qui roulent sur la vitre. Elles apparaissent puis glissent vers le bas, remplacées par d'autres. Mes carnets m'obsèdent et je n'arrive pas à rédiger, une stagnation, une torpeur totalement paralysante s'est emparée de moi. Penser s'oppose à agir. Quant à écrire ! Je retrouve régulièrement la compagnie des Arabes, Algériens pour la plupart, travailleurs qui ont décidé de rester en France. Une société d'hommes seuls, calmes, échoués en territoire hostile mais sachant se faire discrets. Je repense à ce que j'ai essayé de faire depuis mon arrivée à D., car eux aussi s'y emploient. Leur conversation, parfois agrémentée d'un mot français, me ravit. Avec eux, je me sens bien et, quand la nuit est tombée, alors que le cafetier commence à ranger les chaises, j'éprouve un bref moment de tristesse. Chacun va regagner son domicile et sa solitude. Je dois me concentrer sur les faits généraux, les grandes tendances, ce qui traverse le pays et le caractérise. Les enquêtes de terrain finissent toujours par dériver vers l'autobiographie, c'est le risque encouru pour un trop long isolement sur place, sans contacts scientifiques réguliers.

J'entretiens bien une correspondance avec des confrères, mais cela ne peut suffire. Par ailleurs, je sens dans cette France des provinces excentrées progresser une notion que l'époque moderne encourage et qui va précipiter toute une société vers sa perte : le féminisme et l'égalitarisme. Les Français, et cela doit venir de leur grande Révolution, sont d'une certaine manière obnubilés par l'égalité dans la société comme dans le travail, pourtant ils sont incapables de l'établir dans le cercle familial. Alors, bien évidemment, la catégorie qui, par son importance numérique et son énergie nouvelle, réclame ces changements, c'est la femme. Elle y voit son intérêt et l'on comprend qu'elle aspire à une revanche sur des siècles de vie sous le boisseau : c'est cette volonté de gagner une indépendance qui allait ruiner la vie familiale. En tout cas, c'est ce que m'ont enseigné mes premières années à D. Pourtant, la

vie de famille à l'ancienne en de nombreuses contrées est déjà gâchée, brouillée par l'oppression d'une catégorie humaine. Comment admettre que beaucoup d'hommes montrent très peu d'aptitudes et conservent néanmoins l'avantage ? Ce n'est pas mon point de vue d'anthropologue que je donne ici, mais celui d'humaniste. L'étude et la vie telle qu'elle devrait être vécue s'opposent, leurs intentions diffèrent. Or j'ai choisi mon camp : la vie *in camera*, la description, l'interprétation. Je ne vois pas comment m'insérer dans l'action.

Pendant leurs congés, les habitants de cette région osent plus de rencontres qu'à l'ordinaire. Il ne faut pas seulement y voir la volonté de séduire mais une disponibilité nouvelle qui leur laisse les coudées franches. Peut-être le déplacement géographique autorise-t-il cette liberté. Il est vrai que les vacances, ces migrations d'une ampleur inattendue modifient le choix et les attitudes sexuelles des habitants du pays. En majorité, ils quittent une vie de contraintes, assez strictement réglée, un climat tempéré, voire frais, pour se rendre dans des lieux où ils seront soumis à des variations parfois brutales, une hausse de leur température générale, une plus grande réceptivité et un rappel fulgurant de ce qu'ils n'ont pas accompli en s'éloignant de l'état naturel. Les instincts bien souvent bridés dans l'existence sociale ordinaire trouvent parfois ici une échappatoire: contrairement aux idées reçues, la vie en ville aliène. Pour ce qui est des hommes, on a largement glosé sur leurs passions, leurs préoccupations et leurs aveuglements – et les Français ont dû écrire plus que n'importe quelle nation sur ce sujet. La critique s'est appliquée avec toute la fermeté d'une loi sociale, exprimant les limites morales que s'autorisait la société française, et l'Homme n'en est pas sorti grandi. Simplement, nu et tel que sa position dans l'ordre du travail, de la répartition des richesses et de son imaginaire le lui permet. Bref, l'homme, que ce soit sous l'angle de l'amour comme sous celui de la réalisation de ses idéaux, a été dévoyé. Il n'est que de le voir dans les lieux de vacances, naufragé sur le rivage de l'existence, pour comprendre que son règne, dans ce genre de société avancée, est parvenu à son terme. La femme, par contre, voit sa marge de manœuvre s'élargir nettement: si l'éloignement momentané du foyer force une partie de la population féminine à se replier sur les principes communément établis de la vie domestique, il existe d'autres options. Feignant l'attitude ferme et très légèrement sur le qui-vive de la femme honnête, un bon nombre d'entre elles cherchent à enrichir leur horizon amoureux pendant cette courte période: il y a, dans le badinage avec de nouveaux voisins, le croisement à l'occasion des courses ou la baignade de nouveaux partenaires possibles, la soumission générale aux règles des soirées dansantes (le bal en plein air permet toutes les audaces) ou les repas pris en commun, la mise en place de combinaisons finement tissées qui offrent aux sens et à l'expression même de la sociabilité un terreau neuf.

Alors se repose la question essentielle pour toute société : faut-il encourager le dévergondage des femmes ? Car certaines femmes, y compris dans les milieux paisibles de Franche-Comté moins soumis à la tentation de la liberté, spéculent sur leur coquetterie et souvent d'une manière

éhontée mais fort distrayante. De nombreuses intrigues se nouent, des flirts plus ou moins avancés, des parades amoureuses qui servent à consolider une matrimonialité parfois en crise mais pour laquelle l'adultère reste l'exception. C'est une aventure supérieure qui, à part dans le miroir déformant du théâtre de boulevard, ne mobilise pas tous les Français. Pourtant, il arrive qu'un quotidien ou un magazine se lance dans une diatribe qui fustige l'évolution des mœurs : « La femme prétendument évoluée est devenue une plaie de la société. Jalouse de la liberté qu'elle doit encore conquérir, elle s'active entre le bureau et les lieux de distraction, négligeant son foyer, l'intérieur où l'attend sa véritable mission. » Ce moralisme de bas étage n'est guère convaincant mais il reste l'expression d'un ordre ancien qui peine à se réformer. J'ai également commencé à réfléchir sur la morale féminine que les Français ont baptisé « pudeur » – une des grandes qualités de cet être si différent chez lequel retenue, intelligence, finesse d'observation permettent de résister à la brutalité des mâles. Ce qui peut aussi recouvrir une fragilité, un manque de volonté que les autres civilisations leur envient et leur reprochent à la fois. J'avais pris l'habitude de me déplacer d'un côté à l'autre des points de vue ; j'endossais sans mal les conceptions les plus antinomiques. Tout, plutôt que l'immobilisme.

Sous mes yeux, le combat s'est engagé : les femmes veulent être des hommes et de nombreux hommes s'imaginent avoir la sensibilité et la douceur féminines. Il y a aussi ceux qui campent fermement sur leurs positions et pensent que les sexes ont, une fois pour toutes, un rôle à tenir. La question est qu'une société ne peut faire qu'un choix à la fois ; quand elle hésite, l'édifice social vacille et l'ensemble des repères acceptés se décale, avec les conséquences que l'on peut imaginer. Au nombre de mes théories, il faudra compter celle de la belle-mère. Cette femme, mère de notre compagne, occupe une place primordiale dans le cercle proche. Tous les gendres connaissent la phobie de l'Autre, la femme plus âgée ou matrone qui porte en elle les défauts et les réussites, à un point presque caricatural, de la jeune femme qu'ils ont sous les yeux. Et puis, dans ce rapport difficile où se logent de nombreux tabous venus de l'aube des temps, on découvre ses propres incapacités et limitations. Je me suis souvent dit que, si j'avais un fils, je serais confronté au cas contraire : je deviendrais le beau-père et serais à mon tour un objet de répulsion pour la jeune femme qui verrait se dessiner… Enfin, passons. D'ailleurs chez les populations dites primitives, il existe une très forte crainte de la proximité entre belle-mère et gendre. On trouve des prohibitions analogues chez les Français que je côtoie. Ils évitent la plupart du temps de s'adresser la parole et il est d'usage qu'une tierce personne, mais appartenant au foyer, assure le lien entre eux. Car plus que la tentation de l'inceste que mettaient en avant de nombreux anthropologues, ce qui était en cause, c'est l'autorité d'une femme qui, sans être sa mère, pourrait le traiter comme son fils. Le médecin viennois avançait une raison plus convaincante : dans le foyer des beaux-parents, l'homme est considéré comme un étranger jusqu'à la naissance du premier enfant, et même ensuite. Avant d'ajouter : « ...beaucoup de conflits et d'ennuis seraient

évités si des prohibitions de ce genre existaient encore dans les mœurs, sans que tel ou tel individu se trouve obligé de les édicter pour son usage personnel. » J'insiste sur ce passage que je trouve des plus pénétrants. Mais dissiper l'illusion du charme et de l'amour revient à endosser une sacrée responsabilité. Certaines de mes connaissances de D. jouent sur plusieurs tableaux, soit qu'ils essaient de manœuvrer entre bons sentiments et pragmatisme familial, soit qu'ils acceptent de se ranger aux solides tabous que leurs aïeux avaient cru bon d'ériger. Dans tous les cas, il s'agit d'un modèle féminin très puissant qui sollicitait le regard de toute la société et dont l'interprétation filait entre les planches disjointes du tonneau de la langue, sous la forme de blagues salaces, clichés pour salles de café et conversation entre hommes.

Les yeux des femmes sont différents ici : ils portent plus loin que leur position sociale ne les y autorise, ces yeux souvent bleus ou gris qui changent tout simplement de tant de regards noirs. À l'arrivée en France, j'ai beaucoup arpenté les rues des villes le dimanche. Marchant dans les centres-villes désertés, suivant des murs qui n'en finissaient pas ou des palissades de chantier, songeant au pays que j'avais quitté de mon plein gré, croisant des travailleurs immigrés qui me regardaient avec compassion. D'ailleurs, tout le monde me regardait bizarrement mais pour des raisons différentes. Je n'avais guère d'amis et n'en recherchais pas. Quelle tristesse ces jours-là, mais en même temps l'âme de la nation s'y révélait. Lorsque le pays s'arrête de produire, voilà le visage qu'il offre : magasins fermés, travaux de voirie interrompus, pelleteuses et camions immobilisés dans la boue, banlieues encore plus désertes à perte de vue. Les parkings des nouveaux supermarchés et les hangars sans âme font naître une soif de verdure et d'arbres. La solitude rejoint le manque d'amour et s'imprègne d'ennui : mon esprit bat la chamade. Les idées se bousculent et les projets se nourrissent les uns les autres. Si j'ai d'abord réussi à éviter la compagnie féminine, je finis par comprendre que mon installation serait facilitée par une fréquentation plus assidue. Et il est même devenu clair que ma stabilité reposera sur un attachement à une femme, pas sur le marivaudage que ma qualité d'étranger suppose au premier abord. Personne n'ignore que la vie sentimentale, puis la vie sexuelle d'un couple dit mixte (comme si la mixité réclamait plus qu'un homme et une femme) s'ouvre sous des auspices très favorables... Les différences de fond et de mentalité viennent s'ajouter au charme des différences physiques recherchées par la plupart des partenaires, pour former une nuée de plaisir, une fascination complète et exaltante qui semble pouvoir satisfaire pour l'éternité. L'amour paraît décuplé alors qu'en réalité, son déclin s'annonce déjà, il avance caché comme la forêt du général Macbeth. Rien de plus fragile en effet que ces amourettes inspirées par la vie provinciale.

Et ce fut l'un des charmes des premiers temps à D. que de s'en amuser, de le vivre en sachant quel en serait l'épilogue. Un fois repu, je décidai de rompre ce bref compagnonnage qui avait un arrière-goût de tromperie. Alors je pris des mesures pour

fuir cette passion, laissant mon amie me repousser. Seul, mais déjà consolé, je me mis à chercher d'autres femmes : celles que je croisais chaque jour ou lors des sorties que favorisait ma vie monotone, me rappelaient la surface immobile d'eaux menaçantes. J'avais compris qu'il ne fallait pas brusquer le rapprochement. Rester ethnologue avant tout.

J'avais commencé par m'intéresser à une silhouette gracieuse que j'apercevais chaque jour derrière la vitre d'un restaurant. Son profil dur avait retenu mon attention. Je la regardai fumer tandis qu'elle prenait une bière brune. Lorsque je réussis à m'asseoir près d'elle, je remarquai sa tenue sobre : un pantalon noir moulant et une veste noire assez ample. Cela lui donnait une carrure impressionnante et amincissait les jambes. Je m'étais dit qu'elle menait sa vie avec indépendance. Nous nous mîmes à bavarder et elle m'encouragea à poursuivre. J'eus soudain envie de lui poser plusieurs questions tout à fait incongrues, puis le silence s'installa. Le sexe des femmes m'avait toujours intéressé : le friselis des lèvres au repos, le triangle de poils. De toute évidence, une partie de ma recherche devait porter sur des domaines moins orthodoxes que ce que l'ethnologie enseignée à l'université donne à lire. Une enquête de plus sur la gent féminine ne présenterait peut-être pas grand intérêt mais ma curiosité était sans borne : pourtant, entre les Françaises rencontrées dans la petite ville ou les Européennes connues au hasard de mes voyages d'études, je restais assez loin des raisonnements du marquis de Sade.

On sent chez Diderot, par exemple, tout l'intérêt du XVIIIe siècle pour la morale et la pudeur féminines : mais les Philosophes, jusqu'à Sade lui-même, ont tenté de desserrer l'étau de cette moralité absurde. Que reste-t-il de tout cela dans une société de bourgade de province ? Pas grand-chose, la morale la plus étroite, une éthique de survie où le plaisir et le goût de la conquête n'occupent plus qu'une faible place. Si la beauté est encore respectée, la maternité domine tout. Le marquis de Sade conseille bien les filles, finalement.

Je voyais passer des groupes de jeunes filles à vélo, en apercevais souvent d'autres qui parlaient librement avec les garçons et comprenais que se jouait là quelque chose qui préparait l'individu à s'épanouir, à acquérir la force de se construire contre les événements, la domination générale et une société où le rôle des femmes restait malgré tout limité.

Dans les physiques français, j'avais également remarqué un type de grande fille au buste encore peu développé mais aux hanches larges, portée par des cuisses où la cellulite tremblait déjà, côtoyant des garçons au petit ventre grassouillet ou présentant des musculatures adolescentes que gagnait une pilosité hasardeuse ; les différences entre les sexes sont notables et qu'autorise-t-on aux filles pour encourager leur développement personnel ? Le marquis leur offrait la pornographie et ses ramifications. En temps de paix comme en temps de guerre (que l'on pense à la production légère à destination des soldats), la France produit de la gaudriole, de la pornographie. Mais dans les hauteurs glacées de ses écrivains et artistes les plus audacieux s'affirment un regard absolument sans barrières sur l'échange des corps et la lucidité face aux préjugés communs. En ce lieu même où la vie sociale se désagrège.

Je m'étais attendu à plus d'hospitalité sexuelle dans la France moderne, et avais imaginé assister, voire participer à des comportements plus libres. Ma qualité d'observateur en cours d'assimilation aurait dû m'ouvrir d'autres portes.

Je m'interroge de plus en plus sur la valeur d'une vie qui semble avoir perdu l'unité que je cherche à identifier ; peut-être ai-je commis des erreurs. Les valeurs que l'on croit acquises sont devenues inutiles comme des vêtements trop portés. Néanmoins, dans une petite ville française coupée du monde, elles paraissent garder une certaine validité. Elles n'ont pas encore basculé dans le rythme moderne, elles sont un conservatoire. Une vie sous cloche dont je m'accommode parfaitement. Cela fait très longtemps – et je reçois cette vision comme un coup de poing dans la figure – que je n'ai pas côtoyé de Turcs.

Et voilà qu'en plein centre de D. j'entends la petite musique de la langue et vois passer une mère avec deux enfants assez rondouillards, qui les entoure de son affection et de son turc, familier et familial. Cela me fait mal de voir mes compatriotes si simples et désarmés en terre étrangère. Et je ne peux m'empêcher de penser la chose suivante : *Mais comment diable ont-ils pu atterrir ici ? L'homme ne recherche-t-il que son malheur à errer sans but sur cette terre ?* Les Turcs ont la bougeotte, c'est un drôle de peuple.

Je me mets à penser à Tintin, un ami proche de Jean Mercier, un ouvrier fraiseur qui effectue de menus travaux au noir pour arrondir ses fins de mois. « T'as vu Tintin aujourd'hui ? J'ai un truc à lui demander. » Voilà le genre de phrase que l'on entend plusieurs fois par semaine, les Français sont fanatiques de ce mot, « truc ». Et moi j'entendais « *türk* » et ça m'amuse. Parfois, les autochtones disent « trucmuche » et j'entends « *Türkmüş* ». En tout cas, ces formules doivent signifier quelque chose de plus.

L'hiver en France se présente avec de longues périodes de bourrasques et de chutes de feuilles qui finissent par encombrer les rues et les caniveaux. Je repense à Istanbul où il fait sûrement encore doux et où les couleurs du Bosphore consolent de tout. La question qui m'occupe est la suivante : pourquoi penser à son lieu de naissance avec nostalgie ? N'est-ce pas une fabrication de l'esprit, une obligation culturelle, alors que la douceur supposée de ces moments est souvent fictive. Istanbul ou Brest, quelle importance.

En règle générale, je souhaite disposer de plus de documents visuels bien que je me sois tout d'abord montré réservé quant aux photos. Tous les ethnographes collectent aussi ce genre de matériau. Mais je continue de préférer les croquis, je me sens plus libre de styliser et de réfléchir en reconstruisant les formes. En marchant dans les faubourgs de la ville moyenne, on remarque toujours la même chose : des rues tracées avec une certaine irrégularité, plus poussiéreuses qu'au centre-ville, serpentant vers les collines immanquablement boisées. Les Français aiment garder la nature sauvage juste à la limite de leur espace construit, urbain ou villageois. Mais, en ce qui concerne l'architecture du pavillon moyen de ces régions du centre et de l'est de la France, aux marches des zones de hautes montagnes, les maisons n'ont qu'un étage surmonté d'une mansarde, souvent l'ancien grenier aménagé en chambre. Devant la façade, les jardins sont le plus souvent mal entretenus tandis qu'à l'arrière, pelouse et potager restent soignés car le passant ne voit rien. Une dissimulation qui renforce l'esprit individualiste. D'ailleurs, ces modestes propriétés sont souvent ceintes d'un mur ou d'une clôture doublée d'une haie assez haute. Selon les régions, il peut aussi s'agir d'une palissade. Au fond des parcs se dessinent des demeures plus bourgeoises, on voit parfois une cabane de jardin ou un kiosque en bois ajouré inspiré par le contact, maintenant très ancien, avec l'Orient. Ces pavillons exotiques peints en vert bouteille sont la trace tangible et paisible du regard des voyageurs français.

Je n'ai cessé de m'interroger sur le cas du marquis de Sade depuis mon arrivée : voici ce que plusieurs siècles de grande civilisation française ont produit, un retour à une salutaire barbarie. Le rouleau sur lequel a été rédigé *Les Cent vingt journées de Sodome* fait douze mètres dix et l'on a longtemps cru qu'il ne s'agissait que d'un inventaire des pathologies sexuelles. C'est bien entendu une erreur de l'Histoire, mais que vaut cet ouvrage et l'ensemble de l'œuvre de cet écrivain un peu dément à la mesure de la civilisation ottomane ? J'ai du mal à rattacher cette écriture même aux vies dissolues des pachas de l'Empire : la folie turque, surtout en littérature, n'a jamais atteint ce point. Serions-nous plus sains ou plus simples que les Français ? Par contre, la charge politique contre la corruption et les excès de l'Ancien Régime est tout à fait frappante et pertinente. Disons que j'y suis sensible, d'autant plus que l'on finit toujours par être l'« ancien régime » d'une génération. Les Kémalistes les plus rigoristes auraient dû s'en souvenir, eux qui ne sont pas très éloignés des libertins.

Il y a une bizarrerie des connexions intellectuelles : redécouvert au plus noir de l'occupation allemande par un chercheur acharné et désireux de maintenir « l'autonomie de l'homme », dans les années d'après-guerre, le divin marquis a pu faire entendre sa voix à travers un catalogue exemplaire qui embrasse tous nos rêves, nos folies et notre aspiration au plaisir comme des bêtes enfin retournées à l'état de nature, cruelles et libidineuses. Et c'est ce catalogue que refuse la société, toujours attachée aux bonnes pensées et qui tolère tant d'horreurs.

6
La confession

J'ai longuement médité ce qui suit et ne retrancherai aucun mot. Au-delà d'une réponse agacée à mon collègue de l'université parisienne, afin d'abandonner pour un instant le style de l'essai savant, j'envisage de raconter mon expérience personnelle. Les trois textes qui suivent sont le fruit de mon engagement et de mes réflexions les plus sincères, ceux où j'ai le plus honnêtement cherché à me livrer dans mon rapport (que je considère être celui de tous mes semblables, hommes d'Orient) avec la civilisation occidentale, pratiqué sur plusieurs années, dans le cadre d'un travail de terrain qu'aucun de mes contemporains n'a eu le courage de mener. Je considère que mes conclusions, interprétations et remarques théoriques pourraient former la base d'une science nouvelle de l'Autre, afin de dépasser l'inqualifiable incompréhension dans laquelle nous sommes enfermés mais dont le questionnement constitue la règle d'or.

Je viens d'avoir trente-cinq ans et je préfère croire que je n'ai pas atteint la moitié de la vie. Il est d'usage de se décrire en pied car d'aucuns imaginent que l'évocation du physique peut renseigner sur la personnalité. Difficile de trancher sur ce point, l'expérience prouve qu'il est en effet possible – dans certains cas au moins – d'établir des correspondances : l'aspect d'un individu, sa façon de se comporter ou la gestuelle qui anime son physique comme sa personnalité, et enfin le faisceau de réflexions ou de réactions qu'il vous inspire. Mais on voit que c'est justement la force du lien entre ces domaines qui se laisse le plus mal décrire.

Je suis né un jour de juillet 1939, alors que la guerre faisait rage en Europe, que mon pays s'efforçait d'échapper au conflit et se demandait, comme à l'ordinaire, ce que l'avenir lui réservait. Mais je ne tiens pas à entrer dans de longues considérations sur l'Histoire, d'autres s'y entendent bien mieux que moi. J'aurais pu commencer par mon deuxième prénom, ce prénom susurré à l'oreille du nouveau-né, mais cette histoire nous emmènerait trop loin. Ma tête est carrée, mon torse assez large et les jambes sans doute trop courtes : je tiens ce physique de mes ancêtres paysans et il paraît un peu tard pour leur adresser des reproches. Jusqu'à un certain âge, je n'ai pas aimé la musique, et même si ma famille compte certains musiciens, dont un compositeur de musique savante, cette forme d'art m'a longtemps répugné. Le goût général pour toutes sortes de notes et de sons agencés en couronne musicale me laisse une impression mitigée : l'humanité est toujours au bord de l'amusement, un amusement qui confine à l'autodestruction. L'oubli auquel elle croit trouver un exutoire dans cette harmonie d'ordre céleste qui serait une manière de se fondre dans le Grand Tout.

En dehors de cela, j'aime les lieux publics, je ne m'en suis jamais détourné car l'être humain y est mis à nu. Au café en particulier, on obtient un échantillonnage assez large de la misérable nature humaine. Le rires stridents, les tirades grossières réussissent à me faire dresser le poil sur l'échine. Autant de bêtise, de médiocrité étalée sur le comptoir de l'existence !

Néanmoins je n'ai cessé de me fortifier l'esprit pour aborder mon domaine : l'étude de la personnalité française et des particularismes de la race avait, dans un premier temps, tout à gagner de ces diverses observations. Mais, après avoir procédé à de nombreuses enquêtes dans la capitale, j'ai compris l'inutilité de ces engouements et admis qu'il fallait se contenter de quelques livres et de l'approche la plus scientifique possible. Établi dans une ville moyenne des confins de la France, j'ai adopté le principe de l'enracinement. Peu à peu, je me suis fondu dans le paysage afin de gagner en paix ce que je perdais en découverte. Et ce qui n'était qu'une hypothèse s'est transformé en mode de vie, où les heures du matin se voyaient rituellement consacrées à la rédaction, au classement, à la réflexion.

J'ai bien médité cette partie de mon travail : peut-être est-ce illusoire, mais je veux tenter de mettre au clair ce qui me dirige dans l'existence, en m'approchant au plus près de la vérité. Encore plus en tant qu'anthropologue, je me dois de regarder en face mon destin et mes choix, à la lumière de mes défauts et incapacités. C'est aussi ce qui me permettra de mieux interpréter les actes que j'observe, les agissements de l'humanité que je me suis choisie. Nous sommes peu enclins à la vérité, nous autres Orientaux, et réclamons des chimères où nous fondre. Nous cherchons le plus souvent à imposer une image flatteuse…

Pourquoi, alors, se lancer dans ces sempiternelles remarques sur l'esprit national ? J'ai décidé de me concentrer sur mon humble personne. Pour finir, oui, nous cherchons une image flatteuse car ne touchons à rien aux règles sacrées de la religion, de l'ordre social et de la dignité humaine. D'une manière peut-être crédule et certainement provinciale selon les critères français, mais, dans tous les cas, sincère. Pour quelle raison faudrait-il se laisser aller au pessimisme ? Le déclin d'une civilisation ne devrait-il pas être compris comme le déclin de chacun de ses individus ? La responsabilité collective n'existe pas, tout se répète, se prépare en chaque individu. Je suis désormais persuadé que c'est un retard de civilisation qui nous maintient, nous autres Turcs, dans ces fictions. Et c'est très exactement la raison pour laquelle j'ai décidé de me consacrer à l'ethnographie, la seule authentique science de l'être humain sous toutes les latitudes et sous toutes ses formes. Sans doute parce que cette recherche pourrait me sauver, m'améliorer, voire apporter des changements significatifs à la vie intellectuelle de mon pays.

J'ai tenté, ou plutôt j'ai été tenté, de toucher à toutes sortes d'activités, comme les personnages de romans français que j'avais appréciés. Ainsi, les deux fonctionnaires qui, au début d'un récit consacré à l'enchaînement de leurs lubies et tocades, déambulent à Paris, dans la chaleur du boulevard Bourdon puis choisissent d'aller s'établir à la campagne – ou encore ce produit vicié de vieille race du terroir, l'esthète fin de siècle tenté par toutes les aventures des sens et même du corps, en sa demeure de Fontenay. À ce stade de l'existence, je me dis que ce n'est pas en voguant sur la crête des nouveautés que je pouvais établir une idée ferme de mon caractère et de mes goûts. Et cela tombe bien, je n'habite plus Paris, avec ses facilités et la variété de ses modes de vie, mais j'en garde un souvenir vif. En réalité, cette période d'exaltation, sans doute liée au mouvement de la grande cité réputée en déclin par les observateurs, en particulier les étrangers les plus mobiles, familiers des mégapoles, fut un moment où la moindre difficulté ou rebuffade se transformait en enthousiasme car elle semblait promettre un avenir radieux.

Je me souviens de l'avoir vécue dans une brume optimiste ou, tout du moins, sans rapport avec la réalité du lieu, du pays ou de ses habitants. J'ai donc cédé à la tentation d'écrire une autobiographie... Je viens de retrouver deux ébauches que je désire soumettre à l'appréciation du lecteur.

Ma famille n'est pas de noble extraction, je ne suis pas issu d'une longue lignée. Je n'ai réussi que de très médiocres études et n'occupe en ce moment aucun emploi. On ne me connaît aucun ami. D'envies ou d'ambitions, pas plus. Je n'ai pas atteint de position sociale enviable et je dois avouer, avec toute la franchise que me permet ma situation moyenne, que cela ne me cause aucun déplaisir. Car j'ai tout sacrifié à l'aventure : mon avenir, mes amours, la perspective d'une belle réussite financière ainsi que mes ambitions. Il serait néanmoins plus honnête de démêler l'affaire...

Mon goût pour l'étude qui, à une certaine période, était apparu comme une chance et un avantage à cultiver, devint, par le fait de mon changement de civilisation, une sorte de malédiction. Aimer les livres signifiait vouloir en écrire, bâtir une œuvre que je m'imaginais scientifique, par conséquent vivre en réclusion alors que je ne rêvais que de terrain d'application, de terres vierges où évoluaient des populations aux rites et aux habitudes encore inconnus : je préparais des milliers de fiches de documentation et imaginais une grille de questionnaire qui pourrait s'appliquer à tous les cas. Je resserrais méticuleusement les objectifs et me préparais à plonger dans la réalité du séjour ethnographique. Pourtant, à part deux déplacements en Anatolie et un voyage d'étudiant en Bulgarie, je ne m'étais guère éloigné de mon bureau. Je passais le plus clair de mon temps à m'étudier, moi. Mon ordre mental, mes chimères et mes réalisations à venir. En 1964, je me décidai à partir en France, tout d'abord pour quelques mois, avant de sentir que j'étais arrivé à destination.

Et, dans cette décision de rester, je dois beaucoup à l'un de mes maîtres, Volkan Terzioğlu, un de ces hommes de l'ancienne génération qui était à la fois philanthrope et philosophe. Il avait fait une partie de ses études en Allemagne puis s'était formé seul en anthropologie. L'un de ses livres, dans son édition à couverture grise, austère, le type d'ouvrage qui donne une confiance absolue dans son contenu, est resté posé sur ma table de travail pendant plusieurs années. Je l'ai gardé précieusement et la vue du titre sur le dos me rassure : tout lecteur aguerri admettra que certaines œuvres sont là pour nous apaiser et nous pousser vers de nouvelles lectures. Je réalise qu'outre les ouvrages des penseurs français qui ne me quittent guère, j'ai conservé quelques romans à portée de la main : les récits français de l'entre-deux guerres où s'exprime tout le populisme sombre que je me suis fixé de traquer dans mon séjour. La littérature d'une époque n'est pas l'abstraction que s'imagine le public, elle est le reflet exact, précis d'une société à un moment donné.

Maintenant, déterminer pourquoi ces ouvrages en particulier sont liés à ma personnalité reste une interrogation mais la réponse pourrait figurer en bonne place dans une autobiographie. En tout état de cause, j'aurais préféré m'enfuir à toutes jambes après avoir déposé sur la table la feuille suivante :

Je me permets de vous communiquer quelques éléments me concernant : en mai 1964, me trouvant dans ma vingtième-cinquième année, j'ai dû quitter la Turquie. En raison de bouleversements politiques, j'ai été, en tant que chercheur indépendant, privé de l'essentiel de mes moyens d'existence et me suis senti – bien que n'appartenant à aucune chapelle politique – menacé dans ma liberté personnelle. Mon frère cadet Naïl, avec lequel je suis maintenant en froid, a été à diverses reprises arrêté et détenu durant plusieurs semaines dans une prison d'Istanbul. Je craignais que cela ne joue en ma défaveur. Je me suis rendu en France car je m'étais fixé de nouvelles perspectives et, compte tenu de mes précédents travaux scientifiques, j'espérais y trouver des occasions d'action. Je ne suis pas entièrement satisfait de ma formation : passé par un lycée classique franco-turc, j'ai étudié en Turquie la science anthropologique et suis parti d'Istanbul sans pousser jusqu'au doctorat, me disant que je terminerais ma formation à Paris. Je me suis consacré à la recherche, publiant des articles sur un domaine qui semblait fort peu intéresser mes compatriotes. Pour m'assurer une assise économique, j'ai exercé accessoirement une activité de chroniqueur scientifique pour la revue Orient-Occident et Les Annales sociologiques à Bruxelles.

En outre, il m'est arrivé de collaborer à des publications de moindre renom avec des articles de littérature et de sciences humaines. Je dois dire que j'entretiens de très bons rapports avec divers directeurs de périodiques qui tiennent mes travaux en haute estime. De ma compétence en anthropologie classique témoigne, outre une traduction d'un choix d'essais de Marcel Mauss, un recueil commenté de textes de médecine populaire telle qu'elle est pratiquée en Anatolie depuis des siècles, qui a finalement pu être publiée grâce au soutien de l'Institut culturel allemand. Je compte faire paraître prochainement une monographie - accompagnée de textes traduits - sur quelques écrivains français et leur rapport à l'habitat, qui comporte en guise d'introduction une théorie très développée de l'ameublement et de l'espace domestique. Votre dévoué, Oktay Bilge.

J'ai fini par comprendre que seul un volet de ma vie pourrait s'exprimer de cette manière : je ne suis guère tenté par le lyrisme et le pathos ne fait pas partie de mes habitudes, mais il y a une grandeur dans chaque existence dont moi aussi je peux me targuer. À l'âge de cinq ans, j'ai commencé à me familiariser avec la langue ottomane ; les délicats festons de l'écriture arabe ainsi que les locutions chargées de beauté et de sens de l'ancienne langue me furent enseignés par un ami de mon père. En 1960, dans la république au modernisme poussiéreux, dans le pays privé de l'héritage ancien, au milieu des routes de bitume blanc et des villes à l'architecture géométrique et austère, parmi des hommes et des femmes vêtus comme nos semblables en Occident, je compris, dans les affres d'un travail régulier et d'une discipline militaire, que j'appartenais à plusieurs mondes à la fois. Des années plus tard encore, comme mes ancêtres l'avaient fait mais sans intention belliqueuse, je me mis en marche vers l'Occident. Sans sacrifier un bélier noir mais en chevauchant la machine de fer, l'esprit en éveil, je fourbis les seules armes que permettait l'époque : la langue française, l'esprit critique et l'exaltation de la découverte. Beau et brave est le pèlerin qui arrive dans la capitale des Francs en bonne santé et en revient de même.

Non, l'épopée turque n'était plus de mise. Il valait mieux renoncer à la réactiver et même à l'écrire, puisqu'elle n'était qu'un poids mort dans notre existence. Toute notre civilisation ne se résume pas au mode de production asiatique. Qu'est-ce que Marx nous avait fourré dans la tête ? Lorsque j'eus finalement bien pris conscience de ma situation, tentant d'enfoncer mes racines dans ce sous-sol récalcitrant, je commençai à me poser la question suivante : Y a-t-il ici quelqu'un qui nous aime ? Ou, peut-être la question prendrait-elle plus de sens ainsi : Y a-t-il quelqu'un qui puisse nous aimer ?

C'est une des interrogations qui occupe et finit par tourmenter le voyageur, encore plus celui qui désire faire souche. S'il lui arrive souvent de tourner la formule dans tous les sens, de la malmener ou encore de se voiler la face, il n'y échappe pas. Il lui arrive aussi fréquemment de se tromper et de s'imaginer que cette question ne concerne que lui. Peu importe en réalité, sauf s'il a la mauvaise idée de se considérer comme le représentant de toute sa nation. Le cas n'est pas rare.

Je crois qu'il faudrait renoncer à cet aveuglement, accepter de ne représenter que soi, ses excès et ses défauts. Et tout cela sans refuser la solidarité avec les siens, ses semblables, ses frères, aussi haïssables soient-ils. Cette situation difficile, cet entre-deux permanent, je l'ai vécu avec passion. Il est aussi arrivé que l'on me jugeât mal : ce long séjour en terre étrangère paraît suspect. Pour un étranger de plus en plus inscrit dans la vie locale, il aurait été facile de saper la confiance accordée et de bâtir des projets de vengeance ou de collaborer avec des organisations décidées à faire chanceler un état qui s'était souvent montré injuste. Plusieurs de mes collègues, intellectuels tourmentés par la révolte des peuples, n'ont pas hésité longtemps : ils se sont impliqués dans le vaste mouvement que l'on appelle maintenant tiers-mondisme, une lutte par ailleurs très noble pour émanciper les opprimés de l'Indonésie à l'Afrique. Très noble mais souvent vécue comme une exaltation du « moi » plutôt que du « nous ». Les pétitions, les réunions, l'ardeur parfois forcée et la fraternisation avec des classes sociales inférieures demande une énergie particulière ainsi que la conviction de l'utilité d'une révolution. Du reste, c'est là une réaction intellectuelle, une prise de conscience qui s'inscrit dans le dialogue que poursuivent les hommes sensés.

Mais je crains que, passé cette première étape généreuse, d'autres générations plus jeunes et amenées à grandir dans un pays peu hospitalier pour leur modèle culturel – et elles-mêmes se révélant peu aptes à s'améliorer – soient tentées par des actions violentes. Pour l'instant, on voit bien qu'elles n'osent pas. Quant à nous, les hommes d'avant, pourrons-nous endiguer cette violence à venir ? Et moi, si je parviens à éviter le complexe d'infériorité et à repousser dignement le complexe de supériorité et le ressentiment dont on entend crisser les dents, si je continue de naviguer entre la duperie et la souffrance de n'être rien en dehors de mon bureau, pourrai-je dresser mon portrait ?

J'entretiens un rapport difficile avec la langue que l'on pourrait formuler ainsi : les séjours, voire les très longs séjours dans mon cas, les exercices, les répétitions solitaires, les hésitations, les tergiversations devant tel ou tel point de grammaire, l'obscurité de l'emploi d'un mot, les dialogues vécus dans l'angoisse d'une mauvaise compréhension, la peur de trébucher, la joie de triompher brièvement, tout ce champ de bataille de la langue conquise s'affirme probablement comme la plus belle réussite de mon existence, jusqu'à présent.

Qu'y puis-je si mon terrain d'étude aura avant tout été la langue ? Je ne l'ai pas choisie, c'est elle qui m'a choisi et m'a absorbé. Et justement : les mots vulgaires, bizarrement nommés « gros mots » ici, sont si largement présents qu'on finit par ne plus les remarquer. Notez qu'on les interdit aux enfants, que les femmes en prononcent moins et que les vieillards qui jurent à tout bout de champ sont considérés avec bienveillance. Le gros mot serait une forme de dégénérescence sénile. Mais j'ai bien remarqué un autre point : les mots grossiers, comme les termes argotiques qui viennent fleurir le parterre un peu terne de la langue ordinaire, ne sont pas autorisés aux étrangers. Selon les Français – et

j'en ai questionné plus d'un à ce sujet – il n'y a rien de plus irritant que d'entendre un étranger s'exclamer « merde alors » ou « fils de poute ». Le u français reste une difficulté majeure pour de nombreuses bouches exogènes et, quoi qu'il en soit, le naturel leur échappera toujours. Quand il m'arrivait de rencontrer un Européen d'un pays voisin qui s'évertuait à parler une langue qui n'était pas du français, je ressentais une sorte de dégoût. Toute cette verve passée au filtre de la pensée étrangère et du barrage de notions contradictoires prenait un aspect inquiétant. On dirait une formulation comique mais en réalité l'envie de parler s'achevait sur une vaste débandade, une enflure verbale qui n'avait plus grand-chose à voir avec la communication, ce à quoi nous aspirons tous.

Au début de mon séjour, je me suis accroché aux expressions qui semblaient appartenir à la langue noble et que je devais m'efforcer d'utiliser : impétrant, fatuité, je ne sache que, la croix et la bannière, souffririez-vous de ?... Après les avoir lues ou apprises, je les oubliais ou les confondais et surtout les employais mal à propos. Comment s'y retrouver dans ces expressions vieillottes à base de bonnet ? Jeter son bonnet par-dessus les moulins, travailler du bonnet, c'est blanc bonnet et bonnet blanc.

Alors, on se rend compte qu'il faudrait, pour bien les retenir et les utiliser à dessein, posséder un lot d'expériences et de souvenirs qui permette de les fixer, retrouver les situations où l'emploi, par un tiers ou un inconnu, inscrit immédiatement ces mots dans notre mémoire. Avec jubilation et parfois avec souffrance. Et puis, en me penchant sur la question, j'ai compris qu'en littérature française les auteurs médiocres – mais parfois couronnés de succès – recouraient à une langue étonnamment riche. J'irai presque jusqu'à dire qu'ils écrivaient le vrai français. Un principe d'inversion par rapport au talent s'était instauré.

Pour en revenir à cet ensemble linguistique et largement oral, j'ai pensé qu'il serait utile de classer tout ce matériau selon des critères anthropologiques et psychologiques, à savoir : la religion, la description du corps et des gestes, la libido, la pulsion d'alimentation. Peut-être obtiendrais-je ainsi un négatif de cette société qui continue de me filer entre les doigts comme du sable. Je m'accroche néanmoins à ce projet et ne désespère pas de résoudre une partie de cette énigme. En tout cas, la langue me paraît être une des clés de cette résolution : le monde n'existe que lorsqu'il est énoncé. Tout le monde a pu remarquer que beaucoup de Français, y compris dans une région donnée, et parfois dans la même ville, n'emploient pas les expressions dans le même sens.

On le sent à l'intensité ou à la nonchalance qu'ils mettent à placer le terme ou la phrase dans un contexte plus large : de toute évidence, un relief émotionnel est venu se greffer sur telle ou telle expression, dépassant pour le locuteur le simple événement de langage que représente cette réplique. Comme si les mots résonnaient dans l'âme de chaque auteur de paroles en le rattachant à cette force puissante qui s'intitule langue maternelle. Sans compter que j'ai commencé, après deux ans de présence environ, à me focaliser sur les clichés en vigueur dans la société d'accueil : Tarascon et son Tartarin, Pont-Lévêque et son fromage, Nice et ses parfums, Le Havre et ses docks, Belfort et son lion, etc. J'y lis aussi le récit de l'édification de l'âme nationale et y prends un grand plaisir.

Il aura fallu que j'atteigne l'âge de trente ans pour voir de mes yeux ce lieu mythique, la ville d'Aigues-Mortes repoussée dans les terres par ses alluvions. Quelle déception de n'y trouver que la statue de Saint Louis – moi qui m'imaginais une foule impatiente de croisés affairés, de serviteurs rubiconds, de charrettes chargées de produits précieux et puis les galions, les nefs à l'ancre, prêtes à franchir la Méditerranée. Au lieu de cela, quelques yachts se balançaient mollement sur une eau saumâtre. Je me fis la réflexion que quand l'Histoire était passée, il valait mieux ne plus insister. Et même si une partie de la population s'y opposait, il fallait barrer cette géographie d'un trait. Comment caractériser un voyage en France un tant soit peu réussi ? Un zigzag choisi, consenti entre des villes, villages ou sites naturels, voilà ce qui comptait. Ne jamais se soumettre au hasard insupportable des régions françaises.

On bute rapidement, dans ce domaine ténu et violent de la langue étrangère, contre la question de l'écrit et plus particulièrement celle de la traduction. Or c'est la langue qui empêche d'échapper à la tentation ethnographique, permet de pas être rebuté par la difficulté des régionalismes, le caractère entièrement inachevé d'une entreprise qui vise à assimiler la totalité de l'expérience linguistique d'un peuple. La science se présente avant tout comme un gouffre linguistique. La gamme des expressions et proverbes que les locuteurs nationaux affectionnent est infinie et continue de me fasciner : « Il y a péril en la demeure » ou « Il n'y a pas le feu au lac » recèlent, bien sûr, un sens métaphorique ,mais ce n'est pas le plus important. Il apparaît à l'usage que tout le monde n'a pas recours à ces expressions : certains s'en gardent même bien car ils savent ce que ces formulations contiennent d'imposture. Par conséquent, et afin d'être le plus efficace possible, j'ai décidé – pour confirmer mon contact avec la civilisation française – de concocter un texte si français, si idiomatique qu'aucun traducteur ne pourrait s'y risquer : je nourrissais le projet de décourager les fossoyeurs de la prose. Car la langue pouvait aussi être une punition. Pour finir, j'ai compris que j'aurais le choix entre la sagesse coranique et les énigmes bouddhiques, ou ce que l'on nommerait le style chinois.

Mais il fallait mettre mes qualités linguistiques en pratique avant de prononcer les formules que je méditais dans le plus grand secret. Les tics de langage se dressent aussi comme une barrière : il ne faut les franchir sous aucun prétexte. Et même si l'étranger les emploie sans faute, ils ne lui seront jamais vraiment acquis. On aura sûrement remarqué qu'un Français parle sa langue et a d'emblée le droit d'y patauger ou de la maltraiter, tandis qu'un étranger, lui, s'exprime « bien » ou « correctement ». L'humiliation passe toujours par le compliment. J'avais décidé de m'endurcir. De réfléchir plus à fond et de penser mieux. Peut-être la meilleure idée serait-elle de ne plus énoncer de phrases complètes mais des formules courtes, frappantes et à caractère philosophique. En bref, de s'exprimer par aphorismes : on me prendrait plus au sérieux, on me croirait profond.

« Que vous fussiez d'ici », « Il aurait fallu ou il eût fallu ? », « Que je ne sache », « Tant s'en faut que… » Les verbes glissent et chuintent comme un souffle court, quand les mots ne se heurtent pas, ils s'échappent comme des anguilles. Le français résiste. Je me suis un moment amusé à brandir ce mode subjonctif que prisent tant les gens cultivés, ceux qui ne cachent pas leur sympathie pour la réaction. Par esprit d'antan, par admiration pour la grandeur enfuie d'un pays d'Ancien Régime dont la langue dominait le monde. On peut se poser la question, mais il semble que la raison en soit le goût de soi, avant tout.

Orgueil et aveuglement, deux défauts qui ont entraîné plus d'une civilisation vers le déclin. « Mon bon, eussiez-vous jugé utile de m'en tenir informé, je n'en aurais eu cure… » Plus d'une fois, je me suis empêtré dans ces expressions pleines de mépris qui paraissent avoir été produites par des petits marquis en jabots et souliers vernis. Et à cause de ces antécédents douteux qui empestent l'aristocratie arrivée en bout de course, on voit bien que la plus belle phrase républicaine peut être retaillée comme un morceau de tissu avant de revêtir cette forme figée qui en fait une phrase banale.

Afin, comme sur une barricade, de repousser l'adversaire, ce locuteur moderne qui, sous prétexte de clarté, expédie aux oubliettes le mode verbal le plus élaboré, la distinction naturelle d'une expression menacée par les barbares contemporains. Prenons un autre exemple, depuis quelque temps, j'entends fréquemment cette expression qui dénote un goût factice pour le XVIIIe siècle français : « Nous n'allons pas bouder notre plaisir (quand même !) » Cela me procure une aversion pour les figures de jeunes locuteurs qui se gargarisent du fonds linguistique d'un monde défunt qu'ils ignorent totalement par ailleurs. Encore un domaine où la jeunesse fait du dégât...

On pourrait, après tout, envisager des exercices : de petits exercices de remplacement, afin, dans un premier temps, de connaître l'équivalence entre les termes et ne pas s'engager dans des constructions hasardeuses ou scabreuses. Enfin, il serait bon de ne pas négliger le vocabulaire à placer au bon moment, de façon appropriée pour surprendre l'interlocuteur et lui faire comprendre – à la musique des syllabes d'une langue soignée – qu'il n'a pas affaire à un ennemi ni à un ignorant. C'est tout un art. Cette langue grouille d'expressions plus insolites les unes que les autres, j'ai tenté d'en établir un classement afin de les retenir, de maîtriser leur utilisation et surtout d'en connaître le sens. Autel, ban, blason, bordel comme dans « foutre le bordel » – une expression tout à fait française. Chevalier, clerc, coucher comme dans « nom à coucher dehors », hallali – un terme de chasse. Haut, un adjectif très fréquent comme dans « haut les cœurs » – j'aime cette formule destinée à susciter l'enthousiasme et qui a un petit air surréaliste. Huile, « tirer de l'huile d'un mur » – jamais entendu personne la prononcer celle-là. Inventer, « avoir inventé l'eau tiède ». Jambe, « tenir la jambe à quelqu'un » – l'importuner ? Javanais, « parler le javanais » ou « parler l'iroquois », « parler comme une vache espagnole ».

J'ai mis un bon moment à distinguer cœur et chœur, je répétais : « parler comme une vache italienne » et mes amis les plus proches se délectaient lorsqu'en fin de mois, devant une table chichement garnie, je reprenais la formule : « gueux comme un rat d'église ». Beaucoup n'avaient jamais entendu ces termes agencés de manière archaïque.

La France ne s'en doute pas, elle est si vaniteuse mais, quand la Turquie s'éveillera, qu'elle prenne garde ! Chaque peuple est destiné à prendre sa revanche sur l'Histoire. Quant à moi, je me demande si je regagnerai mon pays d'origine l'esprit tranquille ou complètement déformé. Serai-je une de ces épaves rentrées d'Occident qui passe ses journées au café, répétant les mêmes banalités jour après jour?

7
Liaison

On a tout intérêt à jouer franc jeu. La formule me rappelle l'un de ces dîners où triomphe le grand style français, où les convives remisent au placard les faux-semblants, les mauvaises manières et l'humeur chagrine inspirée par la journée. J'y ai beaucoup pensé : il est essentiel de varier les milieux, à la fois pour sa santé intellectuelle et pour assurer la validité de son enquête.

Parmi les invités, il y en a toujours un qui fait mine de s'intéresser à vous en votre qualité d'étranger. Cet intérêt, qui m'a au premier abord surpris, peut avoir plusieurs raisons : soit il est spontané, soit l'individu cherche à satisfaire sa curiosité, soit il est la proie de désirs sexuels. Puis je me suis fait la réflexion que ces trois catégories d'arrière-pensées permettent d'éclairer la plupart des comportements humains et entrent dans le cadre d'une anthropologie globale. Il existe, bien entendu, des exceptions… Se peut-il que cet homme à l'air grave, en costume sobre et même foncièrement terne, se révèle une exception ? L'entrée en matière se fait en douceur : l'homme s'approche, feint même un air timide, un verre à la main. Il décline son prénom et tend la main. Ces quelques préliminaires se poursuivent par une insistance intéressée et des questions suivies de longues plages d'écoute. La comédie pourrait durer toute la soirée et s'interrompre brusquement, une fois la curiosité assouvie. Je me suis plus d'une fois retrouvé dans cette posture, regrettant le temps perdu avec l'inconnu qui, de surcroît, se révélait ennuyeux !

J'ai surtout regretté le ralentissement apporté à mon enquête. Malgré tout, je place tous mes espoirs dans les

nouvelles soirées mais fais presque toujours chou blanc. C'est bien cela l'expression que les Français affectionnent ? Je ne suis pas très à l'aise sur ce terrain. J'aimerais creuser mon sujet, demander des précisions et peut-être parvenir à un résultat inattendu. Mettre un brillant point final au chapitre non écrit qui me préoccupe en ce moment ou voir trembler la faible lueur d'une intuition au fond du tunnel dans lequel j'erre depuis des jours. C'est ainsi que je poursuis dans ma voie, sans fléchir, sans me laisser déranger, convaincu de faire bonne route. Heureusement, j'ai foi en moi et en mon œuvre. Ce qui ne m'empêche pas d'avoir des rages et j'aimerais comprendre si elles font partie de cette masse autocentrée. Peut-on et doit-on tout inclure dans cette confession qui tient lieu de portrait ? Un homme digne de ce nom ferait mieux de tenir sa langue. Je sais ce que l'on peut m'opposer : un être taciturne, ou qui a décidé de garder ses faiblesses pour lui, ne devrait pas se lancer dans une entreprise autobiographique. Cela n'a aucun sens. Mais l'heure est peut-être venue de céder à la franchise. Ma carrière, par exemple... Ah, elle est belle ! Elle porte bien son nom et aurait aussi bien pu chercher une autre peau que la mienne, si peu favorable à cette ambition. Après tout, que chacun s'efforce de progresser dans l'existence puisque la grande majorité de nos contemporains s'est fixé ce but. D'une certaine manière, cela maintient à flot, cela incite à vivre avec plus de relief. Apparaître, revêtir un aspect ou une fonction – dans mon cas ethnographe – permet d'échapper à l'armée des fantômes. Mais je me suis souvent passé de cette ambivalence : j'ai joué la comédie et avec une telle conviction !

Je suis devenu l'incarnation de l'ethnographe, rare représentant de mon espèce dans mon pays, celui qui travaille d'arrache-pied pour analyser les ressorts secrets de la population étrangère. Mais voilà, mes tendances négatives, destructrices, mon défaitisme inné commencent à avoir raison de mon enthousiasme. Je vois poindre un engourdissement déprimant qui me permet de vivre caché mais qui finira par me jouer de mauvais tours : une fois engagé dans la vie française, rire à une plaisanterie, s'adonner à une séance d'apéritif ou encore accepter une soirée au cinéma, ces simples détails dans une existence qui compte aussi des drames beaucoup plus sérieux, annoncent une tendance à s'ancrer dans le pays. C'est le prix à payer.

Mon ami François Markovicz est un pur, un homme qui aime la vie, il passe l'essentiel de son temps libre à gérer les problèmes qui surgissent entre la direction de sa petite entreprise et les employés. Il se dit de centre-gauche et mène un combat acharné contre les abus de la société : il refuse de baisser les bras, sa mission est claire, même s'il lui arrive aussi de céder à ses passions. Cela me rappelle que je dois quelques déconvenues sérieuses à ma seconde tocade : la manière qu'ont certains résidents de traiter leur habitat me laisse sur un nuage de découragement, parfois même de répulsion. Les maisonnettes entourées d'un jardinet, protégées comme d'imprenables forteresses où le visiteur est admis dans l'intimité, dévoilent un agencement qui fait appel au plus mauvais goût. Tous ces repaires considérés par leur propriétaire comme une terre d'élection ou l'expression parfaite de leur idéal, me donnent instantanément l'envie de fuir.

Malheureusement le même désastre se poursuit ailleurs. Aucune différence ou rupture majeure à attendre en direction du sud, du nord ou de l'est de ce pays. Je préfère encore la promenade au bord d'un lac ou les amusements communs modernes : le cinéma, le café sur la place principale, la déambulation dans des rues parfois animées. Ces derniers temps, dans notre petite ville, les vacances sont à l'ordre du jour : période sans excès, dénuée de l'excitation que procure le déplacement des plus aisés, elle est dédiée au simple repos ou à l'immobilisme. Elles s'érigent en idéal de sédentaires pauvres condamnés à leur appartement et à la ville écrasée de chaleur, à un destin de lézard privé d'insectes sur un vaste mur de pierre. Bien sûr, le mois d'août s'impose comme une punition à ceux qui préfèrent gagner de l'argent ou conserver ce moment pour améliorer leur habitat, et il y a lieu de craindre pour leur santé mentale, personne ne peut sortir indemne de ces renoncements. Le plus grand

rite de l'année s'accomplit : je reconnais quand même que le terme est largement galvaudé, tout est rite mais rien ne semble s'y conformer tout à fait. On est confronté à une usure historique et les Occidentaux ont, par leur esprit critique, leur esprit de contradiction effréné et l'ancienneté de leur puissance politique et économique, arasé la profondeur de leurs traditions. C'est peu dire qu'ils sont désenchantés, ils se montrent pratiquement indifférents à l'ensemble de leur vie. Seules les conditions matérielles – qu'il s'agisse d'amélioration ou de détérioration – les émeuvent encore.
Du coup, certains craquent, sombrent dans la dépression ou se tournent vers la religion. Les suicides sont en hausse, tout comme la consommation de médicaments pour aider à vivre tandis que les drogues comme substitut à la religiosité déferlent sur leur société malade.

J'ai un peu honte de ces pensées mais en tant qu'observateur de l'intérieur, il m'est difficile de rester admiratif de ce modèle tant aimé. Si je souffre d'avoir quitté mon pays d'origine, un environnement frappé du sceau du tragique mais néanmoins familier, ce n'était pas pour me retrouver dans cette laideur, cette médiocrité. L'Europe est moribonde, ces terres sont moribondes. La maison où je loge actuellement est une petite villa construite au cours des années 1930, avec une loggia et des baies vitrées au rez-de-chaussée. Sur le fronton, en cursives anglaises quelqu'un a calligraphié « Les Jacinthes » mais cela aurait pu être « Mon rêve » ou « Villa mon repos », je connais les usages des Français. Cette maison conçue à l'origine pour des commerçants désireux de prendre leur retraite au vert, pèche par étroitesse. Personne n'a dû y vivre à l'année. Néanmoins, au-delà de la pelouse et des jardins avoisinants, la campagne reprend ses droits dès la clôture. Une campagne un peu absurde, faite de champs de mauvaises herbes, de broussailles et d'occasionnels trous d'eau – le terrain est marécageux –, qui s'achève dans un premier temps sur une voie de chemin de fer. Je ne ressens même pas l'envie de m'y promener, préférant suivre la route goudronnée qui se prolonge jusqu'à d'autres lotissements.

Pour peu que l'on reste sur une ligne qui avoisine les habitations, on aboutit à des lieux décevants. Tout ce qui se trouve aux abords des voies de communication, les fossés, les terre-pleins, remblais, tunnels ou terrains vagues, en général jonchés de sacs plastique collés par le vent au bas des clôtures, résume la difficulté de vivre en harmonie avec la civilisation. Toutes les tentatives semblent avoir échoué : les arrière-cours de gares, les entrepôts désertés, les parkings devant les garages ou les berges des canaux. La province française est une société non mécanisée. Une province pauvre que l'on laisse lentement s'éteindre : elle ne peut pas dépasser le stade du capitalisme primitif – de l'accumulation mais pas d'investissement – et subit une forme d'impérialisme pas moins négligeable que celui imposé aux colonies.

Heureusement qu'il y a le musée : il se trouve à l'une des extrémités de la ville, une ancienne grande demeure échappant au style régional, dont une partie est désormais consacrée aux collections de folklore local, de la vie paysanne, et qui propose la visite de quelques pièces reconstituées. On y a rassemblé des traces de la vie d'antan et il me semble qu'à l'aide de petits commentaires dignes d'un instituteur de village, la municipalité s'est dédouanée d'une longue réflexion sur ce qui avait amené toute une civilisation jusqu'à ce point d'oubli de soi, de ses traditions. De fait, les musées de ce genre sont l'aveu scientifique d'un renoncement, d'autant plus douloureux qu'il est entièrement concocté par les forces industrielles et la grande bourgeoisie du pays, en général très attachées à conserver ce qui est ancien. Une question, en tout cas, m'occupe depuis ce matin : pourquoi l'ethnographie, à la différence de nombreuses sciences modernes, s'est-elle greffée sur le peuple, les parlers populaires, les rites et usages de la classe la plus basse d'un pays ou d'une civilisation ? Elle s'ancre dans ce qu'un monde propose de plus simple, de plus proche en tout cas des prémisses de la civilisation. Et moi, mon penchant naturel m'a d'abord entraîné vers les classes urbaines bourgeoises ou aristocratiques, qui m'apparaissent plus complexes, plus raffinées et certainement plus intéressantes à étudier. Mais sont-elles aussi universelles ? Il suffit de penser aux écrivains paysans : chez les Turcs, c'étaient des ethnographes qui, au cours des années 1950, avaient fait du bon travail mais péchaient un peu par manque de connaissances en géographie et en géologie.

Je n'ai pas hésité un moment à me proposer pour la réorganisation du musée de la ruralité. J'imaginais que mes travaux d'ethnologie locale me conféraient une compétence particulière et, même si je n'avais pas, a priori, grand-chose à suggérer, je pensais avoir compris la nécessité du nouvel agencement des objets et des traditions locales. Par exemple, le rappel du rythme ancestral des travaux et des jours, qui est à présent battu en brèche par de nouvelles habitudes de consommation, le caractère forcené des loisirs ainsi que la facilité de déplacement procurée par les voitures individuelles. Il s'agit de faire une place à tous ces changements dans une vision muséale. Je suis sensible aux mutations que mes amis français entendent exposer, et j'étais persuadé que le regard de l'ethnologue permettrait une approche scientifique. Le responsable actuel – un propriétaire foncier, qui est aussi un des adjoints au maire –, sachant que j'ai de sérieuses difficultés matérielles depuis quelques mois et que mon expérience à l'usine de bois ne peut durer éternellement, a soutenu ma demande. Il s'agit d'assurer deux fois par semaine une permanence pour accueillir le public, assez limité il faut le dire, ainsi que pour cataloguer les collections d'objets exposés ou encore stockés dans la grange attenante. La mairie s'est engagée à verser un modeste salaire qui me permettra d'assurer ma subsistance.

Récupérée dans les fermes ou chez les artisans, il y a dans les réserves une belle collection d'instruments aratoires et d'outils de fenaison. J'ai souvent vu chez l'habitant ces mêmes objets, que j'ai fini par considérer comme des trophées venus d'époques révolues où la paysannerie se tuait à gratter le sol et qui, désormais, servent de rêves éveillés à la nation, de fantasmes d'un éden chimérique : comme les pichets, vases ou écuelles, poteries malhabiles fabriquées par les aïeux, ils se retrouvent sur les murs des pavillons modernes, récurés et briqués, brossés ou vernis. Ils représentent les racines auxquelles on ne saurait renoncer. Après plusieurs séances de travail, il apparaît que quatre salles peuvent encore être utilisées car on s'est contenté d'exposer de manière anarchique les plus belles pièces : la reconstitution d'une étude de notaire avec un large échantillonnage de contrats calligraphiés, une carriole de manouches avec sa petite cheminée de guingois sur le toit ou encore les hottes de colporteurs garnies d'images religieuses. Quel dommage qu'il soit si difficile de percevoir le monde dont il est question. Il faut maintenant penser aux cartouches qui fourniront les explications. Selon Jean-Marc, on ne peut pas laisser les visiteurs sans commentaire sur ce qu'ils voient. Peut-être est-ce un leurre car je sais que les rares visiteurs ne lisent jamais les textes proposés. Et en même temps, tant de choses méritent un commentaire, un rappel, voire une explication de fond, car le changement de civilisation a été si complet, parfois si brutal ! Il a été décidé que l'inauguration des nouvelles salles aurait lieu dans quelques semaines, à la Pentecôte. Je me concentre ces jours-ci sur un panneau en chêne qui rassemblera les outils de fenaison : plusieurs fourches et faux venues de toute la région, des pierres à aiguiser et, en dessous, sur un présentoir, une meule complète avec son chant. Ce matin, un instituteur nous a proposé un recueil de comptines, de chansons et de rondes qu'il note depuis sa jeunesse. Le curé, qui est passé à plusieurs occasions pour faire remarquer que les traditions religieuses étaient trop peu représentées, est un brave homme, de petite taille, au teint frais et aux yeux très noirs, comme les paysans de la région, dont j'apprécie la vivacité car, de surcroît, il me rappelle certains religieux en Turquie : des personnalités souvent brimées par la République et qui se maintiennent tant bien que mal alors que leur fonction décline.

Nous sommes en train de bâtir un lieu qui permettra de fixer l'état d'une société à un moment donné, idéalisée d'une certaine manière. La campagne française de la première moitié du XXe siècle, dont la transformation en fonds d'archives va prendre un peu de temps. Une illustration locale du mode de production asiatique : tout ici était précolonial et précapitaliste et j'aurais voulu qu'un panneau annonce dès l'entrée que Karl Marx s'était avisé de dénoncer ces schémas dans une série d'articles de journaux, un médium plus adéquat pour la polémique. Comment oublier cette phrase : « L'intégration du monde non européen dans un système historique global » est impossible parce que « l'idée même d'histoire a peu de sens en dehors de la tradition occidentale » ?

J'ai aussi appris que le paysan français est fermé et taciturne (ici, on dit « *tognia* »), souvent sinistre, avare et complètement fermé aux autres. C'est un ours qui ne s'agite que lorsque l'eau-de-vie secoue un peu son sang engourdi. Pas facile de proposer une contribution enthousiaste aux *French Peasant Studies* dans cette perspective...

Heureusement, je prends régulièrement mes distances avec la bourgade afin de me rendre dans des contrées ou pays voisins, ceux en tout cas qui m'accordent un visa. J'apprécie les allers-retours entre une communauté fermée, repliée sur elle-même comme celle de D. et les sociétés ouvertes, villes de belle importance, ports, lieux de passage, y compris les aires d'autoroute dont la France vient de se doter. Cet ensemble constitue mon principal stimulant intellectuel. Faute de mieux, dans les périodes où je suis retenu ici, je m'élance dans les rues de D., à l'affût des êtres, de leurs manières, de leurs façons de faire et de parler, car je ne peux longtemps me détacher de la vie urbaine, même en réduction.

La seule fois où, cette année, j'ai pris mes distances avec mon « terrain », c'était pour me rendre quelques jours dans ce que les Français appellent une gentilhommière appartenant à une connaissance de fraîche date. Serge n'était pas peu fier de ses racines et restait persuadé que l'inscription dans le paysage et le terroir lui conférait une authenticité plus grande qu'à la majorité de ses contemporains. Mais aussi, en tant qu'étranger incontestable, je devais lui offrir un terrain neutre et une certaine profondeur. Enfin, il ne savait pas exactement à quoi s'en tenir. Et, comme nous avions plusieurs sujets d'intérêt en commun, il voulut me faire visiter son château. Je dois dire que je suis sensible aux habitats au plus haut point : de la masure au logis le plus luxueux, la visite d'une pièce, la découverte d'un mode de décoration ou d'ameublement me procurent toujours le même plaisir. Cette fois, le petit manoir posé sur un tapis d'herbe à peine altéré par l'affleurement de dalles probablement millénaires, encadré de grands arbres au feuillage fourni, me séduisit : l'harmonie de la bâtisse et de son environnement naturel était saisissante. Je fus frappé par cette marque tangible d'un temps ancien où les choses se complétaient, se disposaient comme un puzzle voué à toujours atteindre sa totalité, et réalisai que cela pouvait me laisser incapable de réfléchir. Je cherchais à évaluer la place que cet ensemble historique – et presque archéologique – occupait dans la vie d'aujourd'hui. Ce faisant, mon hôte ne cessait de pérorer. Virevoltant entre les ancêtres, il ressassait des anecdotes liées aux Vikings et à la Révolution française, dégustant le va-et-vient entre le très ancien et le très récent, entre un passé nimbé de couleurs glorieuses et un présent tout juste digne de rejoindre le musée.

Et c'est là que j'eus une première révélation : la réalité française que je m'efforçais de percer était une enclave privée de vitalité et presque de réalité. C'était une réserve, une fiction qui n'avait plus grand-chose, aucun suc, à livrer. Les racines avaient séché sur pied. Mais je n'étais pas résolu à abandonner mon sujet : peut-être venue trop tard, cette prise de conscience du déclin de mon terrain, du manque de prééminence dans une culture internationale qui se développait selon ses critères propres, ne suffit pas à me décourager.

La plongée dans un monde encore mal connu, la France des confins, la France au rythme quotidien endormi et qui néanmoins se maintient et poursuit sa course, pourrait apporter, j'en étais persuadé, un éclairage essentiel à ma propre existence. Non, je ne croyais pas être venu trop tard, j'étais au bon endroit, au bon moment mais en Turquie, il s'agissait encore d'imposer mon domaine de recherche. Si je décrivais dans le détail le mode de vie de la population qui m'occupait et le perçais à jour, il était possible que je puisse aller de l'avant. L'âme de missionnaire que je nourrissais depuis mon arrivée pouvait enfin s'exercer : je me convertissais à la tolérance, même si, dans la France républicaine, on ne se posait guère la question. La pratique montrait qu'au contraire, il valait mieux être intolérant. Cela, je l'admettais. Tout était question de stratégie et je me devais à mon entreprise.

Autre rencontre, qui marqua l'année 1972 : celle du jeune cousin de Jean Mercier, un garçon très loquace qui s'était proposé pour réparer ce qui se déréglait dans mon logement. Il faut dire que j'avais remarqué son allure un peu dégingandée le lendemain de mon arrivée : le visage couvert de mousse à raser, vêtu d'un T-shirt orange qui ressemblait à une tenue de vacances, il sautillait sur le podium installé sur la place, côtoyant le groupe de musique qui ensorcelait le public ce soir-là. Plus tard, je l'avais recroisé près du Garage du Centre, un casque de moto sous le bras. Son air enjoué s'était effacé et je lui trouvai le visage sombre. Il se rendait probablement au travail car je le revis un peu plus tard en bleu. Accessoirement, il aidait à la Coopérative agricole pour l'entretien des tracteurs et engins agricoles. Il savait tout faire de ses dix doigts et Mercier me l'avait recommandé quand un robinet avait lâché dans l'appartement. Habile, il ne craignait pas de s'affronter à des techniques nouvelles. Il était exactement ce que les Français appellent un manuel, avec une nuance de supériorité pour celui qui juge. Au fond, il s'agit d'une forme d'esprit, d'une intelligence d'instinct face à la réalité. Après la première impression, plutôt mauvaise, arriva la seconde, beaucoup plus sympathique car il se révéla chaleureux, direct et plein de rugosités. Il me dit aussi, après avoir mentionné un manuscrit de roman, qu'il « écrivait comme ça » et qu'il « s'en foutait ». J'ai noté que la France produit ce genre d'écrivains sauvages qui se payent le luxe, c'était leur coquetterie, de dire qu'ils se foutent de la langue. Que de remparts érigés entre lui et lui-même. Il logeait avec sa famille dans un chalet à l'entrée du camping municipal, derrière les bâtiments de l'accueil, là où sont regroupés les employés. Il

s'appelait Martial et, au bout de quelques jours, voyant que je n'avais pas d'autres interlocuteurs, décida d'accaparer mon attention : j'appris alors que Martial avait enseigné pendant un an avant d'accepter ce « job » dans un garage, sans savoir ce qui l'attendrait à l'automne. Retournant plus loin en arrière, il avait évoqué son baccalauréat passé en 1962, une période passée comme éducateur de rue en Normandie, des petits boulots pour meubler l'attente et, enfin, un long voyage aux États-Unis. Au retour, il avait rencontré sa compagne, Odette, qu'il tenait absolument à me présenter.

Plusieurs fois il avait insisté pour que je prenne un café avec eux dans le chalet et je résistai aussi longtemps que possible puis, un après-midi, m'y rendis. Cette fois, je comprenais : Martial devait louvoyer entre le simple, l'essentiel, sa forme d'attachement au concret et son aspiration au beau et à l'abstrait. Sa femme n'entrait dans aucune des deux catégories, mais elle possédait l'énergie vitale du peuple et ce n'était pas rien. La visite au chalet avait été improvisée et, d'une certaine manière, précipitée : je ressentis l'inquiétude de mes hôtes et j'y vécus la répétition de la visite d'autres maisons d'amis. Partout il y avait un bébé qui mangeait sa bouillie et une famille rassemblée autour de cet acte important. L'invité se sentait mal à l'aise car la conversation stagnait. Le puits de leur jardin était tari, ce qui leur causait beaucoup de soucis, et je me dis que la vie quotidienne n'était pas facile dans cette région à l'écart de tout. Brusquement, Martial se leva : il devait aller travailler et je l'accompagnai à l'extérieur, soulagé. Dans ce simple échange, je vis comme il était difficile de prendre congé : après être allé trop vite et m'être précipité en amitié comme un homme sevré de relations humaines, je calais. Les particularités de mon nouvel ami me rebutaient : son âme délicate embusquée derrière un parler difficile, entre argot et langue relâchée, cette réticence à bien s'exprimer. Certaines personnes sont des incarnations humaines d'un temps mis entre parenthèses. Elles forment une catégorie à part, ces relations ne sont pas faites pour durer. Et si l'on y ajoute mon statut d'étranger, cette sympathie n'avait aucune chance de se prolonger. Elle ferait partie des souvenirs de vacances, du temps marginal où l'être se découvre, et n'avait pas d'autre fonction.

Ici, en France, sur cet étrange rivage, la solitude m'oppresse de plus en plus. Aujourd'hui, hélas, la recherche se complique. Mais je sens que mon traité a bien avancé et je prévois d'y ajouter encore deux chapitres : « Viandes » et « L'amour de l'automobile ». Je crains seulement que, malgré les conditions favorables offertes par une petite ville située au bout de la province, mes commentaires se révèlent insuffisants.

Si j'avais été à Paris, si j'avais fréquenté la Sorbonne et les cafés du Quartier latin, mon œuvre aurait eu pour destin de livrer un implacable combat : mais depuis quelques jours, moi, le novateur, l'avant-gardiste, je me sens écrasé sous le poids de la révolution, de l'exil et maintenant du coup d'État qui occupe mes concitoyens. Et, dans un cas semblable, les gloses délicates et les interprétations subtiles destinées à une élite de penseurs distingués peuvent-elles suffire ? Non, car je nourris l'ambition de m'extirper du carcan de la rhétorique révolutionnaire, d'avoir recours à une voix apaisée, de m'isoler sans me mettre à l'écart et de garder le contact avec la rue, la masse. Pour une fois, j'aurais aimé conforter mes collègues turcs dans leur critique : invisibles pour les étrangers de passage ou en résidence sur la terre d'Anatolie, la fausseté et la superficialité du courant folklorique initié par le gouvernement – une sorte d'ethnographie de pacotille à la gloire d'une arriération revendiquée –, leur sautent aux yeux chaque jour un peu plus. Il est vrai que l'idéologie dominante de ces dernières années réclame de faire oublier notre ancienne capitale gorgone et de redonner l'espoir aux opprimés : mais on a préféré, au nom de la science, enfermer les Turcs dans un ghetto encore plus sinistre. La pierraille et les bouses de vache séchées sont devenues les emblèmes et ils doivent en être fiers et heureux. Il n'y a que les députés et quelques ministres mal dégrossis pour s'en flatter et baptiser cela la voix du peuple.

Nedjip, mon père, adorait ce débat et répétait en famille, quand il avait bu un verre de trop, que le paysan sauverait la nation. C'était sa manière à lui de tout rattacher aux réformes des années 1920 : la révolution lui avait forcé la conscience, lui qui était tout au plus allé trois fois à la campagne, et encore, en tant que fils d'un petit propriétaire car Ziya Bey possédait des champs vers Safranbolu. Et souvent la conversation s'achevait par une tirade contre les imams et pauvres professeurs de Coran itinérants : je retrouve avec amusement le même ton chez les écrivains français qui ferraillent avec le catholicisme de province. Les Français disent : « bouffer du curé ! » Ils ont tous en eux de la sauvagerie de mon cher marquis. J'étais fermement décidé à aller faire un tour en Turquie.

Tout se joue autour de la nourriture, j'en suis maintenant persuadé. J'ai déjà réfléchi sur l'alimentation en France et m'amuse de ce qu'à Paris les Turcs et autres étrangers mangent dans des sortes de « cantines » pour Moyen-Orientaux. Je pourrais, comme Georges Balandier, décrire l'habitat des villes et des campagnes, mettre en place une théorie de la culture. Mais il n'y a pas que la consommation, il faut aussi rappeler la production et les circuits d'échange : noix, pommes, maïs, cultures maraîchères, les céréales qui dans ce coin de France donnent peu de rendement, et encore sur des parcelles réduites. On se trouve à la limite des pays de châtaigniers et pourtant on ne mange pas beaucoup de polenta par ici. En tout cas, les modes d'alimentation changent, c'est une évidence, en raison de la compétition entre les cultures. J'ai parfois imaginé une liste de produits agricoles et industriels de cette partie du département, sorte de bilan occasionnel qui traduirait l'amplitude des mouvements commerciaux ainsi que les liens avec d'autres zones d'une région enclavée : aucun accès vers l'Océan, peu de capacité de distribution des produits vers les centres régionaux. Pour finir, il est possible que l'on arrive à une définition de la paralysie. On devrait sous peu connaître l'accélération du processus d'émergence de certains États mal lotis d'un point de vue historique et économique : c'est la revanche de l'histoire mais les Occidentaux n'en ont qu'une vague idée, les malheureux ! Comme le clament certains milieux musulmans conservateurs, on pourrait bien assister à une renaissance de l'Orient. Mais où aurait-elle lieu, cela est encore difficile à dire : en Chine, en Iran, dans un pays arabe ? Ce qui est sûr, c'est qu'elle prendrait de court tous les beaux esprits. Autre certitude, l'Europe, même affaiblie, même paupérisée reste un endroit favorisé où vivre, car l'habitude de la richesse et de la stabilité ne se perd pas ainsi. Pour d'autres zones géographiques, l'essor va vite mais sans sédimentation. La question a son importance.

Les perspectives concernant l'évolution de la culture dans ce pays de vieille tradition m'occupent aussi : le nombre d'illettrés va croître et une catégorie d'humains sans nuances prendra le dessus. Car ce qu'enseigne l'ancienne littérature, c'est une chose exigeante qui réclame des années d'efforts et de lecture aride. Il vaut mieux l'accepter. Aujourd'hui, 25 juillet, je repense au défilé militaire que je suis allé suivre à B., la capitale régionale. J'ai assisté à la parade avec ses soldats semblables à des acteurs, où se mêlaient les derniers poilus alors que le conflit algérien remontait comme un plat mal digéré.

Une lettre est posée sur la table : je la regarde sans la toucher et hésite à la relire. Mon oncle y annonce la nouvelle de la mort de mon père en des termes très simples et évoque ma mère ainsi que le malheur qui vient de s'abattre sur elle. Je m'y attendais car sa santé donnait des signes de faiblesse, mais j'ai vécu dans la crainte permanente que mon père ne disparaisse pendant mon séjour en France. C'est ce qui a fini par arriver. Le décès remonte à deux semaines et je n'ai toujours pas pris la mesure de cette absence. Je souffre.

Tout au fond de moi, je ressens un tumulte qui n'arrive pas à prendre forme, cela revient comme une rage de dents ou un chagrin d'amour mal cicatrisé. Je ne peux que rester inutile, prostré, sans élan. Bien entendu, impossible de rentrer pour l'enterrement, organisé dès le lendemain du décès.

Il s'y mêle un nouveau malaise : je manque de connaissance dans ce domaine mais compte sur mon intuition pour élaborer une théorie nouvelle, libérée de la tyrannie des documents et d'une technicité qui me paraît de plus en plus superficielle. Je songe à la noblesse qu'on refuse à la musique de jazz en pensant que la musique populaire de variétés raconte aussi la vie d'un peuple.

Et je me fixe sur un point qui mérite d'être développé : les mimiques, la gestuelle des chanteurs qui intègrent, à un moment donné de l'Histoire, toute la problématique sociale. Les Français sont à la fois très positivistes et incroyablement superstitieux. Ils croient et se posent ensuite la question de savoir en qui ou quoi. Ils sont capables de s'enthousiasmer pour n'importe quelle histoire de bonnes femmes : il suffit qu'une émission de télévision présente un cas de maison hantée ou une apparition dans une province reculée pour que cela alimente les conversations pour plusieurs jours. Et l'on voit ainsi que les phénomènes inexpliqués n'attendent qu'une occasion pour resurgir et se fixer dans la crédulité des esprits humains. Autant dire que la plupart de mes contemporains restent fixés sur des symboles ou des dates couperets.

Cette fois, c'est Pâques. Le côté patelin de beaucoup de bons chrétiens me met mal à l'aise. Moi qui ai choisi d'être athée par modernisme, je suis tenté par un renouveau musulman. Chacun ne devrait-il pas chérir ses racines et les maintenir vivantes, en accord avec l'évolution contemporaine, si possible ? Et je m'amuse de cet afflux de pensées ! Est-ce moi, l'anthropologue à la recherche de la vérité, qui me laisse envahir par ce sentimentalisme patriotique ? Voilà ce que je désire : m'arracher à mon humaine condition pour comprendre la multiplicité des attitudes, devenir une machine insensible qui enregistre, classe, commente. Le résultat est néanmoins décevant : je retombe dans l'expression du moi, faible, influençable, incapable de voir les choses de haut.

Oktay Bey, vous n'arrivez pas à décoller ! Mon amour du français a pris tant de formes différentes qu'il peut passer alternativement pour de l'indifférence, du dégoût ou de l'agacement. Une chose est sûre : je n'ai cessé de craindre qu'on ne me la retire, que cette langue ne me soit confisquée. En tout cas, c'est essentiel. Bâtard, métis, tout ce que l'on veut, mais pas barbare ni négligent. C'est un peu le problème avec les héros des quartiers mélangés de grande ville : on y trouve quelques voyous modernes, empereurs du coup d'épaule, œil insolent et cheveux modelés par le gel, ainsi que des chanteurs. Pour donner de la voix et faire entendre celle de leur génération, il n'y a pas mieux. Mais, dans le Paris africain et arabe, le Bruxelles des Turcs ou les banlieues modernes de Lyon, je n'aperçois aucun motif d'espoir : on comprend par trop ce que réservent à la civilisation occidentale ces jeunes parias. Oh, il n'y a pas que de mauvais bougres parmi eux, mais cette juxtaposition de population blanche inconsciente et de pauvres nés de parents humiliés me paraît la plus grande aberration des dernières années. Les quartiers de relégation sont peut-être fascinants pour ceux qui hésitent à s'y risquer mais ils n'ont pas de profondeur. Ils incarnent la parfaite définition du vide contemporain. On y trouve en réalité plusieurs catégories d'étrangers : ceux qui cherchent du travail et ceux qui n'ont nul besoin de travailler. Moi, j'ai appartenu aux deux catégories à tour de rôle et souhaite désormais rester à l'écart. Il se trouve que, pour tous ces déçus de l'immigration, la raison du rejet est transparente : leur condition d'étranger ! Quelle que soit la forme, la couleur, la nuance qu'ait prise cette appellation dans l'esprit des employeurs, il faut admettre qu'ils se révèlent différents de ce que l'on attend d'eux et risquent fort de se montrer incontrôlables, déroutants, dans le meilleur des cas paresseux ou de mauvaise foi. Et surtout indéchiffrables.

Je ne reste que deux semaines à Istanbul et m'y sens vraiment étranger. On me pose des questions absurdes sur la France et j'étouffe : trop de famille, trop de familiarité, trop de bon sens arriéré. Mon père qui a disparu du paysage. Je m'attendais à retrouver quelque chose de lui, une trace bien vivante. Rien. Au fond, on n'est rien sur terre. La Turquie a brutalement changé d'aspect : sans lui, c'est un autre pays qui se déploie, tout à fait contemporain, de plus en plus étrange. Le pays réel, débarrassé des rêveries et des espoirs

liés à l'enfance puis à la jeunesse. Juste une terre qui m'a vu naître et où je reviendrai peut-être un jour. Chaque kilomètre parcouru par le train en Bulgarie et en Serbie m'a rempli de joie : je vais bientôt retrouver ma chère campagne française, mes habitants sauvages mais au grand cœur.

Une chose m'inquiète : suis-je en train de devenir un intellectuel exilé ? J'essaie depuis des mois de réfléchir à cette catégorie et me flatte de ne pas en faire partie. Ils sont incapables de progresser, de faire avancer leur pensée ; au contraire, ils se cabrent et se pétrifient à plus d'un égard. Ils vivent un processus de retour en arrière, de rétrogradation au sens propre, aveuglés par leurs propres contradictions – ils pensent certainement que le pays d'accueil finira par se plier à leur forte personnalité – et deviennent une caricature du Français qu'ils auraient aimé être. Et personne n'est dupe, ils en sont encore plus étrangers, animés d'une tension trop forte. Les pauvres diables ! Ils s'obstinent à traquer les racistes, les intolérants et les étrangers – ceux qui ne sont pas tout à fait comme eux – qui fricotent avec les Français et deviennent les puritains de l'intégration.

J'ai quand même voulu m'arrêter quelques jours à Belgrade chez Dragan. Nous nous sommes beaucoup vus à Paris lors de son arrivée en 1965 – si mes souvenirs sont exacts – et nous n'avons jamais cessé de nous écrire : cette fois, nous avons franchi le pas et pris le temps de renouer. Cette pause a été si agréable : outre cet ami perdu dans ses livres et ses amours chaotiques, il y a quelque chose d'utopique et de joyeux dans la Yougoslavie du maréchal Tito. La jeunesse est belle et semble prendre la vie du bon côté, c'est une réussite de cet état fédéraliste qui est beaucoup critiqué et qui se maintient en milieu hostile. Il est évident que ce pays non aligné n'a pas grand-chose à voir avec le terme « sous-développé », même si le Sud, aux frontières grecque et albanaise, en porte les stigmates. Qu'avons-nous fait ? Les deux ethnographes, le Turc et le Yougoslave, se sont baladés au soleil dans les ruelles du vieux Belgrade et sur les avenues imposantes où l'on boit du très bon café dans des hôtels immenses, sévères comme à Moscou. J'ai l'impression de voir ce qu'aurait pu être la Turquie si un régime socialiste s'était imposé : sociale et balkanique, cela constitue tout un programme mais reste moins terrifiant que le modèle soviétique.

Après mon expérience de l'usine et du rythme épuisant de la production industrielle, des lois du fordisme en pleine lumière, je ne me laisse pas piéger à nouveau ; je décline simplement les rendez-vous qu'on me propose, repousse avec politesse les modestes tentatives de mes amis ou encore décourage l'entremise des personnes persuadées que ma qualité d'étranger a quelque chose à apporter à la vie professionnelle locale. Je continue à laisser planer le doute, à attirer autant qu'à repousser, m'accordant simplement une exception pour les heures au musée. Ce flottement continu dans le domaine du travail me rend assez serein. Ici, dans cette petite ville, un nombre important d'hommes se trouvent au chômage. Les autres sont conducteurs de cars ou ouvriers d'usine : une conserverie, une fabrique de chaussures et une autre de parapluies occupent l'ensemble de la région. Rien n'est plus rassurant pour l'ordre social que les petites entreprises qui autorisent les petites dépenses, les goûts modestes, de menus plaisirs et des déceptions très relatives. Les commerçants et les notaires sont riches, les médecins vivotent mais cumulent parfois avec un mandat d'élu, leurs femmes jouent au tennis et font des emplettes, leurs descendants boivent sec et lorgnent parfois vers des drogues plus modernes. Pour peu que la pluie tombe, le tronc des platanes de la place devient noir et noueux à l'image des bras des vieux travailleurs de ces campagnes : il ne reste alors qu'à se dissoudre dans l'ennui et l'immobilisme. J'écoute les conversations dont rien ne m'échappe maintenant, mais est-ce vraiment la peine d'apprendre une langue pour arriver à ce résultat… « Les flics ? Ils en ont encore chopé deux vendredi soir. Ah ben, c'est retrait immédiat ! — C'est simple, moi, maintenant je rentre à pied. — Moi, ma femme ne boit pas, alors… — Si on ne peut plus rien faire, même pour le nouvel an. Deux verres et c'est terminé. Ter-mi-né. »

Ceux qui connaissent la France n'iront pas me contredire : les habitants de ce pays aiment à utiliser des mots grossiers qui, selon le moment et l'usage qui en est fait, gagnent en intensité ou prennent une tonalité tendre, voire amicale. Et ces termes orduriers, dont je peux donner la liste ici, sont autant de repères dans une expression complexe. D'autant plus qu'acquérir l'ensemble des automatismes et des formules de la langue universitaire à laquelle je me dois dans mes écrits sans compter les prises de parole en public, constitue déjà une entreprise périlleuse en soi : combien d'années avaient été nécessaires...

Dans le brouhaha des voix inconnues, des gesticulations de fin de journée que baigne une âcre fumée de cigarette, je n'irais pas jusqu'à dire que j'ai compris mon métier au café, mais je m'y suis largement familiarisé avec les réactions humaines, j'ai obtenu de précieux aperçus de la vie de couple et vu se déployer la complexité des raisonnements féminins de cette nation. Cela fait huit ans que j'ai pris mes quartiers ici et n'ai de cesse de me dépouiller de moi-même. C'est une aspiration profonde que ce métier d'anthropologue m'autorise à réaliser, mais je me demande si je n'aurai pas à m'en mordre les doigts. Mon enthousiasme des débuts a été remplacé par une routine qui jette une ombre sur mon passé : à quoi bon toutes ces années de formation, quelle valeur accorder à ma pitoyable jeunesse ? Et si l'on choisit de poursuivre dans cette voie, que dire de l'avenir, de son effroyable incertitude, de son absence de perspective ? Mais aussi, une question simple et profonde comme un puits s'ouvrirait devant moi : toutes ces conversations en français ou arabe, ordinaires, familières, politiques ou enflammées – car les occasions de se sentir affaibli, meurtri ne manquent pas – ont-elles un sens ? Ce flot de mots prononcés à l'étranger, loin du sol natal, me permet d'être au plus près de moi.

J'ai renoué depuis janvier avec Marie-Anne, la femme avec laquelle j'avais une liaison l'an dernier, et cela a balayé tous mes soucis. Les premiers jours, nous sommes restés enfermés, bercés dans le doux cocon de l'amour et avons vécu en marge de tout. Je ressens une certaine honte à appliquer mon regard d'ethnologue à cette relation, par crainte de l'amener trop vite à son terme. Je sais que j'aime cette femme avec hargne et impatience, comme un sous-développé. Allons-nous pouvoir être à égalité ? Le midi, nous prenons un repas rapide composé de fromage et de salade... Une sorte de dînette qui creuse l'estomac et nous donne envie de plus riches agapes le soir.

Et là, je me révèle : des brochettes de poulet grillé, de riches compositions de légumes où se mêle l'ensemble des produits méditerranéens, du fenouil et de l'ail, du yoghourt retravaillé, des goûts venus du fond de la culture turque et que Marie-Anne découvre avec moi. L'amour devient expression culinaire. Au cours de la dernière semaine de mars, j'ai appris qu'elle était enceinte. Les choses s'accélèrent. Marie-Anne ne veut pas comprendre que je ne peux pas renoncer à mes recherches. Elle me reproche de ne pas être prêt à assumer ma paternité. Comme si cela ne pouvait pas attendre. Tout attend devant la science ! Néanmoins je suis assailli de doutes très sérieux.

Certains jours, je réalise avec inquiétude que je n'aime guère la réalité. Je la recherche pourtant, je la traque alors que ma vie est axée sur le travail intellectuel. Et, aujourd'hui, je me persuade qu'il faut échapper à l'intellect, vivre quelque chose de concret et de constructif qui pourrait me permettre d'atteindre cette unité qui fait si souvent défaut – qui me fait défaut. Mon esprit comme mon corps me donne l'impression de m'éparpiller dans tous les sens. Si certains indices ont pu me faire croire que je progressais, j'en reviens sans cesse à l'idée centrale de ma vie : seule la mort est certaine et peut constituer un but. Le but sans commentaire, indiscutable et rassurant du vivant. Je n'arrive plus à m'occuper à quoi que ce soit. Il me faut renouveler mon approche ou changer de pays. Les Français auraient-ils livré tous leurs secrets ? Je devrais développer mes conclusions, car mes quelques articles, même s'ils ont attiré l'attention, ne suffisent pas à me faire accepter dans la communauté des savants. Et je sens que l'énergie me quitte.

Marie-Anne ne donne aucun signe. Elle va accoucher en octobre, d'après le médecin de la clinique. J'ai fini par acheter un tourne-disque puis une collection de morceaux de jazz et me console de tous mes malheurs en écoutant cette musique venue du Mississippi ou de Floride. J'ai rassemblé un bon nombre de disques 33 tours de musiciens que j'aime et dont certains me sont connus : après être allé dans les clubs à Paris, je réalise que c'est tout autre chose que d'être proche des musiciens, de les voir brasser l'air confiné des caves comme dans une tempête locale afin de vous exciter la tête et les membres. Aucune autre musique n'a cet effet.

Ces compositeurs et joueurs, je les aimais comme des frères. À l'occasion, je disposais les pochettes de disque sur le sol de mon appartement : « Call of the Jitterbug », Coltrane, Miles Davis, les premiers airs de Thelonious Monk. Des avenues et des salles de concert à Chicago, Los Angeles, Newport défilaient devant mes yeux. Et ces pochettes en carton ornées de trompettes, de batteries et de riches motifs inspirés par l'Afrique, ces collages audacieux me fascinaient : c'étaient, ce sont mes œuvres d'art contemporain préférées.

Il faut en prendre acte : je ressens de moins en moins d'émotions, je réalise que ce pays a fini de m'intéresser. Cela me coûte de l'avouer, mais il faut peut-être en finir avec mon sujet. Et Marie-Anne, que veut-elle de moi ? Qui suis-je pour elle ? Je croyais avoir atteint les ultimes limites.

1974 est une drôle d'année. Je suis en France depuis bientôt dix ans. J'ignore comment formuler cela : un grand découragement, une fatigue que l'on dirait venue de très loin, a envahi une bonne partie du territoire français. Il est temps pour moi de rentrer. Comme si l'accumulation de grandeur et d'énergie diffusée par le pays avait connu son apogée et ne pouvait que retomber. On le sent dans chaque parcelle de cette province d'où sortaient régulièrement, aux siècles passés, des hommes remarquables et des idées lumineuses. Sans doute un épuisement régulier de certaines franges humaines, une saturation psychologique et émotionnelle : à un moment donné, le déclin commence.

Pendant des siècles, les récits d'Europe ont nourri nos rêves. Mais, quand on a vu certains lieux de cet Occident, on déchante : la cabane d'une voyante, décorée de motifs psychédéliques, sur le boulevard Magenta à Paris, les deux-roues sales aux garde-boue cabossés qui encombrent les trottoirs des villes anciennes, la détresse de certains habitants de ce pays riche m'ont éclairé. L'Occident n'est plus en Occident.

Un repas avalé un vendredi soir dans un boui-boui du centre de la capitale a fini de m'accabler : je sens la passivité des clients peser de tout son poids alors que j'essaie de préserver des bribes de pensée claire. Mais c'est peut-être la bière. J'ai mené des enquêtes et des observations dans nombre de milieux, de villes de taille différente, de quartiers parfois inhospitaliers, je me suis appliqué à enchaîner lectures et questionnaires, contacts ou dialogues. La quête d'individus représentatifs, rares, dignes de représenter le genre humain ou le corps de métier recherché, m'a occupé et parfois convaincu de l'utilité de mes travaux : je croyais cerner l'esprit français, j'étais à deux doigts de le capturer et de le définir.

Dans dix ans, pourrais-je revenir dans une bourgade de France comme celle-ci ? De quelle douleur serait fait ce retour, en aurais-je envie ? Quel intérêt cela présentera-il ? Dans ces villes de petite taille, on croise rarement un touriste, même français. Placé au cœur de l'entropie, j'en tire une sorte de jouissance. Dans le centre-ville, tout semble s'être arrêté : le temps, les mouvements, la vie tout simplement. Même les animaux et la nature sont au ralenti, plongés dans l'hébétude, bien loin de la théorie darwinienne de l'adaptation au milieu. Ou serait-ce qu'on n'y prête pas attention d'habitude ? Quand je pense au pays que j'ai laissé derrière moi, j'ai souvent envie de le fustiger : j'ignore si c'est un réflexe de défense contre la douleur de l'éloignement ou si je commence à ressembler à Ali, mais des expressions de violence ravalée me reviennent : « Les Turcs sont vraiment des cons ! » ou « Ils sont rusés mais manquent d'intelligence. », « Quelle faible capacité d'abstraction, de purs pragmatiques. » La faute en incombe sûrement au mode de

production asiatique.

J'ai fait ce que l'on attendait de moi mais étais rongé par une culpabilité étrange. J'ai honte de ne pas appartenir à la même catégorie sociale que mes proches et m'en veux de travailler pour ces gens. Ils n'ont aucune culture et, moi, je fais tout pour me rapprocher d'eux car ils sont ma matière, mon sujet d'étude. J'ai aussi honte de les déconsidérer. Et je passe beaucoup de temps dans cet état de gêne et de mauvaise conscience, m'épuisant à lutter contre ces émotions contradictoires qui m'empêchent d'avancer. La rançon d'une vie vécue à l'étranger.

Au café de la gare de Lyon. Hocine est revenu à la charge :

« Tu te souviens des Black Panthers, je pense...

— Oui... Quel rapport ?

— Ils sont partis au Caire et vont rejoindre le Liban assez vite. Vous devriez vous méfier à Istanbul !

— Tu parles. Ils ne sont pas près d'entrer chez nous, même en tant que bons musulmans... »

Dans un ouvrage paru quinze ans plus tôt, un enseignant de l'université de Birmingham s'était proposé de dessiner une carte représentant l'extension à la surface du globe de l'ensemble formé par ce qu'on nomme les pays en voie de développement. Ses théories n'avaient reçu un écho qu'à l'occasion de la troisième édition de l'ouvrage qui avait fait sa réputation, sous un titre entièrement refondu. Je comprends qu'il ne s'agissait nullement d'une démarche marquée par l'a priori – la géniale intuition scientifique qui fait que l'on ne se trompe pas sur un savoir encore brumeux –, mais de l'aboutissement d'une remise en cause progressive et d'une série de remarques du plus haut intérêt épistémologique. L'aspect politique de ces réformes ne devait pas non plus être négligé. Au cours de la période où le livre ne connut aucune réédition, j'en étais venu à me poser des questions qui restaient largement en suspens ou qui ne faisaient que mener à une théorie plus globale. Il n'y a pas de réponse sous la forme d'une application politique, bref pas de réponse ethnographique ni économique à fournir pour étayer le champ politique que je favorise. Et, dans cette question de la géographie du sous-développement, j'essaie de trouver la place de la France. Sur cet échiquier, elle ne pèse plus lourd. La plupart des collègues de sciences humaines ont préféré se désintéresser de cette question, sans doute pour rester fidèles à leur vieille discipline qui allait être contaminée par l'analyse politique. Une forme de mystification.

Ce même enseignant de Birmingham s'était montré surpris d'apprendre de la bouche d'hommes qui luttaient en divers points du tiers-monde que ses propos d'universitaire – en réalité assez sommaires et peu enclins à trouver une forme dans l'action – pussent avoir quelque influence sur leurs réflexions et leurs engagements de révolutionnaires, d'autant plus que, compte tenu de l'évolution historique, on ressent des scrupules à voir diffuser des idées qui ont perdu leur validité.

Une seconde surprise vient du manque d'enthousiasme rencontré par les écrits ethnologiques dans les milieux de savants où j'évolue maintenant. Ceux – et ils sont nombreux – dont le discours scientifique procède essentiellement de la lecture de Marx, de Lénine ou de Rosa Luxemburg, n'ont pas jugé bon de se soucier d'un livre qui s'abstient de faire référence à ce corps de doctrine et, par conséquent, ne prend pas part aux débats où s'affrontent les organisations marxistes. Et les géographes ont bien montré qu'ils ne se préoccupent pas de ces problèmes de « sous-développement », estimant que ces questions ne relèvent pas de leur discipline.

En termes d'arriération, une chose me frappe dans les lieux publics, au marché ou dans les fêtes foraines : on y apprécie, et d'une façon qui avoisine la religiosité, une certaine musique de variétés. Ce n'est pas tant ces airs aux paroles parfois touchantes et qui entraînent l'auditeur sur des chemins allègres ou permettent d'échapper à la rugosité du quotidien qui m'intriguent que leur ancienneté. Il s'agit assez rarement de chansons à succès mais bien plutôt d'airs qui ont été en vogue, qui n'ont cessé d'être à la mode depuis dix ou quinze ans et que plusieurs générations s'approprient comme un bien commun, un trésor national. Je doute qu'aucun poète ou penseur français puisse se targuer d'une réussite équivalente ! Ce qui ramène à la question de l'intelligence, de la finesse du goût. Moi qui pense fréquemment que les Turcs sont particulièrement stupides et mal embouchés, je réalise avec effroi que les Français n'ont rien à leur envier.

J'ignore si c'est l'épuisement de la race ou les conditions de vie qui réduisent ainsi les gens à la médiocrité mais à aucun moment, et malgré l'idée que je me fais de ce pays, idéal entre tous à cause de Montaigne, de Voltaire et peut-être aussi d'André Gide, on ne voit affleurer l'intelligence sauf en de très rares occasions. Elle paraît éteinte. La bêtise, ou plus modestement la connerie, est un sujet délicat : pour l'anthropologue, c'est à la fois très attirant car s'y révèlent les défauts d'une société, mais le phénomène constitue une donnée universelle.

Je passe maintenant plus de la moitié de la semaine chez Marie-Anne et prends plaisir à la cohabitation domestique. Voilà une expérience que je n'ai pas encore vécue et de nouveaux aperçus de la francité se dessinent, même si cela rend les choses délicates dans le cadre d'une relation amoureuse. J'en suis arrivé à détester les habitudes qui mutilent la parole, en particulier chez une certaine catégorie d'habitants des villes qui pensent ainsi s'assurer une coudée d'avance sur la modernité. Cela a principalement à voir avec la mode : comme pour les vêtements ou dans le choix des amis, on remarque une course à la nouveauté et à l'originalité qui permet de se sentir plus en phase avec son époque. J'ai longtemps cru que cela ne concernait que les citadins, mais c'était une erreur. Chaque groupe social – même les marginaux, les isolés – est soumis à cette envie de ne pas stagner dans une langue donnée. J'ai plusieurs fois eu l'occasion d'observer ou plutôt d'écouter un clochard : outre l'humour féroce qui anime l'essentiel de ses tirades, il produit un enchaînement de remarques et d'exclamations qui résonnent comme un tribunal permanent de la société, mais aussi de la langue dominante. Tout le monde – y compris le gardien de la paix qui pour finir le repousse vers des rues moins fréquentées – l'entend, commente ou reprend dans sa tête ces paroles cinglantes comme des claques, mais personne ne daigne lui répondre. C'est un des nombreux dialogues indirects de cette société où la vie se passe à l'intérieur de soi-même. Par ailleurs, je suis constamment ramené à la question de la traduction : point de départ et stade ultime de mon rapport à la langue.

L'ethnographe ne cesse de passer d'une langue à l'autre, c'est là sa raison d'être. La faible dose d'information qu'il reçoit naît de ce frottement entre les mots, de ces hésitations, approximations, convictions personnelles, puisque tous les individus possèdent une langue qui finit par établir un savoir. Empirique et déductif à la fois, c'est un des plus extraordinaires miracles de la communication d'avant Babel que l'on cherche... Telle une meute de chacals dans le désert, ils trottent, fouillent, arrachent – non pas une âpre nourriture –, mais quelques bribes de connaissance à une matière rebelle. Je me rappelle une rencontre savante où l'un de mes collègues, un de ces Alsaciens fanatiques de culture germanique avait présenté une intervention sur la qualité littéraire des écrits de Sigmund Freud et leur teneur anthropologique : l'allemand cultivé d'un Viennois plein de sensibilité, collectionneur de termes précis autant que d'objets symbolisant les mondes qui structurent notre pensée, pouvait, selon lui, constituer la meilleure approche d'un univers scientifique qui englobe surtout les civilisations que nous autres, ethnologues, étudions. Néanmoins, j'aurais aimé entendre le même genre de commentaire sur les remarquables prises de parole de Fritz Gräbner ou de cet autre Viennois, Wilhelm Schmidt car, dans cette langue scientifique allemande, on entend résonner la poésie : celle des peuples étudiés mais aussi celle de l'auteur. La langue dont j'ai besoin est un idéal : je l'ai parfois rencontrée chez mes pairs mais plus souvent chez des locuteurs ordinaires, même dans ma ville de province.

Bien sûr, certains informateurs ont à la fois l'esprit clair et une maîtrise remarquable de leur idiome.

Ces échanges me mettent en joie : ils sont peu fréquents mais révélateurs de personnalités contaminées par l'effondrement de la langue. Il m'arrive de noter la maladresse d'expression chez un employé ou un commerçant par ailleurs très en accord avec le vocabulaire de son milieu, ou encore de distinguer la docilité envers les modes chez les adolescents. Eux, au moins, ont une excuse : ils viennent d'arriver dans la vie et peuvent encore jouer les étonnés !

Quant à moi, j'ai longtemps imaginé dominer la langue, en faire mon outil servile. Sachez qu'il est hors de question qu'on traduise mes écrits en turc, que ceux qui aiment la science apprennent le français ! Le français est la seule langue adaptée aux exigences de précision de la science telle que je l'entends. Grâce à lui, je diffuserai les résultats de mon enquête dans le monde entier. Quel dommage qu'il se dégrade mais c'est le destin des choses anciennes et précieuses. Ainsi, il décline parce que la science perd du terrain, leur destin est intimement lié. Sans français, pas d'idées, que des faits. *Facts*. Décadence et perte. Une langue peut-elle mourir et de quels maux ?

J'ignore s'il y a un lien entre mon mode de réflexion et d'écriture et la période que je vis : en tant qu'ethnographe, j'ai l'impression d'être une éponge qui s'imbibe de tous les flux de pensée et de velléités d'action que renferme le monde, j'absorbe et me nourris de ces impulsions, qu'elles soient individuelles ou plus amples, disons nationales. Ainsi, cette période cruciale pour l'impérialisme et sa critique, coincée entre la fin de la guerre coloniale des Français en Algérie et l'escalade du conflit au Viêt Nam, n'aurait pu être mieux choisie pour établir une lecture en coupe de la société occidentale. Le sociologue qui s'était beaucoup attaché aux rapports de classes « internes » dans les pays colonisés justement et avait mis en lumière la responsabilité des élites locales m'avait guidé pour mon étude des loisirs, parfois aussi dans l'analyse du concept de propriété, d'héritage et de transmission.

Un autre déclencheur de ma réflexion – et il m'aura fallu vivre en milieu halogène pour le comprendre – sont les campagnes de charité lancées en faveur de ces peuples, que le pays ou son empire avait par ailleurs mis en coupe réglée. À un autre moment historique sans doute, mais qu'importe... Passer dans les rues de D. et voir placardées sur une porte de grange ou un de leurs sinistres murs en ciment des affiches qui décrivent l'Afrique comme un vaste désert où règne exclusivement la famine procure un sentiment de répulsion. C'est la même société qui est responsable et qui s'apitoie en cherchant à convaincre ses citoyens de verser leur obole. Une sorte de cercle infernal : une stratégie de domination qui ne dit pas son nom. Je me réveille maintenant presque chaque nuit, inquiet, désorienté, me demandant où je me trouve. Je rêve – ou tout du moins c'est ce qu'il me semble – de mon père, mort il y a deux ans, et je suis pris de terribles angoisses. Je distingue un homme en costume, au visage brouillé et au teint blanchâtre, porteur d'une menace indicible, tournant autour de moi. Les impressions affluent, il me faut rentrer en Turquie, cela paraît urgent.

Pourtant, je n'ai pas terminé ce que je me suis fixé. L'exploration et l'analyse de cette société ne sont pas achevées. J'ai finalement concrétisé ce déplacement dans le nord de l'Allemagne et au Danemark pour vérifier certains points qui doivent confirmer la logique de mes raisonnements sur l'Europe. Il est indispensable que j'établisse les schémas directeurs avant de refermer le chapitre de cette civilisation qui m'obsède. J'ai continué à prendre de nombreuses photos et classe maintenant mes clichés, tous cadrés à l'ancienne, sans fioritures, de simples témoignages : on peut y voir une légère concession à l'esthétique, le projet d'une analyse en noir et blanc de la civilisation. Par exemple, ce petit banc en bois clair, installé devant la façade la façade d'une maison d'un village de la Haute-Saône et qui contient la promesse de nombreuses soirées passées à contempler le paysage et à vérifier les allées et venues des voisins. Mais en arrière-plan, il s'agit d'un idéal de vie : après avoir bêché son jardin et pris un frugal repas sur la table de cuisine, le propriétaire est arrivé au terme d'une vie de labeur.

8
L'état de nature

Je ne peux pas renoncer à mes promenades, même à la veille du grand départ. Cette fièvre ne m'a pas lâché et je veux chasser de mon esprit les mauvaises pensées en marchant droit devant, autant que mes forces me le permettront. En début d'après-midi, j'emprunte une route plate et sans attrait, bordée de quelques aplombs où parfois se dresse une tour ou un château en ruine, le bric-à-brac de l'histoire locale. Rien ne m'attend, ni femme ni foyer, et mes amis sont tous pris ou lassés de moi... J'ai décidé de faire une randonnée qui me libérera de mes attaches pour plusieurs heures.

J'aspire aux hautes frondaisons, au vert profond des forêts épaisses. Une fois parvenu à l'orée des bois, j'embrasse du regard la fin de journée. De toute la hauteur des cimes se détachent des ombres qui s'étirent, avançant telle une marée irrégulière sur les champs labourés. L'obscurité ne va pas tarder à tomber. Même si, en Turquie déjà, on m'avait mis en garde, l'idée de m'égarer dans la forêt me séduit et, résolu à quitter la France dans peu de temps, je tiens à faire un dernier tour du propriétaire.

Accroupi au bord du sentier, je réalise que je suis transi de froid car c'est la rançon du séjour en pleine nature, et suis incapable de retrouver mon chemin. Pourtant en temps ordinaire, le sens de l'orientation ne me fait pas défaut car l'instinct ne m'a pas complètement abandonné. J'ignore pourquoi mais à cet instant précis, le souvenir des parties de chasse si présentes dans la vie locale me revient à l'esprit ; j'ai bien remarqué sur les photos sépia accumulées dans mon bureau que chaque battue a sa spécialité. Tantôt c'est

le gibier ailé, tantôt le gros gibier, sanglier ou chevreuil. Il ne s'agit pas de la même chasse, les clichés montrent que l'effort physique fait partie de la traque des animaux plus imposants. Et puis reviennent les odeurs, la fébrilité des chiens, les vestes de velours qui sentent le sous-bois, des vêtements de mousse humide.

Vers 21 h, je me remets en marche, m'enfonce dans un bois de sapins et, après avoir sillonné de nombreux vallons, franchi deux ruisseaux à gué et traversé plusieurs prairies qui n'ont pas été fauchées, où l'on ne voit nulle trace de bétail, je débouche sur une petite clairière. Aucune bouse de vache, pas de clôture électrique comme c'est l'usage dans la région.

La seconde année de ma présence à D. et au cours des saisons qui avaient suivi, j'avais arpenté les zones agricoles, entrant dans les fermes et les granges, interrogeant des paysans qui manquaient de temps pour répondre aux questions d'un étranger. J'avais recueilli un matériau considérable que je n'avais pas eu le temps de traiter. D'innombrables notes, des croquis, beaucoup de rouleaux de pellicules accumulés sur le manteau de la cheminée et qui attendaient d'être développés. Plus tard j'avais dirigé mon regard sur les zones côtières, leurs villes et d'autres régions rurales, même si je revenais toujours à D.

Pour moi, la nature est restée une abstraction : un paysage lointain réduit à un ensemble de données qui finissaient par définir le pays. Je ressens à présent la fraîcheur qui repousse les rayons rasants du soleil, un frémissement agite le sommet des arbres en même temps que le silence petit à petit s'impose, à la mesure de la puissance des bois. Ce monde vierge qui représente l'essentiel du pays en dehors des villes et des villages et que j'ai tardé à découvrir.

Que faire ? Je regarde autour de moi : la clairière est paisible mais, à la tombée de la nuit, je dois privilégier un endroit où m'abriter pour les heures à venir. J'hésite plusieurs fois puis choisis de m'enfoncer dans le sous-bois pour me blottir au pied d'un chêne où je bricole une hutte sommaire avec quelques longues branches et du feuillage. Un abri de fortune qui ne protégera pas du froid mais me rassure. Je suis transi et commence à guetter les bruits : il y a des passages de lapins, de hérissons, de rongeurs en maraude puis les cris lugubres de rapaces qui cherchent leur proie. En me tassant sur moi-même, les bras serrés contre le corps tout en tirant sur mon veston bien boutonné, je réussis à produire un peu de chaleur. Des bruits à peine audibles dans la journée gagnent une force insoupçonnée dans l'immobilité de la nuit. Je me mets à écouter le concert que forment les grognements d'animaux qui passent furtivement, les feuilles et les branches foulées par des sabots et des pattes invisibles. Une bête assez volumineuse s'est approchée, deux yeux ont jailli dans le noir puis plus rien. Je me retrouve totalement seul avec la nature, pour la première fois depuis mon arrivée. Un mélange de senteurs de feuilles en décomposition et de glands monte du bois.

Sous l'effet de la futaie, ma mémoire s'est mise à brasser une riche imagerie médiévale : sangliers, hermines et loups s'y disputent la vedette. La France a été une terre d'abondance sauvage. À la fin de l'automne et au cours de l'hiver, les champs et les bois deviennent les lieux de plaisir des seigneurs qui traquent des animaux rusés et courageux, auxquels ils se mesurent comme en duel. Pour les paysans, le gibier se doit d'être modeste, mais braconner lapins, lièvres et perdrix tient tout autant de la chasse. La traque peut être longue et il ne faut pas se faire prendre car la punition est sévère : on peut même y perdre la vie. La chasse occupait tout l'esprit des hommes du Moyen Âge.

La lueur de la lune que j'entrevois à travers les arbres et les nuages qui ne cessent de défiler, le frou-frou du feuillage dans les branches les plus hautes et l'humidité pénétrante me rappellent à moi-même. Que suis-je devenu ici ? Un étranger à deux pays, soumis à deux langues alors que j'aspirais à être un spécialiste du regard scientifique. Je suis un moins que rien. Pourtant, cette escapade dans la primitivité française m'est bénéfique car elle m'aide à mieux comprendre ce que j'étais venu chercher. Il y a toujours un point où la civilisation s'interrompt pour faire place à quelque chose de beaucoup plus ancien, une chose que l'on ne peut réduire aux mots. Sauf à utiliser la rhétorique des voyageurs d'autrefois: la langue de salon, précise et incisive, qui apprivoise le réel et le met à la disposition du lecteur privé d'aventures.

Dans mon sommeil, j'ai commencé à entendre de petits hululements de chouette: les bras bien serrés, les paumes de main couvertes de feuilles humides qui s'y sont collées, les jambes engourdies, je reviens à la vie. Une fois les yeux ouverts, alors que l'aube pointe, je perçois des détonations qui résonnent comme de brefs coups de tonnerre dans l'air matinal. Des aboiements me rappellent qu'on est en automne, la saison des battues. Soudain libéré d'un poids, je reprends la marche avec optimisme et courage.

Je repense à ma rencontre avec Marie-Anne, un jour d'avril l'année précédente. J'ai, dans les premières semaines, beaucoup pensé à elle et me suis interrogé sur ce processus: penser à quelqu'un que l'on connaît à peine revient à chérir un mystère dont on espère qu'il ne sera jamais résolu. Un jour, tout occupé d'elle, j'avais rapidement quitté le centre de D. pour parcourir les faubourgs où s'étiraient les plus grandes fermes avant d'atteindre les champs. La terre se réveillait. Une légère brume flottait encore sur les parcelles labourées et les premiers tracteurs sillonnaient le paysage. Les paysans français reprenaient possession de leur bien. Et moi, l'ethnologue incorruptible, je ne pouvais rien faire d'autre que penser à une femme.

En débouchant du taillis, j'enjambe un muret de pierres grises avant de les apercevoir : un groupe de trois, assis et en train de casser la croûte, non loin d'un quatrième qui est allé chercher du bois pour alimenter le feu. Entêtante odeur de noisetier et de frêne encore vert qui se consume lentement. Je m'approche. Après avoir salué, je reste un bref instant à contempler les deux faisans aux plumes moirées qui gisent comme les trophées d'un très ancien monde. Mais le plus fascinant, c'est la masse du chevreuil qui repose sur la

terre, le pelage couvert de rosée, et l'œil déjà vitreux d'un animal empaillé. Un mince filet de sang rubis avait coulé de ses naseaux. Celui-là vivait encore quelques minutes auparavant.

Le premier chasseur, habillé tout en kaki, vêtu de bottes boueuses, tire sur sa cigarette. Il baisse les yeux en s'adressant à moi :

« Café ? dit-il en montrant le thermos à côté de lui.

— Je veux bien, répondis-je, j'ai marché toute la nuit. »

C'est partiellement vrai mais je ne veux pas raconter que j'ai dormi roulé en boule dans les taillis, de crainte de passer pour un vagabond. Je saisis le gobelet en métal qu'on me tend.

Le second, un petit homme rablé au visage rougi par le travail en plein air, prend la parole :

« Vous venez d'où ? Vous n'êtes pas chasseur... »

Ces hommes en casquette ou béret, on dirait des maquisards. Pendant l'Occupation, ils battaient la campagne à la recherche d'Allemands ou de gendarmes du régime de Vichy, maintenant il n'y a que le gibier. Je réfléchis rapidement avant de répondre.

« Je voulais juste faire une longue marche mais j'ai fini par me perdre, je crois.

— Je vous connais, dit alors le premier. Vous habitez sur la place, à D., et vous faites des recherches sur la région. Les vieux métiers, c'est cela ? »

Je m'attendais à ce que l'on m'associe à Marie-Anne, tout le monde est au courant des affaires de cœur ou d'argent. Je repense aux femmes et à leur cruauté. Dans l'infinie beauté de la nature, elles sont des biches ou des renardes. Le jour se lève. Une faible brume recouvre encore les champs, sans dépasser la moitié de la hauteur des arbres. Le dernier chasseur dépose à côté du feu un morceau de bois assez épais – une sorte de bûche – et une brassée de branches encore couvertes de feuilles. Il fera chaud aujourd'hui.

Je réponds en hochant de la tête, sans plus. Puis on entend un battement d'ailes à l'extrémité du champ qui descend en pente douce jusqu'au chemin où est garée la voiture. Lorsque les hommes se saisissent de leur fusil, je remarque que le chien, un petit setter couleur fauve avec des oreilles noires, s'est mis à l'arrêt. J'entends deux coups de feu claquer successivement mais ne vois rien. L'air matinal est déchiré par un son violent et tranchant et le chien file vers un bosquet à l'orée du bois.

Le troisième chasseur, qui n'a toujours pas prononcé un mot, tire de son étui un couteau à la lame épaisse et crantée et entreprend de vider le chevreuil. D'un coup ample et sans hésitation, il fend la peau blanche du ventre de l'animal qui laisse s'échapper les viscères. Les mains barbouillées de sang, il tire sur le paquet de boyaux, en lance une partie au chien puis s'essuie les mains sur l'herbe avant de sortir un chiffon de sa musette.

« Tu le découperas dans ta cour, à la maison, dit son voisin. C'est pas pratique sur le sol, on va mettre de la terre partout. »

Il racle un peu la surface du sol et pousse du pied la graisse et les tripes dans ce qui est à peine un trou, sans les recouvrir.

« On rentre, les gars. Un chevreuil et deux faisans, ce n'est pas si mal. »

Je les observe avec curiosité : depuis que je suis en France, le goût des habitants pour la nature et le mode de vie encore primitif ne m'ont jamais autant sauté au visage. Voilà que se révèle la permanence d'une brutalité obscure qui permet l'expression des pulsions. Dans la splendeur de la forêt, de la haute futaie et des taillis, avec les fougères aux vastes encolures et le détail délicat des roches qui affleurent, et des cailloux déposés sur la terre brune humide, je comprends que la nation dialogue avec son paysage. Et pourtant la plupart des individus ne se posent aucune question sur la validité de leurs traditions. Ils restent incapables de prendre du recul et imaginent qu'ils sont la seule humanité.

J'ai l'impression que les chasseurs me regardent bizarrement. Tous armés, avides d'action même si celle-ci est déjà retombée. Le chien est revenu bredouille, sans oiseau dans la gueule. Vont-ils me proposer de m'emmener ou me laisser là ? J'ai soudain honte de mes vêtements. Une tenue de ville, une veste en velours froissée par la nuit passée à la belle étoile, des chaussures assez mal adaptées à la marche en rase campagne. C'est certain, ma présence doit leur paraître incongrue. Je n'ai cessé d'essayer de me fondre dans le paysage mais en vain. Tout en moi reste étranger. Dans ces provinces, comme dans tant d'autres, il y a quantité d'insatisfaits et de mécontents de l'Histoire. Assoiffés de revanche et d'amour-propre, ils ne pouvaient se contenter de la place nouvelle qu'occupe leur pays. Cela les rend malades. Je me dis que ces chasseurs sont peut-être de cette espèce-là. Leur voiture, un break dont le hayon est resté ouvert et d'où dépassent les pattes du cervidé, est garée assez loin. On l'aperçoit sous les arbres, à l'abri des regards de la route. D'un seul coup, le groupe lève le camp : lorsque je leur emboîte le pas, je vois que le troisième chasseur, le plus silencieux, reste en arrière. Et je crois l'entendre armer le chien de son fusil sans savoir s'il dirige le canon vers moi. Je décide que ma vie ne doit pas s'achever ici.

Derrière moi, une musique symphonique se lève comme une vague et submerge tout le paysage. Les troncs frémissent, le feuillage se met à crépiter en se comprimant puis en se gonflant, les animaux morts se relèvent et courent en direction des bois, un chasseur chante à tue-tête et un autre a sorti le cor de sa musette pour sonner l'hallali. Je suis fier de faire partie de cette terre, de chaque bosquet, des champs, des monts alentour.

9
Nedjla

J'ai une amie, Sema, qui ne connaît aucune langue et qui en souffre. Elle en conçoit un complexe, quelque chose de plus fort même, car cela la coupe du monde. Elle est confite dans le turc et les références, habitudes et modes de fonctionnement des Turcs, ce qui lui permet une évolution souple dans cette société, y compris dans ses faiblesses, douleurs, limitations. Il faut s'arracher à ce trop grand confort, tout remettre en jeu, baisser la garde, se laisser heurter par les rugosités, les choses inacceptables que propose l'autre langue, l'autre monde… Moi, j'ai l'impression que j'ai toujours voulu être « autre ». Ma place dans cette société est ainsi fixée : avec mon voile, je suis autre ; quand je pense en français, je suis autre ; quand je sors et parle avec des amis de l'université anglophone, quand je parle avec Gülnur qui vient faire le ménage chez nous. Même, pendant cette année où je ne pouvais pas entrer à l'université à cause de mon foulard, je n'ai pas eu pour autant ce sentiment d'être à l'écart. J'étais juste en conflit avec un règlement inique, c'est tout. Sema reste parfois très longtemps silencieuse. Nous sommes là, au café, sur un banc, dans un couloir : je vois que Sema aimerait en dire plus, livrer ses pensées, exprimer des opinions – elle en a de très marquées – mais ne parvient pas à franchir le pas.

J'en ai parlé tout récemment avec Samiha, Leyla et Edje : je crois que mon père a largement contribué à ce que notre pays est devenu. Dans le sens opposé, j'entends. Nadir soutient que j'exagère et que mon père n'est qu'un vieil original. Il le défend par solidarité masculine, c'est évident. Il me faut lutter contre cette tendance à idéaliser nos parents : mon père n'était pas un homme d'exception, c'était un homme assez obtus qui a passé sa vie à imaginer qu'il comprenait les autres. Je lui en veux beaucoup de tous ces mensonges organisés, domestiqués, afin que tout s'intègre dans un système, le système qui épousait le mieux ses penchants et ses défauts. Durant ces dix années passées à l'étranger, mon père s'est détaché de la Turquie. Qu'il l'ait voulu ou non, il s'est transformé. Et puis, cette cohabitation avec une femme étrangère ! Je suis sûre qu'il ne l'a jamais avouée à ma mère, pourtant une femme ouverte, moderne, trop moderne comme on l'était dans ces années-là. Elle prenait fait et cause pour tous les mouvements d'émancipation : je me souviens que les femmes arabes ou indiennes l'intéressaient, les questions juridiques la passionnaient... Et moi, je n'arrive pas à comprendre ce père né dans les années 1940 dans un pays que j'imagine assez mal, un père que je découvre alors qu'il vient de disparaître. Je continue de m'interroger sur sa conception de l'amour et plusieurs images contradictoires se mêlent dans mon esprit. Mes amis de l'université et moi, nous vivons entourés de pornographie, de corps plus réalistes les uns que les autres et dont les enchevêtrements lascifs me font penser aux damnés des peintres occidentaux du Moyen Âge. Comment maintenir intact sa conception de l'amour dans ce flot quasi quotidien ? C'est un leurre. Doit-on rester intact, d'une manière naïve ? J'aimerais franchir ces rideaux d'épreuves, quitte à me souiller, mais en gagnant force et expérience. Ce n'est pas retranchée derrière des principes rigides que je suivrai ma voie : j'y pense depuis plusieurs jours maintenant et je crois en effet que cet aristocrate français voyait juste, jusqu'à un certain point. Le risque serait que nous devenions tous des petits Sade de l'Internet, c'est ce qui serait le plus horrible : médiocres, inoffensifs, impuissants. Le calme et la personnalité taciturne de Oktay me plongent dans une certaine hésitation : était-il dépressif, désabusé ou cynique ? Ce n'est pas la même chose, c'est même de l'ordre du contraire. Je crois que toutes ces tendances se livraient un combat permanent chez lui et qu'en bon observateur de l'espèce humaine, il ne se faisait aucune illusion. Je suis fascinée par autant de détachement, autant de froideur scientifique – ce que révèle son journal. Bien sûr, on sait que cette forme d'esprit existe et qu'elle permet aussi des avancées dans le domaine de la science, mais chez son propre père, cela reste étonnant. Plus encore, gênant. Les temps ont changé, cette façon de voir le monde ne peut plus avoir cours.

À quoi pouvait-il passer ses journées depuis de nombreuses années ? Lorsque j'étais petite, la plupart du temps il était dans la bibliothèque. Pour lire, je suppose, car il y avait toujours plusieurs livres ouverts en même temps sur la table ou sur l'un des fauteuils. Lorsque ma mère lui apportait du thé ou du café à intervalle régulier, la porte s'entrouvrait et je le voyais. Je m'arrangeais pour jouer non loin de cette porte en attendant qu'elle s'écarte. Souvent il me faisait un petit signe ou encore venait m'embrasser. Avant de refermer la porte pour quelques heures. Il y avait aussi une forte odeur de tabac qui filtrait de la pièce. Des livres et du tabac. Les pensées devaient aller bon train. Il passait d'une époque à une autre, soupesant toujours la nôtre à l'aune des précédentes ou des courants parallèles. Pour lui, il ne pouvait pas y avoir que des kémalistes, des républicains puritains, féroces comme des Robespierre, il y avait aussi tous ces précieux auxiliaires de la culture classique, des traditionalistes qui souvent connaissent mieux le pays, l'apprécient plus à sa réelle valeur en admettant ses faiblesses et sa constitution profonde. L'université n'avait pas voulu de lui : ses travaux n'apportaient rien à un pays jeune en pleine expansion intellectuelle et qui croyait – mais pour certains domaines, c'était juste – que la science occidentale aplanirait tous les obstacles. De plus, apolitique, car il considérait que c'était une activité de l'Homo Faber – son terme favori – qui avait autrefois retenu son attention d'ethnographe et désormais se réduisait à rien. La vie et l'agitation politiques du pays ne méritaient qu'un regard circulaire, cette preuve de l'existence locale se révélant encore moins passionnante que les danses folkloriques ou les kilims dont les idéologues nationalistes se faisaient les chantres.

Je me demande si je ne commence pas à faire miennes ces idées qui longtemps m'ont paru de bric et de broc.

Mais elles ne le sont pas plus que celles de mes amis ou les miennes : elles résultent d'une expérience et d'une sensibilité et ne valent pas moins que celles des autres hommes. À partir de ces idées, on aurait pu bâtir un pays, sans doute guère plus mauvais que celui qui existe. Je sais que je balance entre plusieurs envies, plusieurs mondes.

Avoir vingt ans, c'est une chose insupportable. Douloureuse comme une infection. Alors que ma vie m'inquiète, je ne trouve rien de mieux à faire que d'accabler un disparu. Je réalise que l'égoïsme peut encore plus largement s'exercer envers les morts. Ils ne risquent pas de récriminer ! La terre a été récemment remuée et la pierre tombale est trop blanche : ce qui me distrayait lors de nos irrégulières visites au cimetière, parfois en province pour rendre un hommage fugace à un membre peu connu de cette tribu que finit par constituer une famille, me va aujourd'hui droit au cœur. Et ici, dans ce désert glacé, je repense à mon insouciance : tout cela n'est pas un jeu, tout cela n'est pas à prendre à la légère, ma souffrance me le rappelle. Même cette douleur n'a rien à voir avec ce que l'on peut imaginer, elle est si nouvelle et intense, elle me blesse et rien n'y fait recours. Elle ne tolère pas de se faire oublier, revient à l'esprit, plus forte, plusieurs fois par jour, ne vous laisse pas en paix, interrompt chaque moment qui se croyait heureux, balaye les perspectives optimistes, taraude les sentiments, recouvre de sa toile ce qui paraissait se calmer, là où la plaie ne peut ni ne veut se refermer. Tout mon corps et mon esprit sont comme une chair ouverte, une viande entamée, fendue par une arme bien aiguisée… Où étions-nous allés ce jour-là ? Dans une province éloignée, j'étais petite à l'époque, nous étions à la recherche d'une tombe, celle de Ahmet Ziya, le grand-père de mon père, un militaire de carrière qui avait beaucoup voyagé, laissant derrière lui une masse de notes et de comptes rendus sur le monde arabe, le sud de l'Irak, si je ne me trompe, et que mon père aimait beaucoup. Il ne l'avait pas connu mais lui vouait une sorte de culte : mon père n'avait-il pas voulu, en son temps, faire la même chose avec l'Europe ? Décrypter les motifs secrets et réguliers

d'une vie sociale à la fois proche et étrangère. Nous étions dans ce cimetière pierreux du sud de la Turquie, quelque part aux alentours de Gaziantep, ma mère détestait ce coin du pays, elle s'y sentait déjà à l'étroit. Et mon père, très disert pour une fois, me prenait à témoin pour m'expliquer que son aïeul avait réconcilié plusieurs visions historiques mais qu'en s'approchant de la vie des Bédouins, il s'était montré trop en avance sur son temps. Je me souviens que la chose qui m'inquiétait était d'être capable de ressentir de la douleur : je me forçais, comme par jeu, à éprouver le malheur de la disparition de mon ancêtre que j'imaginais barbu, sérieux, ottoman. Et, pour finir, presque en me faisant violence, je réussis à produire une ou deux larmes sur mon visage attristé pour l'occasion. Ma mère s'y trompa et décida de me ramener à la voiture, pensant que j'avais pris froid et que le vent m'irritait les yeux. Quelle scène humiliante ! Je repense à mon père, resté seul face à l'espace désertique, incompris de ses proches. Il était là, plongé dans le silence, sa silhouette légèrement voûtée se détachant sur le ciel bleu-gris et la plaine toute sèche. Le cimetière n'en était pas un, c'était de la pierraille, un autre monde qui nous refusait. Son mutisme se poursuivit pendant de longs instants alors que nous prenions déjà le chemin du retour. Nous avons commandé un thé et des croque-monsieur dans un café au bord de la route : la conversation reprit entre mes parents et moi comme si de rien n'était, ma tentative d'arracher de la douleur à un espace inconnu, un simple lieu familial, était déjà loin.

Je ne me souviens plus si j'avais déjà conscience d'avoir de vieux parents. Je sais que je suis la fille de parents âgés mais j'ai mis du temps à admettre que j'étais la jeune pousse d'un arbre prématurément vieilli... Mes amis ne le disaient pas, pas directement en tout cas, mais au détour d'une réflexion, ils me le rappelaient. Un couple d'un autre temps, déjà un handicap dans notre vie pas très facile. Avant de devenir cette fille dont l'existence a mal tourné, plongée dans la stupéfaction à l'âge de vingt ans en comprenant qu'elle n'avait pas vocation à être femme au foyer, enseignante, bibliothécaire ou animatrice de centre socio-culturel... J'allais rester toute ma vie la fille inattendue d'un père désabusé (tiens, je me dis que j'aurais préféré avoir un beau-père), l'enfant livrée à elle-même, à l'ombre d'une mère chimérique, la fille qui se méfie de tout le monde, y compris de son brave fiancé, qui lui-même voit des menteurs et des traîtres en chacun d'entre nous et qui n'est protégé contre rien... JE SUIS JEUNE ET MODERNE : eh oui, j'ai beau m'en défendre à coups de formules, de voile et de réflexion philosophique que Nadir m'encourage à mener, je suis jeune dans un monde jeune qui cherche à s'affirmer. Est-ce cela que mon père appelait la danse sur le volcan ? Que pouvait-il comprendre de ce que moi je comprends ? Ce n'est pas un gouffre qui sépare nos pensées, c'est un univers. En fait, nous sommes passés à autre chose, voilà tout. Il n'y a aucun rapport entre le passé qu'il méditait – et à mon avis déjà une fabrication de son cru – et le présent qui nous échappe. Comment relier deux illusions ?

Et voilà que je me fixe sur ma mère : Fulya. Politiquement, elle se définit comme de centre gauche. Elle est un des derniers remparts du kémalisme, ce mélange de nostalgie des débuts héroïques de la république et de rectitude qui rappelle l'intransigeance des pasteurs américains. Elle devrait mettre un peu le nez dehors et voir comment les choses se passent ici : nous nous mélangeons même si nous ne sommes pas du même bord. Les générations qui nous ont précédées ne savaient que s'opposer, se mener une guerre infernale pour des principes que souvent elles n'appliquaient pas. Comme elle se veut féministe, ma mère pense que l'héritage de notre grand homme est ce qu'il y a de meilleur. Elle n'a pas de mots assez durs pour celles qui se voilent et qui prônent un islam traditionnel : « Nous ne sommes pas des Arabes, quand même ! ». Ce qui m'amuse, c'est que, depuis quelques mois, elle a trouvé un nouvel objet pour sa passion philantropique : des femmes, voilées de surcroît ! On croirait qu'elle parle de pestiférées : venues des quartiers périphériques, des pyramides de logements sociaux ou de ces bicoques qui ondulent en vagues menaçantes au bord de la ville, il s'agit de femmes à la conscience sociale limitée, surtout occupées à suivre un régime ou à louer les bons services d'un *hodja* capable de résoudre les problèmes liés à l'avenir incertain qui les obsèdent. L'une d'entre elles – la plus entreprenante – a quand même eu l'idée de lancer la mode des boîtes Tupperware islamiques particulièrement utiles pour conserver les aliments en période de ramadan. Et, bien entendu, elle n'a pas manqué d'organiser ces fameuses réunions en appartement où elle peut dispenser la bonne parole et vendre ces boîtes en fibre, désormais issues de l'agriculture biologique dont un industriel de Kayseri a eu l'intuition. Un vrai don de Dieu.

Vendredi soir, en passant devant les boîtes de nuit, la musique qui s'échappe en rouleaux puissants vient frapper le trottoir comme une vague contre les falaises... Les visages des filles et des garçons illuminés par la joie d'être là, vivant un moment d'exception dans l'animation folle de la ville, postés à une sortie de café ou de discothèque, le portable collé à l'oreille, observant soigneusement les autres et leur déambulation, leur être et leur apparence, noyés dans la multitude et la variété, baignés de l'attendrissement et de la fierté propres à la jeunesse. Quel paradis sur terre ! Que n'y trouve-t-on pas ? Musique, lumières, vivacité, achats... Tant d'achats possibles. À mon avis, il y a plusieurs dieux cachés dans ces recoins et ils se marrent bien ! De temps en temps, ils expédient un djinn plus répugnant que les autres pour pimenter un peu la réalité et on s'étonne des frasques de tel ou tel individu.

Ce quartier où nous finissons toujours par échouer est un miroitement. Une agitation sans fin où les lumières de l'artère principale papillonnent dans le vacarme des rues et arrière-cours. Les türkü evi rejoignent les clubs de hard rock, Nadir n'accepte de mettre les pieds que dans les petites salles spécialisées dans le rock anatolien, c'est sa façon de maintenir le concept de « nation ». Et plus les musiciens ont l'air de Seldjoukides brutaux ou de Turcs d'opérette, plus il est content. « Notre identité nationale se joue là : la voix rauque et plaintive de notre chanteur Osman, le déferlement des guitares comme un grondement de sabots dans la steppe entre Erzurum et Ankara, le martèlement de la batterie me vont droit au cœur… » À mon tour de noter cette lubie : il fait partie des illuminés visionnaires qui se fixent sur des images ou des détails particulièrement décisifs. Il en fait, sans trop réfléchir, des icônes et se laisse enfermer dans sa propre création. Ce qui n'était qu'une intuition et une boutade devient le fer de lance de sa pensée.

On dirait que nous pratiquons l'indigence : pour la conversation, les projets d'avenir, les relations sociales, le choix des petits copains (je hais ce mot, pourquoi « petit » ?), les lieux de sortie, c'est toujours la même chose. On ploie déjà sous l'habitude et le manque de liberté, en fait. Pourquoi sommes-nous si limités ? Si bêtes, pour dire les choses clairement. Entravés par notre jeunesse, cet avantage si extraordinaire… Moi, je n'ai jamais beaucoup cru à cette fantaisie : la jeunesse comme justificatif et explication de tout. Je fais néanmoins mine d'y croire car, sinon, comment même envisager de rester dans le groupe ? C'est peut-être une forme de loyauté, de fidélité à une tranche d'âge, alors que je devrais m'en désolidariser. Rejeter tout en bloc et me condamner à vivre seule, pour un bon moment! Oui, la musique qui s'échappe en flots tumultueux et menaçants des cafés, filtre des fenêtres à l'étage, des chambres d'hôtel, d'absolument partout, constitue notre principale référence intellectuelle, indétrônable. C'est comme cela.

Il est 2 heures du matin: assis sur des petites chaises cannées, nous buvons. J'ai fini par avaler une ou deux bières – à Beyoğlu c'est possible. La loi fluctue, on croit que les choses peuvent changer sans que l'islam en soit affecté. Je ne sais pas... Il y a aussi les dérives de l'architecture, le paysage gondole et se creuse comme si le tremblement de terre secouait son échine! Cette façade d'immeuble du XIXe somptueux, ne devait-elle pas rester sombre et imprégnée de nostalgie? Elle a été remplacée par un placage de faux marbre dont le vernis rayonne sur toute la rue et s'ouvre maintenant sur un centre commercial goguenard. Lumières fausses, vitrines regorgeant de vêtements à la mode, passants gavés de luxe et d'envies qui les submergent. Acheter pour oublier, c'est une véritable habitude. Les hôtels modernes implantés au fil des années autour de la place Taksim, les immeubles d'habitations envahis d'agences de voyages et de fast-foods se gonflent sous l'effet du commerce, plastronnent devant les touristes hagards qui s'attendaient à une ville arabe, dominée par les mosquées et les souks. Ils courent un peu partout en espérant comprendre quelque chose... C'est l'invasion des ignorants angéliques qui veulent se rassurer: « La Turquie est en Europe, les

Turcs sont comme nous». Enfin presque... J'ai mal à la tête mais garde ça pour moi : la musique, de plus en plus forte, entre dans chacun de mes pores, je tremble sans ressentir aucun plaisir et je m'en rends compte. Je suis là et à l'extérieur de moi. La ville déverse sa fatigue, son excitation et tant de sentiments contradictoires. Quant à moi, je ne suis plus grand-chose. Que d'efforts pour se persuader que le monde est un, indivisible. Au moins en surface, il se transforme, s'uniformise et ralentit. La diversité, c'est le mouvement.

Mon père, Oktay Bey, est décédé.

En arrivant au cimetière ce matin, j'ai croisé un chien qui rôdait : cette fois-ci, ils sont quatre et s'approchent en courant, comme s'ils allaient se jeter sur mes mollets. Mais ils passent à côté et bondissent derrière une tombe. Ils ont dû flairer quelque chose, un chat peut-être. Un sentiment de plénitude me submerge au moment où je distingue ce pur mouvement qui rompt l'immobilité du champ de sépultures. Mais comment maintenir la grandeur dans ce paysage de ruines ? Quelle filiation illustre, ramifiant dans tous les coins de l'empire, peut-on invoquer ? Comme dans beaucoup de familles turques, chez nous, cela a tourné à l'obsession, et bien vite, à l'invention. Un proche par-ci, un proche par-là, des régions de plus en plus éloignées et bizarres, la Podolie, l'Abkhazie ou le Fezzan fournissent quantité d'originaux, ambitieux, aptes à se réaliser au contact de la capitale de ce vaste territoire, Istanbul. Avant d'abandonner leurs descendants aux marches grises de la République. Là, il fallait se dominer, éviter de rappeler ces sinuosités et se concentrer sur le présent et l'avenir. Au milieu des années 1960, Oktay avait vu poindre son destin de jeune scientifique à la sensibilité de gauche ; il se sentait prêt et bien armé pour disséquer l'Occident, ce vieil ennemi.

Hier ma mère a encore voulu parler du voile. Cela m'a rappelé la seule fois où mon père avait semblé s'en préoccuper :

« Nedjla, tu tiens vraiment à ce fichu ?

— Papa, tu sais très bien ce qu'il représente pour nous.

— Que ressens-tu quand on te fixe ? Ne me dis pas que tout le monde y est indifférent !

— J'ai l'habitude. Oh, et puis de quoi tu te mêles ? Tu m'as plusieurs fois dit que ça ne t'intéressait pas. Une parure d'indigène, c'est ce que pensent les ethnologues, non ? »

Je sais que l'animosité ou la curiosité amusée des gens qui ne sont pas de notre bord se fixe avant tout sur ce voile, ce morceau d'étoffe plus voyant qu'un chapeau fleuri ou qu'une coiffe des siècles passés. Le regard des autres me poursuit. Que disait ce garçon que Semra connaît de l'université ? « Le voile, c'est bien : les filles moches, on ne les voit pas et les mignonnes, cela rehausse leur beauté. » Nous avons pouffé de rire en pensant : « Et les hommes ? » Beaucoup d'entre eux mériteraient un voile bien serré.

Je repense à mon père occupé à traduire : pour moi, c'était une activité familière, naturelle, pas une corvée. Je ne savais pas qu'il avait commencé à se tuer à cette tâche quelques années après son retour, lorsqu'il avait réalisé que l'université ne le prendrait pas et que, d'une certaine façon, lui n'en avait plus envie. C'était un vieux projet qui avait perdu toute attirance, son lustre et sa noblesse, pour devenir une de ces obsessions auxquelles on ne peut pas renoncer en pleine conscience. Il s'y attelait comme d'autres écrivent : avec régularité et beaucoup d'ennui, chaque matin. Les livres traduits s'alignaient sur une petite étagère que ma mère ne touchait jamais : lorsque, adolescente, j'eus le droit de les prendre en main, mon père adopta un air sévère et me conseilla plutôt de les lire en français. Il avait tout d'abord traduit un livre d'Albert Camus – pas le plus célèbre, des essais en fait, qu'un éditeur lui avait commandés – puis s'était mis à répéter qu'il fallait connaître les classiques de la pensée française : plusieurs fois, avec maman ou avec ses amis, je l'ai entendu répéter que l'essentiel était de faire connaître les auteurs de droite, ces conservateurs dont la France regorgeait et qui – au vu de ses observations prolongées – constituaient le ferment de la culture. On avait exagéré avec tous ces livres de Sartre et de Camus, il était temps de faire paraître en turc Henry de Montherlant, Jacques Chardonne ou Robert Brasillach. Selon lui, un pays ne se dessinait jamais mieux que chez les conservateurs ; eux, au moins, n'oubliaient jamais la belle langue et parvenaient à formuler ce qu'il appelait, et cela nous surprenait toujours, l'inconscient du pays. Il disait plutôt « l'inconscient de la nation » avec un air provocateur. Il aimait aussi traduire des auteurs peu connus, des fantaisistes dont le style réservait toujours de belles surprises, comme cet écrivain pour moi au nom fabuleux : Léon-Paul Fargue. J'ai toujours voulu lire quelque chose de lui mais les quelques fois où j'ai essayé, je me suis heurtée à une langue plus difficile qu'un fil barbelé ! Il disait aussi souvent que les *Mémoires d'une jeune fille rangée* était l'un des meilleurs ouvrages d'ethnographie sur la France. Et ne manquait pas une occasion de citer ce passage où l'ensemble d'une famille sourit au « bébé Simone » : non pas que les Turcs n'en soient pas capables, mais qu'un auteur, dans son texte le plus intime, son autobiographie, mentionne cette scène, c'est-à-dire se voie agir – comme disait Oktay sur le ton du savant – et comprenne que ses proches l'accueillent en tant que groupe humain, lui paraissait l'une des notations les plus explicites et les plus remarquables d'une façon d'être. Le résumé, en somme, d'un modèle de civilisation.

Ah, sa manière de traquer le préjugé ! La capacité de Simone de Beauvoir à réfléchir, et d'une manière bouleversante, sur la condition d'une femme au milieu du XXe siècle, lui semblait incarner les traits dominants de ce groupe humain qui se nomme les Français, héritiers en toute chose de ces forces profondes qui ont déclenché la Révolution et qui, même si cela a perdu en netteté, continuent de se mouvoir sur l'échiquier des forces intellectuelles. Et nous, n'en sommes-nous pas capables ? Que dire de cette crainte perpétuelle de ne pas être au niveau, mêlée à un orgueil démesuré, une sorte d'idéologie de la défaite et du ressentiment.

J'ai encore un peu de mal avec ces mots empruntés à des philosophes étrangers, allemands la plupart du temps, que mon fiancé Nadir cite avec prédilection. Il ne les a pas vraiment lus, d'ailleurs je ne l'en crois pas capable, on dirait qu'il ne cherche qu'à s'énerver avec ses lectures. Je l'observais au café il y a quelques jours de cela : un groupe d'amis débattait de l'élaboration d'une conscience pensante et du rapport qu'elle entretient avec les impressions auxquelles est soumis l'être humain. Les échanges se faisaient plus courts, plus percutants et d'une certaine manière plus arbitraires, on sentait que la discussion glissait du débat à l'affirmation péremptoire, où chacun impose ses vues. Et tout a soudain basculé vers les vacances qui nous occupent peut-être plus que n'importe quel autre sujet en ce moment. J'ai eu envie de leur demander si notre littoral turc a quelque chose à envier à cette côte de l'océan Atlantique que le journal d'Oktay Bey place si haut ? Le jour où nous ne serons plus en train de nous comparer aux autres – en particulier à une nation occidentale –, nous serons sauvés ! Il n'y a rien d'inférieur dans notre sable, nos pins, la façon de flâner sur une plage ou de boire un thé à l'ombre… Ou alors, comment un paysage peut-il influer sur le comportement de ses habitants ?

Je crois que je me pose trop de questions. Je ne cesse d'interroger l'état des choses, ce que le temps et les histoires individuelles ont façonné. Et puis je repense aux photos collées dans son journal : quelle est cette fillette à l'air farouche, habillée en écolière sage ? Le portrait suivant, c'est mon père aucun doute, je reconnais tout de suite son air amusé et insouciant. Il ne fait pas d'effort particulier pour avoir l'air d'un Français – mais il devait abuser son monde. La photo aux bords dentelés et aux coins abîmés ne laisse paraître que deux avant-bras musclés et des mains, assez grossières, qui tiennent des cartes au-dessus d'une table. Probablement dans un café. Une femme maintenant. Cheveux châtains, sourire timide mais le regard pétillant. Elle est jolie. Il y a un numéro au dos de la photo : 3. Cela a-t-il une signification ? Aucune annotation, pas de légende.

Un jour, ma mère m'a dit que papa était un mystique. Je n'ai rien ajouté, n'osant pas demander de quoi il s'agissait. J'ai compris des années plus tard qu'elle se servait de ce mot pour masquer son incompréhension. Or il faisait croire à tout le monde – et à lui-même aussi probablement – qu'il était totalement acquis à la culture ottomane mais, en réalité, il était déçu, revenu de beaucoup de choses. En 1974 ou 1975, lorsqu'il est rentré en Turquie, il s'est consacré aux arts et à la littérature qui ont fait notre grandeur. J'en parle sans connaissance approfondie mais je sais que cette richesse est réelle.

« Nedjla, il faut que tu saches que ton père a connu une période difficile en rentrant d'Europe…

— Je m'en doute, répondis-je en m'amusant de ce que ma mère n'imagine pas ma lecture du journal.

— Non, tu ignores certaines choses : ses travaux ont déplu. L'université l'a rejeté, il était en avance sur son temps… »

En avance ? Au contraire, il manquait de clairvoyance. Il ne nourrissait aucune animosité à l'égard de la jeune génération, mais je suis persuadée qu'il ignorait ce à quoi nous aspirons ; il ne comprenait pas l'attrait pour une religion qui s'accorde parfaitement avec le monde moderne, qui donne une réponse à nos angoisses et dont les principes – à travers les débats aussi – permettent d'affronter les difficultés qui nous attendent, sur tous les plans. Pourtant, la musique et la calligraphie de l'ancienne Turquie lui tenaient à cœur, il s'était absorbé dans ces manifestations de l'esprit musulman au cours des siècles passés. C'est lui-même qui le disait : aucun grand art du passé n'a pu se faire sans le concours de la religion ! En y repensant, je ne suis pas certaine de ce qu'il voulait exactement dire par là : la religion approuvait-elle cet art ou le soutenait-elle pour accroître son pouvoir temporel ?

On entend du bruit, des clameurs, en bas du côté du rivage : ce sont peut-être les manifestants. Ma mère, Fulya, est partie défiler avec une bande de copines aussi moches qu'elle. Des bonnes femmes empâtées qui ont raté leur révolution sexuelle, des gros culs en jean, des frustrées qui passent leur temps à se lancer dans de nobles causes – elles ont un faible pour les droits humains depuis que les droits de la Femme ne font plus recette – et vont bouffer au resto végétarien dans les anciennes rues mal famées de Beyoğlu, quel frisson ! Elles ne vont pas passer loin de l'orgasme en déployant ces immenses drapeaux sur les places, en les laissant se dérouler sur les bâtiments publics, en bordure des avenues... Un océan de rouge turc pour le bonheur de la nation. Fulya a failli être la Simone de Beauvoir dont on rêvait, mais ce n'est qu'une misérable pasionaria d'un monde en déroute.

J'ai décidé de consacrer une heure ou deux à ma mère : je voudrais trouver un terrain d'entente avec elle mais il n'y a pas moyen. Nous sommes allées marcher au bord de l'eau :

c'est ce que nous faisons depuis toujours avant de traverser le parc en échangeant de rares paroles, ça me soûle. Je lui ai demandé de me ménager un plus grand espace vital à la maison, je veux pouvoir me retrouver, après toutes ces discussions de philosophie et de religion qui nous échauffent la tête. Je voudrais lui parler de l'autre femme, celle du journal intime. De toute façon, je suis sûre qu'elle n'a pas lu le récit détaillé du séjour de mon père. Manque de curiosité ou sagesse ? Est-il vraiment nécessaire de tout savoir sur son époux et cela aide-t-il à mieux se comprendre ou à plonger dans le malheur ? À se faire du mal qui ne débouchera sur aucun bien. Les femmes, par exemple : mon père s'est logé dans bien des lits étrangers, je devrais dire des « lits d'étrangères ». Pour Fulya comme pour moi, ce ne sont pas des perspectives très agréables mais je suis déterminée à regarder la réalité en face. Il a touché, caressé, embrassé ces cheveux, ces seins, ces ventres, les cuisses et puis le reste. Et elles ont fait de même. Que se demandait-il alors, n'était-il qu'excitation, désir ? Sûrement pas, il devait encore penser à quelque chose, à son éloignement, à ses projets, peut-être – il lui arrive de l'écrire – ne tenait-il à ces femmes que par préoccupation anthropologique. Des femmes objets, c'est-à-dire objets d'étude, donc dignes du plus grand respect. Il n'ignorait pas qu'il devait sacrifier à la comédie de l'amour. Autant ou plus que dans son propre univers, dans sa propre langue, on se doit de jouer un rôle parfait. J'y pense parfois : je sortirais volontiers avec un étranger. On irait se promener dans les quartiers occidentalisés, à Gayrettepe ou entre les gratte-ciel de 4. Levent, on dînerait dans le restaurant d'un grand hôtel et l'on choisirait une chambre qui donnerait, la nuit, sur notre ville illuminée. Quelque chose m'attire irrésistiblement chez les jeunes Occidentaux qui vivent à Istanbul : parfois moins bien habillés que nous, moins bien tenus, déployant beaucoup moins d'énergie, ils possèdent pourtant une confiance en eux que rien ne semble pouvoir ébranler. Sans être affligé du complexe de supériorité que Nadir stigmatise, on sent que rien ne les atteint vraiment, aucune de nos remarques ou de nos critiques n'a l'air de leur importer. C'est l'habitude – l'ancienneté d'appartenir à un grand pays – qui leur donne cela, surtout pour les empires coloniaux ou ceux qui jouissent du prestige intellectuel, comme la France. Ils ont bien de la chance. Je me demande si leur sexualité est en accord avec cette confiance. Leur sexe est-il plus expert, plus efficace, donne-t-il un plaisir autre ? Sûrement car, chez eux, tout est différent. Nous aussi nous venons d'un grand empire qui a imposé le respect sur deux continents. Mais ce n'est que chez les autres musulmans que nous avons fait naître une admiration enthousiaste, et puis, à l'exception de notre capitale, rien ne semblait vraiment rayonner à l'extérieur. Nous vivons aussi avec ce sentiment d'avoir été condamnés à la pauvreté pendant de longues décennies. Derrière le faste et l'opulence de certains palais, au-delà de la grandeur de nos monuments, la misère et le dénuement auront toujours été plus grands qu'en Europe. Aux États-Unis, je n'en sais rien. Comment comparer ? Je voudrais être totalement emportée par un amant étranger pour le savoir. Et oublier et mourir.

J'ai bien fait de sortir. Je marche dans Saladjak, le quartier où se trouve notre maison. Voilà en deux mots une définition de notre vie : là où nous habitons se situe notre ancrage. Ce choix est-il bon ? Ce fut la décision de mon père de s'établir dans une partie de la ville qui rappelle l'ancienne Turquie. La maison, telle une angoisse familière, située dans un voisinage qui vit comme un village étendu ou une bourgade inquiète de la proximité d'une grande ville. L'un des effets majeurs de ce cadre traditionnel, c'est le balancier ininterrompu entre anonymat et curiosité, l'intrusion maladive des voisins. Personne n'ose se sentir indépendant ou libre de ses choix... Et cela ne viendrait à l'idée de personne de réclamer cette indépendance, elle aurait quelque chose de honteux, comme un vice.

C'est moi qui parle : Nedjla, jeune fille voilée, islamiste pour les autres, insupportable révoltée pour les miens, bonne copine toujours prête à écouter et à consoler les amies proches, maîtresse mal à l'aise et pleine de culpabilité pour ce niais de Nadir, j'hésite sur tout. Je navigue entre des perspectives brouillées et mouvantes, j'ignore ce que je dois faire. Personne ne me le dira. Sema, qui fait une crise mystique en ce moment, me rabâche que Dieu m'indiquera la voie juste. Je le vois mal me conseiller dans tous ces détails au fond assez complexes de la vie quotidienne. Parce que Dieu te conseille bien quand tu adoptes la voie traditionnelle... Quand tu te montres un peu plus hésitante, tu reçois rarement un message clair, une indication. Ou alors sous la forme d'une angoisse, d'une litanie de petites choses que tu te mets à regretter.

Je me répète.

Mais prenons l'exemple de notre quartier : il n'y a rien que ne tu puisses faire sans qu'on le sache. En même temps, tout y est beaucoup plus acceptable que dans d'autres villes, mais la morale des filles reste quelque chose d'essentiel. Si je veux retrouver Nadir chez des copains qui ont libéré leur appartement ou laissé une maison vide l'été, personne n'y trouvera à redire. Mais je ne peux pas le recevoir en soirée lorsque mes parents sont absents. Je devrais dire « étaient » absents. Désormais ma mère sort régulièrement pour ses réunions de femmes kémalistes mais cela ne dure que quelques heures. Je n'ai pas de nuit à moi.

De manière générale, je réalise que je dispose de peu de choses à moi, même pas la solitude car on ne me laisse pas le temps de me consacrer à moi-même. Je souffre de cette obsession de la convivialité, de la proximité que notre peuple prend pour sa vocation. On s'étouffe mutuellement et on aime ça ! Enfin, certains, et surtout les plus discoureurs, aiment cela. Le voile devrait me suffire comme retraite et isolement intellectuel, c'est ce que les idiots pensent de moi, de nous, devrais-je dire. Je me sens incomprise des deux côtés, aussi bien des musulmans bigots qui se contentent des formes convenues de la foi comme des laïcs enragés qui mènent le même combat rétrograde, sans réfléchir. De toute façon, chez nous, personne ne réfléchit vraiment. Cela demande tellement d'efforts et ne rapporte que des ennuis.

10

Est-ce que je l'aime?

«Suis-je heureuse?»

Est-ce la bonne question?

Personne ne s'en préoccupe.

«Il faut s'aimer très fort, Nedjla.»

C'était la première phrase que prononçait Nadir depuis que nous étions assis sur le banc. Devant nous, les grandes mosquées puis la tache de verdure des jardins du Palais que nous connaissons si bien. Au point de ne plus les voir.

«Nous ne sommes pas dans un film, Nadir. Fais attention à ce que tu dis.»

Je réfléchis toujours avant de ressentir. Et ne rate pas une occasion de dire une bêtise ou quelque chose de blessant. J'aspire à la sincérité mais, souvent incapable de l'atteindre, m'arrange pour faire une plaisanterie ou lâcher une absurdité. Hier, la promenade a failli mal tourner. Encore aller boire un verre, encore retrouver des amis qui, passé les cinq premières minutes, vont nous assommer de paroles pendant que nous jouons encore ce rôle d'amoureux bien dans la norme. Tout est vide de sens. Et celui qui se tient à ses côtés est aussi consistant qu'un songe.

Une nuit, pendant que je suis en train d'envoyer des SMS, je vois ma mère – toute pâle dans sa chemise de nuit d'un beige blafard, le visage marqué par une expression que je ne lui connais pas –, apparaître et me dire :

« Je ne sais pas ce que tu trafiques avec ce... ce Nadir, mais il n'arrête pas d'appeler. Tu ne peux pas lui répondre sur ton portable ? Et tu sais, il est grossier. »

Je suis incapable de répondre instantanément comme

je le fais d'habitude. Rien de ce que me dit ma mère ne me touche en réalité. J'ai beau chercher à me dominer, je la trouve cruche, maladroite et toujours à côté de la plaque. Elle réussit à me mettre dans tous mes états en un clin d'œil. Je ne la supporte pas. Je l'aime pourtant, c'est ma mère, mais j'ai le sentiment qu'elle ne comprend rien, strictement rien à ma façon de fonctionner. Je pense qu'elle n'essaie même pas.

Mon père ne se serait jamais présenté comme un anthropologue... Un anthropologue turc ! Et pourquoi pas tibétain ou coréen ? Il n'appartient pas à un peuple qui produit ce genre de spécialités. Il a d'autres motifs de fierté. Pourtant, je sais qu'il tenait à appliquer des méthodes modernes à l'analyse des phénomènes qui l'intéressaient, en particulier les sociétés d'autres pays. J'ai du mal à comprendre qu'il ait choisi la France et les Français comme terrain d'expérimentation car, sans doute, c'est le peuple et le pays étrangers que les Turcs connaissent le mieux. Et puis les Français ne sont pas si primitifs ! On les a longtemps pris pour modèles, on leur a beaucoup emprunté et, d'une certaine manière, nous leur devons plus d'un trait de notre civilisation actuelle. Mon père ne s'est pas privé de les admonester, de faire ressortir leurs défauts, leur vanité et aussi leur aveuglement. Ce qui m'étonne néanmoins, c'est le choix qu'a fait Oktay Bey de tenir son journal en turc et *les Petits traités* en français ! À qui destinait-il cette matière pour la rédiger en français sans notes ni aide d'aucune sorte ? En ce qui me concerne, peut-être ne suis-je pas la lectrice idéale, mais j'ai le sentiment d'une rupture plus profonde que la simple coquetterie... Il aurait pu rédiger ces traités dans une langue aussi choisie mais en turc. Le français n'a pas l'apanage de cette richesse, de ces subtilités, contrairement à ce que beaucoup de nos intellectuels ont voulu nous faire croire.

Je réalise maintenant, après avoir lu cette chronique d'un long séjour en Europe, que mon père n'est pas un mauvais écrivain. Lui qui se considérait comme un véritable scientifique, a largement élaboré un style, il a pris le temps de réfléchir sur les mots, autant que sur les modes de civilisation. Je ne l'en aurais pas cru capable. L'image que l'on se fait de ses parents est toujours simplifiée : quand j'étais adolescente, je voyais les amis de mon père, certains en costume strict, d'autres toujours en chemise ou pull-over, la cigarette à la bouche, venir un certain jour pour leur réunion. Non seulement de vieux amis mais aussi des admirateurs, une sorte de chapelle. Le plus souvent, ils s'enfermaient dans le bureau mais choisissaient aussi parfois le salon qui donne sur le Bosphore pour bavarder. Ils échangeaient des bons mots, des anecdotes que je ne comprenais pas, partaient souvent de gros rires qui me faisaient peur. On aurait dit des grognements d'animaux... Ces hommes si respectables pouvaient-ils aussi être des animaux ? J'avais aussi l'impression que ces visiteurs révéraient mon père. Il faut dire que mon père était connu comme l'auteur de deux livres sur la musique ancienne et son rapport avec la société. Ceux-là, il les avait écrits en turc. Il enseignait quelques heures par semaine à l'Académie des Beaux-Arts et on entendait parfois sa voix au cours d'entretiens à la radio. En revanche, on ne l'a jamais vu à la télévision. J'étais familière des rencontres qu'il organisait à la maison et ce qui me surprenait le plus, c'était que ma mère leur tienne parfois compagnie : alors les grognements et les rires s'interrompaient pour quelque temps.

Il est retourné en Europe à plusieurs occasions, mais j'ai eu l'impression que c'était sans joie. Comme s'il voulait effectuer une ultime vérification. Contrairement à son habitude, il ne rapporta aucun livre et refusait même de commenter ce qu'il avait vu. Moi, je n'osais pas lui réclamer de m'emmener, de me montrer Paris ou Londres, j'en bouillonnais d'envie pourtant. Je sais maintenant qu'il a eu raison, cela m'aurait sans doute détournée de mes choix. Mon père n'a-t-il pas été trop idéaliste ? Il avait absorbé trop d'espoir. Depuis son retour d'exil – je sais qu'il n'appréciait guère que l'on mentionne son séjour sous ce terme –, il était différent. Je ne le connaissais pas avant son départ, mais je voyais bien comment il parlait de cette période ou plutôt comment il n'en parlait pas ! Et comment ma mère présentait tout cela ! Quelle naïveté. Était-ce parce que j'étais petite fille qu'on me farcissait autant la tête de niaiseries ? Ma mère est ce genre de femmes qui élaborait avec le plus grand naturel des mythologies, des légendes familiales, de ces étoffes de rêves sociaux et sentimentaux qui consolident sa personnalité. C'est à se demander ce qu'elle a bien pu comprendre de la vie. Je suis moins avancée qu'elle en âge et pourtant j'ai l'impression d'être son aînée.

« Nedjla, tu ne voudrais pas me parler un peu de ton fiancé ? On ne le voit guère ces derniers temps.

— Laisse maman. Ce sont mes affaires. »

J'ai longtemps réfléchi, mais ma décision n'était pas facile à prendre : je ne peux pas me défaire du *boyfriend* comme cela, il faut lui donner quelques explications. Nous étions au café, la conversation avait pris un tour désagréable et je l'ai soudain détesté, trouvé d'une bêtise et d'une limitation incroyables. Ensuite il est parti, sans dire où il allait.

La même nuit, tard, vers 3 heures, il est entré sans bruit dans l'appartement. Je fumais dans la cuisine en jouant avec mon téléphone portable. Je l'ai regardé d'un œil furieux puis j'ai éclaté de rire, comme je le fais souvent. Sans doute voulais-je lui faire du mal. Nadir s'est approché de moi mais n'a rien dit. Le col de mon chemisier était boutonné jusqu'en haut, mes cheveux tirés en arrière, bien lissés, encadrant un visage au contour ferme qui dégage, dit-il, une force peu commune. Sur la chaise, près de moi, gît mon foulard. Inutile et bariolé, comme une peau de serpent.

« Tu ne l'aimes plus ? finit par redire ma mère.

— Pas du tout. Simplement, je ne manque pas de choses à faire et nous ne sommes pas mariés. J'ai encore ma liberté.

— Ça me paraît mal parti.»

Qu'a-t-elle voulu dire ? C'est toujours comme ça : elle me pousse dans mes retranchements et conclut notre conversation par une phrase à double sens. Elle a besoin de se montrer méchante avec moi. Elle voit trop peu de gens. J'ai peur d'être comme elle : une femme revendicatrice, fière d'elle mais qui aura beaucoup supporté d'un homme toute sa vie, sans tout à fait comprendre ce qu'il avait derrière la tête. Ou peut-être a-t-elle fait semblant... Je crois qu'elle a beaucoup fait semblant, qu'elle en a étouffé. Moi aussi, cela me suffoque parfois. Et je ne crois pas que je supporterais de vivre ce même genre de relations avec un homme. Nadir me plaît, mais qui sait si nous pourrons vivre ensemble ? Partager des idées dans le domaine religieux, social, politique – même si cela ne m'intéresse pas vraiment –, c'est effectivement important... Mais, pour moi, l'amour va bien au-delà. Le corps me manque, mon fiancé est souvent agité de désir, je le vois bien mais n'arrive pas à vivre cela avec sérénité : il a peur de ce qui l'attire et voudrait à la fois l'oublier et s'en rassasier. Mais pas avec moi, puisque nous ne pouvons pas. Sans compter qu'il sait que je comprends ses contradictions et ses faiblesses. Il n'aime pas que je les tolère, il voudrait que je le condamne moralement, cela l'aiderait à résister. J'ai parfois l'impression que je pourrais même aimer un laïc ou un étranger qui me prendrait comme je suis.

Ce que ma mère ne peut savoir, c'est qu'il y a une semaine de cela, Nadir m'a proposé d'aller chez un ami qui lui avait laissé les clefs de son appartement – ou de celui de ses parents.

Je désirais depuis plusieurs mois me retrouver seule avec lui. J'avais imaginé cette soirée – qui aurait aussi bien pu être un après-midi – mais je sentais Nadir assez tendu, au point que notre conversation ne connaissait plus de rythme normal.

Il n'y avait personne et il s'en expliqua en disant que l'ami ne rentrerait que le lendemain. Une odeur bizarre, pas désagréable, flottait dans cet appartement confortablement meublé, dont les murs étaient ornés de grands cadres avec des calligraphies arabes. Je demandai à Nadir d'éteindre les lumières pour que nous puissions profiter de ce Bosphore bleu et argenté. Il n'arrêtait pas de m'embrasser et le désir commençait à monter. Nous nous sommes déshabillés dans la pénombre et je lui ai caressé le sexe, étonnée et familière en même temps... Il tremblait légèrement et je sentais une énergie puissante qui commençait à l'agiter, les muscles de son dos et de ses reins étaient tendus à craquer tandis que sa bouche me cherchait sans arrêt. Je le laissais me caresser les fesses et les cuisses et ses doigts fouillaient dans mon sexe, revenaient sur mes seins. Je ne le laissai pas me pénétrer, nous étions convenus d'attendre encore, mais je sais à quel point ce fut héroïque de sa part. Le sexe masculin est une chose qui, même quand on en a largement l'habitude, doit toujours surprendre : ferme et élastique, chaud et d'apparence vivante comme un petit animal qu'il faut dompter – je me demande pourquoi nos civilisations le présentent comme si dangereux.

Nous nous sommes donné une satisfaction mutuelle puis allongés sur le canapé face aux lumières de la ville. Je continuai de humer l'odeur de nos corps, sans inquiétude ni remords, me disant que l'amour était bien agréable mais aussi décevant. Je sentais une envie impérieuse de recommencer, mêlée à une sorte d'inutilité due à ces formes de relations : la sueur et nos secrétions intimes formaient un parfum qui nous entraînait hors du monde. Ce n'était pas déplaisant, simplement énigmatique. Le sexe en appelle plus, on aimerait explorer d'autres domaines, connaître des sensations qui dérangent, qui projettent dans des univers nouveaux et, pour finir, nous changent. Est-ce que j'aime assez Nadir ? Ou suis-je simplement grisée par l'amour qu'il

dit me porter ? Je me suis brièvement rappelée qu'il m'avait confié ses relations avec des prostituées. Occasionnelles et un peu honteuses, je le sentais bien – nos hommes ont-ils le choix, puisque le mariage est un aboutissement ? Je n'ai que vingt ans, je profite de cet âge, pénible par bien des aspects. Je veux garder ma liberté. De toute façon, il n'y a que Dieu pour me juger, les autres sont trop ignorants ou limités.

Tard dans la nuit, nous sommes sortis boire un verre à Tophane. En descendant la rue en pente, on distinguait, entre les bâtiments de guingois de ce quartier encore populaire, la masse bleu foncé des eaux du Détroit, les lumières du rivage et les bateaux qui effectuaient les dernières traversées. Tout était devenu très silencieux : les musiques croisées des restaurants et clubs s'évaporaient, balayées par le vent et l'on flottait dans le bonheur d'une vision portuaire retrouvée. Les bâches des chantiers claquaient, les mouettes miaulaient avec insistance et les voix des habitants, installés au coin des rues ou attablés devant les fenêtres grandes ouvertes, se mêlaient à nos sentiments déçus par la fatigue. Je sentais surgir du plus profond de moi une bouffée de lassitude et d'amour pour la ville des vieilles façades, de la chaussée crevassée, des fontaines anciennes à l'abandon, de la surface noirâtre des volets métalliques de boutiques tôt fermées où les chats se serrent les uns contre les autres.

Oui, pour finir, nous sommes restés assis dans un de ces grands cafés à narguilés qu'on a ouverts derrière la mosquée Nusretiye : on s'y amuse plus selon nos critères et nos traditions, la proximité des quartiers du port et de l'avenue du tramway annonce la modernité des musulmans. L'ancienne fabrique de canons rappelle nos jours de gloire. Ils ne sont peut-être pas si lointains – ou plutôt ils pourraient revenir. Et notre génération est là, à rêver de cette grandeur retrouvée, affalée sur de gros fauteuils-coussins qui avalent les grandes carcasses des garçons et les petites rondeurs parfumées de nos filles pomponnées pour la soirée. L'envolée économique qu'on nous promet pour les années à venir n'est pas au rendez-vous : c'est plutôt l'apathie orientale, celle qui nous a tellement desservis.

Je n'ai pas envie de fumer, je n'ai envie de boire ni soda ni alcool ni thé ni café. Je n'ai envie de rien car nous perdons notre temps en tentant une pitoyable sociabilité. Je n'ai envie que d'ailleurs, de parcourir le monde et, en même temps, cela me terrifie. Une frayeur, une panique m'a envahie à l'idée d'être seule. Comme si tout le monde m'en voulait et allait se venger sur moi de tous ces siècles de conflits et d'humiliations réciproques. Ou bien est-ce que je me faisais tout un cinéma ? Après tout, c'est bon de se faire du cinéma.

Dans le journal de mon père, il y a plusieurs remarques que je ne parviens pas à m'ôter de l'esprit: «Les vacances des Français sont leur culte» ou encore «Si les femmes le permettaient, tous les hommes préféreraient jouir de l'allocation-chômage». Pour peu, on parlerait de la Turquie d'aujourd'hui. On nous jette à la figure la réussite étrangère, comme si tous les pays valaient mieux que le nôtre. En réalité, on se trouve coincés: je n'ai envie d'aller ni en Russie ni en Iran ni en Égypte, encore moins dans la plupart des pays d'Europe. Ce

sont les États-Unis qui m'attireraient le plus! Et je crois aussi que je préférerais rester en Turquie. J'ai le sentiment que je peux me rendre utile.

Cela fait quarante jours qu'on a enterré cet homme qui était mon père. Son âme vogue désormais bien au-delà des continents dont il s'est occupé, peut-être s'est-il installé au cœur des notes de la musique ottomane. Me voici dans la chambre des parents, face aux placards que ma mère veut très vite débarrasser, elle l'a dit: ses vêtements, ses chaussures vont peu à peu se ternir, les ceintures se craqueler au fil des mois, prendre l'aspect de fossiles, alors que leur propriétaire aura depuis longtemps rejoint l'état de poussière. Pourquoi m'a-t-il laissée seule? Il est parti trop tôt sans m'expliquer ce qu'avait été la première partie de sa vie ni pourquoi la seconde, celle où ma mère et moi sommes entrées en scène, avait pris cette tournure. Il nous condamne à interpréter les choix de son existence. Pour ma mère, je ne m'inquiète pas, elle fabriquera une autre légende familiale qui lui permettra de voguer vers l'avenir. Elle deviendra le sujet d'une des chroniques du journal non écrit de mon père, une indigène dont les manies, les réflexes, l'économie et les tristes ambitions pourront être répertoriés.

A-t-il revu cette femme ? L'aimait-il encore et de quelle manière lorsque la mort l'a rattrapé ? Mon père s'était attaché à cette femme évoquée pendant au moins une année du Journal. Il mentionne aussi d'autres relations, bien sûr. Soit, il était isolé et disponible, pas encore marié, devait souffrir de solitude, même si son activité de chercheur, d'anthropologue lui imposait cette situation. Si l'on sait ce que cette relation a donné, du point de vue réflexif – un des *Petits traités* l'exprime sans retenue –, j'aimerais savoir qui elle était. Quelle était son apparence physique ? Aucune photo, des descriptions nombreuses mais où se mêlent en réalité plusieurs femmes, peut-être même des prostituées ou des aventures d'un soir, ne permettent pas de déterminer qui elle était. Jolie, brune, plutôt blonde à mon avis, selon le principe de l'attraction inversée, mince ou bien en chair... Les yeux de quelle couleur, comment avait-elle l'habitude de s'habiller, portait-elle des bijoux ou non ?

En allant plus loin, qui était-elle, que pensait-elle, à quoi pensait-elle, comment envisageait-elle leur avenir commun ?

Je pose mes hypothèses : 1) Ils décident de vivre ensemble et s'installent à Paris. 2) Ils partent aux États-Unis et finissent par se déchirer dans les difficultés de leur nouvelle vie d'émigrants. 3) Ils imaginent de rester dans une ville de province où une grande maison peut accueillir leurs rêves et leurs livres. Grande famille pour grande faillite. 4) Rongé par une envie de pays d'origine, Oktay la convainc de rentrer en Turquie où elle devient la « femme étrangère », le bibelot précieux d'un universitaire local. 5) Ils passent plusieurs années dans un autre pays d'Europe qui devient le terrain de recherches d'Oktay. Elle donne des cours de français et poursuit, à ses moments libres, ce qui était sa passion : l'écriture de poèmes. Ils acceptent d'être sans patrie. 6) Elle poursuit une carrière fulgurante (elle est chimiste) et Oktay abandonne peu à peu l'intensité de ses recherches. Il choisit, par paresse et découragement, de vivre dans l'ombre de sa femme. Il devient le « mari turc » d'une scientifique locale, son bibelot exotique. 7) Dans un moment d'humeur incontrôlée, il tente de l'étrangler. Il passe plusieurs années en prison. Elle lui rend néanmoins visite avec régularité et lui pardonne. Mais leur amour est brisé. 8) Ils se séparent, incapables d'assumer un avenir commun... Non ! Elle le quitte un beau jour sans explication afin d'éviter une fin médiocre à cet amour éclatant. Plus classique : il la quitte, comprenant qu'il lui faut rentrer en Turquie. Une vie totalement investie à l'étranger pourrait le tuer à petit feu. La terre, l'attrait de la terre natale.

L'amour est ainsi fait, je le comprends mieux chaque jour : inexplicable, envoûtant, reposant autant sur les goûts esthétiques que sur les odeurs, sensations, réactions chimiques et électriques, une combinaison proprement inimaginable de réalités et de rêves concentrés dans des impressions ou des intuitions. Ces deux-là se sont aimés, je ne saurai jamais exactement comment... L'homme n'était pas encore mon père et la femme, une réplique étrangère de ma mère.

Je suis soulagée malgré tout d'avoir effectué cette visite. C'est une sorte d'adieu : puisqu'il m'a laissée seule, moi aussi, je vais l'abandonner. De toute façon, son univers ne changera plus ; il s'est figé, immobilisé au moment de sa mort et perpétuera, comme à regret, la tranche de vie de soixante années où il s'est formé, épanoui, résigné, puis pétrifié dans une attitude finale qui ne sera pas son image pour la postérité – je l'espère !

Les portes de l'autobus se sont refermées et le magasin d'électroménager devant lequel j'ai attendu de longues minutes, le regard aimanté par la poussière et les traces de pluie accumulées le long du mastic qui bordait la vitre, commence à s'éloigner. Le mur du cimetière apparaît un bref instant en haut d'une rue en pente, puis le premier virage m'engloutit. Dans cet autobus qui regagne l'embarcadère d'Üsküdar, tout le monde a l'air épuisé, dégoûté de l'existence… Je le comprends, bien sûr, car les journées de travail qui s'achèvent, les longs déplacements dans Istanbul, les soucis de chaque jour, le déroulement des corvées et des passions usent l'humanité. Je me dis que tout cela ralentit la vie.

Plutôt que de rentrer à la maison, je vais aller à Taksim. Je traverserai par Beşiktaş et gagnerai du temps en face. Le port d'Istanbul est là, à portée de main. Les cargos et les tankers attendent en bas de Selimiye ou au loin, sur la mer de Marmara. À l'ancre, disposés sur la surface grise comme des jouets colorés. Je me demande bien ce que mon père pouvait se dire ce matin de septembre 1964 lorsqu'il est arrivé à Trieste. Il est allé en train jusqu'à la ville de Marseille puis est remonté vers la capitale dont il rêvait, habité par son projet. Je suis sûre qu'un grand enthousiasme – ou du moins l'espoir de découvrir du neuf – le guidait. Il m'a parfois raconté cette arrivée mais dans les grandes lignes, en passant sur les détails, pour me parler très vite de Paris et de la France...

Le soleil vient de trouer la masse très basse des nuages et fait scintiller la crête des vagues. L'eau est sombre, elle semble glaciale, mais le clapotis qui l'agite ainsi que la ligne dorée des vagues l'adoucissait beaucoup. Je vais monter dans un *vapur* comme si, moi aussi, j'embarquais pour l'Italie. Je vais me rassasier du bois verni qui encadre les fenêtres, m'amuser des trajectoires de tous ces bateaux, grands et petits, qui parviennent à ne jamais se heurter, c'est une sorte de musique des sphères, une harmonie perdue. Dans ma tête, je vais continuer d'écrire le récit que j'ai entamé il y a quelques jours.

Je me demande ce qui m'astreint à ce ton docte. Au fond, tout cela est finalement ridicule : mon père, sous ses airs sérieux et concentrés, n'a fait qu'hésiter toute sa vie entre deux genres de vie et, du coup, la sienne n'a jamais pris forme ! Ma mère a contemplé ce désastre sans rien comprendre et n'a réussi qu'à être une femme convenable et frustrée... Des quelques membres de la famille que nous fréquentions, aucun ne m'a vraiment marquée, je vivais avec les spectres. Que d'enveloppes vides ! Ou des souvenirs plus forts que les êtres réels : l'oncle Chakir, l'été 1926, les promenades au seuil du désert, mon grand-père et l'obsession de comprendre les Bédouins. Et, moi, j'ai longtemps cru que j'avais le choix entre plusieurs solutions, mais c'est un leurre. Je devrais commencer par retrouver ce cimetière aux alentours de Gaziantep où Oktay nous avait entraînés. Y passer au moins un après-midi, ce serait bien. Et, après, je pars pour l'Europe.

11
Douce France

Il est plus de minuit. On dirait que la moitié de la ville s'est rassemblée là. Je suis arrivée par la navette, franchissant les déserts illuminés des cités-dortoirs, la forêt menaçante des gratte-ciel en chantier, des tours aux envolées géométriques qui s'acharnent à remodeler notre vieille ville, le dédale des entrepôts et les bordures d'autoroute où les voitures de luxe côtoient les charrettes à bras. La radio déverse des airs kurdes dans le bus comme pour mieux me pousser vers mon vol. Mes bagages sont lourds, je verrai bien... L'appuie-tête du siège qui me fait face est déchiré et quelques inscriptions ont été gravées sur la paroi en dessous de la vitre. Bon sujet pour le sociologue Nadir qui se déchaînerait, il y décèlerait tous les signes de la grande ville moderne, envisagerait même d'en faire une rubrique pour son blog.

La soirée d'hier a été vraiment insupportable : nous avons échoué sur une terrasse glaciale où les sodas prenaient un goût de punition. Étourdis de musique, on ne pouvait que regarder le guitariste qui ressassait des succès de pop turque mais parvenait quand même à arracher des cris et des applaudissements factices au public. Au fond de cette taverne moyenâgeuse, les jeunes présents jouaient aux témoins privilégiés d'une naissance artistique ! Quel moment horrible j'ai passé : Mine était en face de moi avec Altun et ils n'ont cessé de s'embrasser, de plus en plus longuement et de plus en plus langoureusement. Et moi, comme une idiote, qu'ai-je fait ? Je n'ai rien trouvé de mieux que de les prendre en photo puis de les filmer avec mon portable. Beaucoup plus tard, une fois rentrée, tout en commençant les valises, je me suis demandé deux choses : à quoi servent ces images ? Faut-il les conserver ? Je les ai regardées – une fois encore – comme s'il s'agissait d'un reportage ou d'une émission de téléréalité, puis les ai effacées. Ensuite j'ai repensé à la crédulité de mes amis, eux qui pensent que la jeunesse est un réservoir d'espoir et de possibilités. Malgré l'énergie folle et vibrante de cette ville, je suis incapable d'y voir le remède miracle de mon avenir. L'énergie ne tient pas lieu de futur.

Dans les toilettes de l'aéroport, je suis tombée sur une réclame pour une compagnie d'assurances. Il y avait un extincteur tout neuf dans une gaine en métal, et c'était le plus bel objet de ces toilettes sales et déprimantes. Je suis restée assise un long moment, à méditer dans le petit espace de bois et de plastique blancs. Le bruit d'une chasse d'eau, le passage des voyageurs qui ne cessent d'uriner, sans doute le stress. Une sorte de gaieté régnait dans cet aéroport.

Un ami, Cevdet, m'a dit qu'ils avaient payé une fille à Nadir et à Ruşen. Une Russe ou une Moldave parce qu'ils n'ont trouvé aucune Turque qui accepte de venir dans l'appartement. Et elle a couché, à tour de rôle, avec plusieurs d'entre eux. Je me demande bien comment ils s'y sont pris, attendaient-ils dans le salon pendant qu'un des gars passait un moment avec la fille ? Ou sont-ils partis pour ne revenir qu'à des intervalles de temps déterminé ? Tout cela ne m'inspire même pas de dégoût, je trouve cela logique et incompréhensible, telle une formule mathématique. Comme ils sont loin d'avoir le génie de Sade, leur assemblage de corps est déprimant. Pitoyables, ce sont des vers au corps nu et pâle qui s'agitent sur la terre. On se demande même comment on pourrait écrire sur eux... Oh, tout cela a fini de m'intéresser. Ni colère ni rejet ni déception. Il est temps de s'en aller.

Je me traîne dans ces couloirs sans fin à côté de mes compagnons d'infortune chargés de paquets de *duty-free* et des derniers journaux turcs qu'ils ont pu trouver. Évidemment, dans quelques heures, ils seront livrés à l'énigme de l'étranger, ne seront plus rien, en France ou ailleurs. Ils seront libres mais beaucoup seront en souffrance. On attend, on retient son souffle : l'embarquement commence. Une légère excitation s'empare de moi.

Un départ, c'est toujours un nouveau départ. Je passe un coup de fil à ma mère, referme le portable, vérifie que j'ai bien mes cigarettes et fais scrupuleusement ce que l'on me demande : patienter devant la porte 21B, sourire à l'hôtesse qui vérifie les cartes d'embarquement, attendre poliment derrière un groupe de Suisses qui rentrent, avant d'aller m'affaler sur un siège étroit où je ne tarde pas à m'endormir.

Istanbul, c'est fini.

Entre envie de lire, angoisse du départ et attente du dégoûtant petit repas aéronautique, je laisse mes pensées vagabonder, s'élever comme l'avion qui m'emporte après l'escale de Zurich vers mes projets et m'amène à retracer mon avenir à grands coups de décisions tranchées. Bref, je fonce avec l'audace d'un étudiant envoyé à l'étranger, sans me laisser entraver. Je ne connaissais pas cet effet de l'avion, aussi certain et fréquent que l'ennui profond d'une partie du temps de vol, la peur panique que l'on ne peut contrôler lorsqu'un bruit suspect surgit et que le regard des hôtesses ou stewards devient fixe au moment où ils cessent de dispenser cette gentillesse onctueuse et feinte qu'ils présentent comme du professionnalisme – aussi standardisé que l'estomac ballonné après l'absorption de plats réchauffés, de desserts industriels et des boissons diverses dont on vous abreuve, soi-disant pour vous occuper.

Oui, je bondis d'une possibilité d'avenir radieux à l'autre, décide successivement de fumer aux terrasses pour retrouver l'esprit des intellectuels français, d'apprendre correctement l'arabe – ce n'est possible qu'à Paris –, de me lancer dans une étude du monde français et, je l'espère, des préjugés à notre égard.

Comment s'appelait cet ami de mon père qui pouvait réciter la liste des idées reçues, clichés, fantasmes subtils que l'Occident a à l'égard des Turcs ? Lui ne s'en amusait pas, ça le révoltait parce qu'il y voyait une forme de vérité. Pourquoi nos défauts devaient-ils s'étaler au vu de tous ?

Dans la cabine, on entend beaucoup parler notre langue. Mais plusieurs groupes s'expriment en français, parfois avec un accent que j'ai des difficultés à comprendre. La dame assez chic assise à côté de moi, côté hublot, s'absente aux toilettes. Sa façon de nouer son foulard à motifs abstraits sur son chemisier et sa mise en plis constituent à elles seules un programme politique. Sur le siège, un guide touristique de Paris et un gilet de laine resté coincé sous elle... Quant à moi, je vois défiler la liste des endroits et des personnes que je suis résolue à aller visiter. Et si je retournais voir tous les lieux de province que mon père Oktay Bey, a fréquentés, habités, sur lesquels il a bâti ses traités ? Avec mon âge et mon foulard, quel accueil vont me réserver ces lieux, ces particules de France ?

J'ai déjà eu du mal à accepter cette phrase d'une lettre de la fin des années 1970, qu'il n'a pas pu envoyer : « Tu embrasseras Marie pour moi et lui parleras un peu de son père... » Les caractères se brouillent sous mes yeux et je me refuse à lire plus avant. Puis j'y reviens et voudrais n'avoir jamais lu. Cela me trouble tellement que je préfère passer à autre chose. Les photos, par exemple, dont ils existent plusieurs boîtes. J'ignore si elles sont classées, elles ont l'air de suivre un ordre, peut-être chronologique. Photos d'autrefois, en noir et blanc, de belle qualité, prises avec amour et intérêt. En 1969 ou 1972, on dirait que prendre la pose signifie encore quelque chose – peut-être est-ce en rapport avec la dignité de la personne, son existence individuelle, sa place dans le monde. Oh, et puis je n'en sais rien. Nous avons élaboré un discours – avec mes amis, c'est un sujet favori – sur la place de la personne dans la société et quelques indices aptes à nous confirmer la véracité d'un intérêt humain, sentimental. J'admets que cela reste assez mince en regard des millions d'êtres qui mériteraient notre intérêt. Et pas seulement de l'empathie, des actions. Pourquoi mon père a-t-il tant hésité à agir ? Il a toujours fait preuve d'une extraordinaire attirance pour le monde extérieur, en tout cas jusqu'à son retour à Istanbul. Mais son engagement serait difficile à justifier aujourd'hui.

Au-delà de ses infinies palabres, Nadir me semble frappé du même handicap. Il modèle le monde au rythme de ses théories et enthousiasmes, souvent au fil de ses lectures, mais ne s'attaque à rien de concret, y compris ses prétendues études de terrain, qui pourrait remettre en cause son mode de vie. Si je décidais de décrire une de ses journées à Istanbul : le matin, réveil difficile car il a veillé ou s'est perdu dans des discussions avec ses amis ; ensuite, les mardi, jeudi et vendredi, départ pour le campus ; il s'attarde au moins deux heures à la cafétéria, tente une séance en bibliothèque mais n'y trouve pas l'article qu'il est venu chercher ; il finit par rentrer chez lui, reprend le traité de sociologie américain qu'il s'efforce de déchiffrer et prépare à la va-vite un topo pour sa réunion de jeunes intellectuels musulmans qui a lieu dans un café d'Aksaray en milieu de semaine. Et ainsi de suite... On dirait un cabri qui saute de rocher en rocher dans le but d'atteindre un sommet mais qui ne s'y tient pas, trop exposé à la vue de tous, et peut-être simplement intéressé par le mouvement. Ça, c'est indéniable : Nadir court après le mouvement, ce qui lui donne l'apparence de l'agilité intellectuelle et du goût pour la culture. J'aime son visage émacié que la petite barbe d'étudiant en théologie vient orner: on sent le garçon tiraillé entre le savoir et cet engagement dans la vie sociale, cette obsession de se rendre utile qui l'éloigne parfois du but car elle le coupe de ses ambitions. Je ne sais pas ce qui me prend: pourquoi se mettre à tout passer en revue, à critiquer le moindre défaut comme si je n'en avais aucun ? C'est moi la pire, je le sais. Mais la malédiction consiste à ne pas cesser d'exercer son regard critique, chose qui peut se révéler épuisante. Nadir et sa volonté d'humanisme: j'ai l'impression que chaque génération, chaque tendance présente chez l'individu, lui, Oktay Bey ou moi, veut imposer son humanisme, sa version de l'humanité éclairée.

Je me lève car ma voisine veut regagner son fauteuil. Elle me gratifie d'un sourire de politesse hypocrite et je lui adresse la parole. Cette voix haut perchée, aux intonations d'un snob pathétique, me rappelle instantanément ma mère lorsqu'elle entreprend de me faire des reproches.

«Oui, je m'arrange pour aller à Paris deux fois par an. Bien entendu, il y a des saisons...»

Qu'est-ce qu'elle a l'air chiante, celle-là. Toutes les mêmes, ces vieilles, toujours prêtes à raconter leur vie. Je me mords les lèvres pour ne pas lui demander ce qu'elle lit, si elle va au théâtre ou à des expositions. Et s'il lui arrive d'avoir des amants français, leur réputation est-elle justifiée... J'aimerais l'abreuver de questions, la mettre mal à l'aise, la pousser dans ses retranchements. Je me sens stupide comme une enfant naïve qui interroge sa tante au retour de ce qu'elle imagine être une expédition lointaine.

Qu'est-ce que je me sens bête ! Et elle me regarde avec pitié, la fille qui n'est jamais sortie de chez elle. Et elle tolère mon foulard, parce que je parle turc et que cela suffit à me sauver à ses yeux. Pour l'instant, en tout cas.

« Vous pouvez me passer le thé, merci ! »

Je me brûle les doigts sur le gobelet mais cela n'a pas l'air de la gêner. L'hôtesse propose du sucre et un bâtonnet en plastique : je regarde un instant cette tige plate avec un petit trou en bas. Encore un sourire, puis le silence retombe. Je tourne à présent les yeux de l'autre côté : deux hommes avalent le contenu de leur plateau-repas avec concentration, puis se calent en arrière pour regarder quelques scènes du film – une ânerie venue du fond de l'Amérique. L'agitation se calme un peu, l'ensemble des passagers connaît une brève période d'euphorie ou d'anesthésie. Si l'avion s'écrasait, tout le monde mourrait heureux.

Le Boeing poursuit sa progression sans à-coups, sans bruit alarmant, comme un train sur ses rails. Je m'assoupis. Pendant un bon moment, j'entends mon idiote de voisine feuilleter frénétiquement son guide, sans doute afin de cocher les boutiques qui l'incitent à franchir trois mille kilomètres deux fois par an. Je sens son regard me parcourir des pieds à la tête, se fixer sur mes chaussures – j'aime tellement les boots montantes que je n'ai pas résisté au plaisir de mettre cette paire rouge aux semelles épaisses que Sema critique toujours. Des chaussures qui permettent d'aller loin, de marcher longtemps et qui pourraient appartenir à un ouvrier ou à un chanteur anglais. Pas à une petite jeune fille d'Istanbul avec son foulard à motifs bleu marine et ses rêves débiles de comprendre l'Occident. Je devrais prendre les choses avec recul, avec générosité, et voilà que je m'agace toute seule ! Oui, une pauvre fille lâchée hors de chez elle et livrée au flux du monde ambiant. C'est peut-être cela la liberté. Je me sens incapable et fade. C'en est un vrai plaisir. J'avais pourtant décidé de ne plus me déconsidérer tout le temps, cela fait partie de ma nouvelle perspective. Il est plus facile d'être fière et sûre de soi quand on ne bouge pas de son pays.

Par une matinée ensoleillée au cours de ma dernière année de lycée, j'avais eu avec mon père l'une de ces conversations essentielles qu'il suscitait régulièrement depuis que j'étais en âge de comprendre ce qui se passait dans notre âme nationale, et lui s'amusait à revenir sur cette expression désuète qui permet d'englober deux siècles de notre histoire intellectuelle. Enfin, presque deux siècles au cours desquels notre difficile rapport avec l'Europe a pu s'épanouir. Cela lui tenait vraiment à cœur car j'avais retenu ce qu'il écrivait du sud de la France à ses parents :

*Il y a une ligne ininterrompue qui va de nos premiers étudiants envoyés à Paris au XIX*e *siècle et qui se poursuit telle une cohorte de soldats envoyés se faire tuer au front, à travers les Jeunes Turcs, les voyageurs, les curieux, les déçus, les idiots qui n'ont rien vu, ceux qui veulent une fois au moins dans leur vie déambuler sur les Champs-Élysées ou contempler – ne serait-ce que pour pouvoir s'en vanter chez eux – un tableau du Louvre.*

Il y a, imagine-toi, une chaîne sans fin de nos concitoyens, ancêtres, proches, voisins ou connaissances qui ont absorbé la nourriture, les boissons, les odeurs familières des différents moments de la journée en France. Et puis, en arrière-plan de toute cette troupe vue à travers un papier-calque, il y a aussi ceux qui ont appris, prononcé, goûté, fourché, hésité en français, ceux qui ont tellement aimé cette langue qu'ils l'ont jugée supérieure à la nôtre mais se sont contentés de cette position de locataire. N'oubliez pas que nous devons rester propriétaires de la langue, même si j'ai moi-même succombé à cette folie. Un amour mal compris, en somme.

Nous sommes quand même de vrais spécialistes de l'héroï-comique, des as de la grandeur passée constamment malmenée et ridiculisée par une fierté mal placée. Nous autres, et je m'inclus dans la catégorie des Turcs maladroits, nous ne savons pas être nous-mêmes, tout simplement : on en fait toujours trop, surtout face aux étrangers. Qu'ai-je en commun avec les Turcs ? C'est à peine si j'ai quelque chose de commun avec moi-même.

Ce fut l'une de ses remarques les plus douloureuses. Je ne me l'ôte pas de l'esprit et, bercée par le cliquetis du chariot de boissons qui parcourt la travée centrale de notre Boeing 737, je vois s'agiter les têtes, majoritairement des hommes d'ailleurs, car nos pauvres femmes, artistes et étudiantes, occupent une place fort réduite dans ce scénario qui me fait penser à un film sans paroles – je distingue des barbus, sérieux, des hommes plus décontractés à partir des années 1940, beaucoup de lunettes, de la fumée de cigarette et le geste rêveur de celui qui a passé une période à Paris, en France, quelquefois à Londres mais c'est moins bien. Je les regarde défiler, je dialogue brièvement avec eux : en réalité je leur parle sans attendre ni entendre leur réponse, car ils frétillent comme les acteurs de films muets, vifs et proches de nous malgré cet air. Ce ne sont rien que des images désuètes, des bouches s'agitant frénétiquement pour nous dire quelque chose qui reste à deviner.

Quelqu'un a-t-il déjà remarqué que le cinéma parlant a été inventé en 1928, l'année où nous avons changé d'alphabet ? Comme si, pour nous aussi, c'était le signal d'une histoire parlante. Pour mes camarades – pas Nadir, il faut bien lui accorder cela –, les représentants de la tradition, s'ils existent vraiment, sont des bustes en marbre, des figures que l'on se doit de révérer en faisant mine de les comprendre. Le questionnement, le doute ne sont pas à l'ordre du jour. Je crois que ça ne les intéresse pas. Encore un sujet d'interminable discussion qui fait de nous des jeunes actifs, peu disposés à s'en laisser conter… La mort, comme cette existence peu satisfaisante, constitue un « simple passage dans le tissu des coïncidences » ou des contingences inscrites d'avance – mais quel serait ce dessein général ?

Je repense à ces coupures défraîchies du journal *L'Humanité* que j'ai trouvées dans une pochette, entre les pages de son journal : pourquoi a-t-il découpé ces articles consacrés à l'histoire des mines de Lorraine, dans quel but ethnographique ? Je tente de reformer le lien entre cette matière informative, vieillie, mon père, moi, l'avion qui m'entraîne vers l'Europe. Istanbul danse devant mes yeux comme un ensemble de photos en couleurs, semblables à ces résumés de villes que proposent les revues sur papier glacé des compagnies aériennes. Je viens justement de feuilleter celle qui se trouve à portée de main, dans la poche face au siège : Shanghai puis Venise, de belles pierres soutenues par des boutiques de luxe et quelques cafés où l'on s'autorise à passer une heure ou deux. Même si vous parvenez à humer l'air du lieu, ce n'est qu'une carte postale améliorée que vous aurez sous les yeux. Ces incursions rapides constituent une fiction, comme Oktay l'a bien compris. Cela ne vaut guère plus que la lecture rapide, insatisfaisante d'une revue. Une vitre dure et infranchissable a surgi entre nous et la réalité.

Le baladeur d'un voisin grésille dans mes oreilles, le film qu'on nous projette sur ces écrans minuscules ne cesse de sauter, les voisins de devant se racontent la Turquie, ce qu'ils en conservent, c'est amusant... Derrière moi, je jette plusieurs regards furtifs entre les sièges pour savoir qui me donne des coups de pied : la fille qui s'abreuve de tubes turcs dont la popularité durera quelques semaines, va elle aussi, un peu plus tard, disparaître, comme si elle n'avait rien été. Nos goûts nous définissent-ils ? Nos hésitations, nos incompréhensions, tout cela forme la formule chimique de l'être humain, de cette faible créature animale.

Et Dieu ? Je n'ai pas cessé de poser la question de Son existence : il n'y a pas beaucoup de marge pour le doute, les croyants sont nombreux, de plus en plus nombreux, c'est une preuve en soi. Il reste l'harmonie entre notre foi et la réalité des autres peuples. Qui stagne dans l'ignorance ? Eux, sans nul doute. Tout autour de moi se prépare une révélation : dans le cadre d'une totalité que je ne parviens pas à me représenter, je vois passer devant mes yeux des milliers de petits carrés colorés – des pixels, pensai-je brièvement – qui me parlent de ma vie. Des prairies herbeuses sur la côte de la mer Noire, un tanker long comme un palais ottoman, rouillé et tanguant sur des flots en carton, des bustes d'Atatürk de plus en plus nombreux au fur et à mesure qu'on se rapproche de la ville située à l'arrière-plan, un coucher de soleil orange à l'arrière-plan d'une mosquée aux minarets bien pointus, des timbres français démodés collés sur une enveloppe défraîchie, un immeuble en verre haut et imposant comme une banque : je les passe plusieurs fois en revue comme un scénario possible. Un étrange personnage, un Arabe au visage couvert d'un voile mais qui pleure à chaudes larmes n'arrête pas de traverser ce flot d'images, il a les mains croisées sur le ventre et je vois ses pouces s'agiter comme s'il comptait quelque chose en me transmettant un signe discret. Je dis « un Arabe » parce qu'il apparaît sur un fond de désert, assis en tailleur, à côté d'un énorme rocher et de deux palmiers. Que fait cet homme voilé, seul, abandonné de tous ? Il parle avec Dieu. Moi aussi, je Lui parle souvent : je m'entretiens longuement avec Lui, Lui fais des reproches et, pratiquement à chaque fois, j'enchaîne par un dialogue houleux avec mon père. Leurs réponses ne me satisfont pas, je dois les houspiller, insister avant qu'ils finissent par me dire la vérité. Eh oui, c'est comme ça, j'exige beaucoup de Dieu et de mon père...

Je me réveille plusieurs fois pendant la descente : un léger mal de ventre commence à monter et je ne sais pas comment me positionner puisque ma voisine ne cesse de s'étaler avec ses magazines. On ne voit rien, si ce n'est des points de lumière et, bientôt, le brouillard blanchâtre des nuages traversés comme dans un rêve, accompagnés de secousses toujours inquiétantes de la carlingue et des ailes qui semblent se faire violence pour ne pas se disloquer. Il vaut mieux se faire une raison. La piste, Paris, enfin !

À la sortie de l'avion, j'espérais déjà voir la ville mais il n'y a que des tours en ciment, des bâtiments géométriques sans âme et un immense cylindre de béton vers lequel s'achemine notre bus. La lumière de l'aube est grise, elle écrase tout et je me sens faible. À côté de moi, encore des touristes suisses, un Hollandais, bardé de matériel photo, qui pourrait être journaliste, deux femmes qui ont fait un shopping monstre à l'aéroport de Zürich et une majorité de Français qui reviennent de week-end. Je les écoute piailler : l'idée de rentrer chez eux les rend volubiles, énervés et sûrs d'eux. Après avoir adopté un profil bas au milieu de tous les Orientaux arnaqueurs qu'ils ont croisés, les voici en passe de redevenir eux-mêmes, aussi semblables à leur personnalité profonde qu'au départ, inchangés par le bref séjour au bord du Bosphore, l'esprit et les narines abreuvés par le goût d'Istanbul ou de la Cappadoce, mais toujours aussi reclus dans leurs limites. Je côtoie quelques minutes ma voisine de l'avion qui fait semblant de ne pas me reconnaître.

À la douane, je ne suis pas dans la bonne file, les citoyens de l'Union européenne sortent sans contrôle ou presque, les veinards ! Moi, on examine mon visa sous toutes les coutures et mon voile ne les amuse pas beaucoup. Je croyais qu'il n'y avait que les flics turcs pour faire une tête pareille, mélange de lassitude, de fermeté professionnelle et de jalousie envers tous ces oisifs qui défilent devant eux. Alors, ça y est, je suis en France ? Le pays de l'élégance, des mille fromages, des baisers échangés sans honte dans la rue, des penseurs radicaux et incompréhensibles, le pays de Louis XIV et du Président-Général que mon père adulait, dans son journal tout du moins. Sans oublier cet étrange drapeau tricolore où semblent se lire la modération et l'ordre : déjà, aligner trois couleurs comme de bons soldats me paraît une volonté de classement et de retenue dont nous serions bien incapables ! Mes premiers pas sont magiques, j'ai le sentiment de fouler un lieu que je n'ai pas mérité. C'est miraculeux. À Istanbul, j'aurais détesté m'imaginer aussi pleine de sensiblerie et d'enthousiasme kitsch, mais ici, dans ce couloir anonyme à la moquette défraîchie, en compagnie de tous ces inconnus qui me sont étrangement sympathiques, je ne peux contenir mon émotion.

Ça y est : on m'a rendu mon passeport et j'ai gagné le droit de poursuivre dans les couloirs blafards. Il reste le rituel des bagages – le tapis roulant crache mes deux valises avec une sorte de hargne. Je parviens à m'acheter un sandwich de baguette puis cherche longuement le train qui va m'emmener jusqu'en ville. Longuement car il faut marcher, prendre une navette qui ressemble à un jouet entre les terminaux, passer des portillons hostiles et descendre un escalier crasseux pour rejoindre le quai. Il faut le trouver, égaré par des panneaux hasardeux et un dédale d'escaliers et de tapis roulants.

J'arrive enfin sur le quai tout noir surmonté d'une voûte piquetée de lumières comme dans une vieille mosquée, il me rappelle le décor du film Je suis une légende… Catastrophe nucléaire ou écologique, jour du Jugement dernier, je me sens survivante parmi les zombies, jamais je n'aurais pu imaginer la France aussi menaçante. On se calme : ce n'est qu'une catastrophe architecturale ! Sur le ballast gris, le

long des parois en béton noirci, des papiers sales volettent, des bouteilles plastique à la surface ternie roulent sur le côté au passage d'une rame.

Finalement, un employé apparaît : un type tout en longueur, à l'air étrange, qui s'éloigne à grandes enjambées lorsqu'on fait mine de s'approcher de lui et disparaît. Cette fois, dans un grincement de freins, une rame se met à quai : soulagée, je monte en traînant ma lourde valise d'immigrée intellectuelle. Une voix métallique annonce alors – je m'y reprends à plusieurs fois pour comprendre – que le RER ne prend pas de voyageurs !

La malédiction s'accomplit. La France est rebelle, revêche, c'est une vieille femme acariâtre qui ne veut pas de moi et va multiplier les croche-pieds. Je le sens.

Les minutes passent et un train, très court cette fois, surgit – il faut repartir en arrière au plus vite pour atteindre les wagons. L'intérieur sent mauvais et aucun siège n'est intact : le tissu est défraîchi et maculé d'innombrables taches, comme si on l'avait fait exprès ! Même les bagages des passagers, récemment recrachés par les tapis roulants du Terminal 2, sont sales. Tout semble trop utilisé, mal entretenu ou ayant dépassé sa date d'utilisation. Certains de mes voisins sont des rescapés du vol d'Istanbul, je les reconnais : ils ont un air traqué ! Sommes-nous sous le coup d'une lourde condamnation ? Qu'avons-nous fait ? Le voyage, le déplacement d'une zone à l'autre est-il un crime ?

Déjà au débarquement, le bus qui nous a transférés à la douane, après avoir effectué des contours inquiétants sur la piste, semblait nous tenir rigueur de quelque chose. Une fois à l'arrêt, les portes sont restées longtemps fermées. Tout cela nous échappe, le chauffeur observe cette foule de victimes potentielles d'un air méchant. Ce n'est sans doute pas un employé de l'aéroport… Un terroriste ou un tueur en série ?

Vingt minutes plus tard, me voilà dans un wagon qui ne ressemble pas à l'idée que je me faisais du métro annoncé par un étrange nom de code en plusieurs lettres et portant l'inscription « Gare du Nord ». Ce n'est pas là que je vais mais la direction est bonne – en gros. Dans les banlieues, des lumières isolées mais régulières marquent le tracé des rues. Il y a très peu d'immeubles de haute taille, on dirait que ce ne sont que des jardins. Le jour va se lever.

Dans le train qui s'ébranle à chaque arrêt – j'ai du mal à accepter que la France soit aussi laide et ordinaire –, je me concentre sur le cahier que je vais tenir. Notation 1 : la tête des Français, le mélange avec les étrangers et le nombre de Noirs. Beaucoup de Noirs, d'où sortent-ils ? Notation 2 :

l'abondance de graffitis dans les lieux dévolus aux transports et dès qu'il y a du gris, dès qu'une surface de gris dépasse les quelques mètres carrés. Volonté de remplir le vide ou vice social ? Rapport inquiétant aux couleurs, dévoilement des inquiétudes et du mal-être. Notation 3 : on sait assez vite que l'on est en Occident. Il y a quelque chose de triste, de froid, d'innommé. Mais il est vrai que la gaieté n'est pas la caractéristique de la France.

Premier arrêt : personne ne descend et une atmosphère lourde plane. Sur le quai, quelques Africains et d'autres habitants, pauvres de toute évidence – ce doit être des immigrés. J'ai lu que la périphérie de Paris est ainsi peuplée, comme si le centre historique était assiégé. Ces gens vivent leur destin d'ombres, on a toujours du mal à imaginer, chez nous, qu'autant de pauvres emplissent la riche Europe. Je ne sais pas ce qui lui pend au nez mais les choses pourraient s'inverser. Il pourrait arriver que ces vieilles civilisations baroques, pleines de panache et d'énergie, retombent finalement comme des soufflés. Ces visages m'effraient un peu : ils sont si peu amènes, produisent des mots et des impressions que je ne comprends pas. Mais ce sont mes frères humains, j'ai envie de dire que je les aime sans hésiter. Pourtant, ils ne font rien pour se rendre aimables. Quand on arrive dans Paris, d'autres trains que l'on dirait en aluminium froissé nous croisent, peuplés de pâles figures blafardes éclairées sur le côté ou par en dessous – chacun a probablement un portable sur les genoux. De longs murs couverts d'inscriptions accueillent notre passage, infinie palissade jusqu'à la gare suivante. Bercé par les cahots, le train danse sur les rails, les voitures semblent se diriger vers un but précis, suivre le tracé d'un plan, reprendre l'image du destin.

Assise, les mains croisées sur les genoux, dans un wagon qui file maintenant à travers des jardins recouverts d'une couche de poussière protectrice, des petites villes où les commerces sont lugubres et les passants rares, vers le Paris dont je rêvais depuis si longtemps, me voici entourée de Noirs ou de métis à l'air épuisé, au regard fixe : femmes de ménage ou ouvriers, en blouse tachée ou maculée de graisse ou de cambouis. Ne suis-je pas libre d'errer dans le vaste monde où je serai condamnée à partager la relégation de tous ces pauvres hères ?

À l'arrêt qui s'appelle Aulnay-sous-Bois, je vois une boulangerie et un petit magasin de journaux dont les devantures violemment éclairées semblent brûler dans l'air matinal. Le ciel est encore d'un bleu sombre bordé d'orange, la ville s'est mise à scintiller de toutes parts. Notre train reprend sa course. Le long des voies, les lampadaires proposent une nouvelle découpe de ce territoire d'avant-ville, de petits cercles concentriques qui rongent les trottoirs et les façades. Où vais-je ? Mon voisin ne me le demande pas. Personne ne me demande rien. Tout le monde s'en fout et voudrait être débarrassé de moi. Je sens que ce n'est pas mon imagination qui me joue des tours, c'est la réalité. Pour une fois, elle domine, et je suis résolue à lui donner raison. Dans son propre pays, j'ai l'impression que l'on se berce d'illusions, on cède à un confort moral que vos proches encouragent.

Et si je me fixais un but ? Le bonheur. Simone de Beauvoir avait quelques recettes, il me semble, même si l'époque a changé. L'amour libre, la complicité pendant toute une vie avec un homme qu'elle admire et qui lui permet toutes les incartades ainsi que la fréquentation de sujets stimulants, qui lui offre l'engagement dans une action politique qu'elle comprend mal… Mais il lui laisse sa liberté, avec tous les risques que cela comporte. 1969 : mon père est encore en France mais il ne mentionne pas *La Cause des femmes*. Sans doute que, dans sa ville de province, l'impact du mouvement féministe était assez faible, voire

inexistant. Je suis maintenant curieuse de découvrir cette bourgade : peut-être pourrais-je y séjourner un peu ? Je veux connaître l'endroit où il a croisé cet autre destin, sa femme de France. S'il a vraiment eu un enfant avec elle, je dois la retrouver, l'apercevoir au moins. Elle est certainement plus vieille que moi, si elle existe. Elle a pu mourir de maladie ou disparaître dans un accident. Un simple calcul suffit : 1971 ou 1972 ? C'est dans ces années-là qu'il a vécu avec elle. Combien de temps ? Comment se sont-ils aimés – ou détestés ensuite ? Cette femme habite peut-être un appartement marqué par la rouille du temps. Peut-être vit-elle seule ou avec un mari dépressif ou avec des enfants ingrats ? Et si elle tenait compagnie à une vieille mère qui se souvient encore du visiteur turc, si elle s'était résignée à loger avec un oncle bourru tout droit sorti d'un roman de Balzac…

« Ne te laisse pas abattre » : ce n'est qu'un décor et j'ai appris à ne pas me laisser abuser par le décor. En empruntant ce train de banlieue mal tenu, je me demande si nos écrivains et artistes, voyageurs si vaniteux, à la réussite parfois flamboyante et à l'assurance gênante, imaginent que l'on peut se déplacer en France de cette manière.

Nous sommes le 3 juin. Je m'apprête à observer de près les femmes comme un groupe indépendant luttant pour leur reconnaissance. Il faut mettre tout cela en forme, en chiffres, en réflexion organisée. Je repense, cette fois sérieusement, à Simone de Beauvoir : comme elle a du mal, non à obtenir son indépendance mais à la maintenir et à mener le combat des femmes... Je repense à une scène, dans le tramway entre Beyazıt et Eminönü : j'étais avec des garçons, des copains de la fac. En face de nous, deux filles voilées me regardaient avec mépris : elles levaient les yeux au ciel chaque fois que je prononçais une phrase. Même si elles ne m'entendaient pas vraiment, elles pensaient – et l'on voyait bien avec quelle certitude – me connaître, m'avoir percée à jour à travers ces bribes de phrases. C'étaient des connes, de ce genre de bien-pensantes coincées qui ne cherchent qu'à exciter les hommes pour mieux les traiter de porcs, qui minaudent sous les bords rabattus de leur voile. Si j'étais journaliste, je ne me priverais pas d'écrire des billets d'humeur sur ces cruches qui font un dégât considérable. Nadir me demandait quels étaient mes buts dans la vie, ça, c'en est un. Quand même ! Pourquoi ce pays a-t-il l'air si épuisé ? Ce sera une partie importante de mon voyage de pouvoir répondre à cette question, d'autant plus que s'il ne s'agit que de la surface des choses. Est-ce que la fin de l'influence d'un pays peut se mesurer sur les visages, dans la coupe des vêtements, l'abondance des repas, la surface des logements, la qualité des jardins, le rythme général de la vie quotidienne et ordinaire ? Y a-t-il un schéma général tel une empreinte génétique, qui marquerait la totalité des activités et des réalisations, la psychologie comme la vie sexuelle, la vigueur des appétits comme l'intensité des renoncements ? Mon Dieu, donne-moi la force de m'approcher de ce peuple étranger, donne-moi la force de déchiffrer leurs mystères et de comprendre les miens, les nôtres !

12

Révolte

Je voudrais te dire que je n'ai jamais eu peur de toi car tu n'as jamais cherché à inspirer la crainte. Je ne sais pas s'il faut le regretter, mes amis mentionnent parfois les accès d'autorité de leurs parents, une pression si fortement exercée sur eux qu'ils songent à fuir leur famille définitivement, à rompre avec ceux qui les ont mis au monde. Par contre, tu as bien su transmettre le respect des choses de l'esprit, de la matière intellectuelle qui fascine tant l'humanité, même si en général cette dernière fait des efforts héroïques pour échapper à sa tyrannie.

C'est ce dernier point qui me retient de trop développer mon exposé : j'ai l'impression que, même par écrit, je n'arriverai pas à rassembler mes esprits ni à formuler clairement ma dette envers toi. Mais tu connais l'ingratitude des enfants, toi-même tu en as fait l'expérience... À l'époque où nous vivons, nous devrions tous écrire des messages à nos parents : aux pères déchus de leur rôle et aux mères qui se chargent d'assumer les deux parties, désormais. Chacun voudrait être un tyran bienveillant, et personne n'y parvient tout à fait. Ce qui explique, d'une certaine manière, que notre monde est si déséquilibré. Un peu fou, aspirant sans cesse à dominer, écraser...

J'hésite entre écrire deux lettres ou en rédiger une seule, commune à vous deux : après tout, je suis née de vous deux, même si j'ai jusqu'à présent choisi de ne m'en prendre qu'à Fulya, ma mère.

Tu ne perds rien pour attendre. Cela fait bien longtemps que j'aurais dû te présenter ce bilan mais ce n'a été possible qu'une fois loin de ce pays, une fois livrée au magnifique isolement de l'étranger. Enfin confrontée à moi-même et à ton passé.

Tu es mort, ce qui m'évite de te tuer en pensée. Mais non, cela ne fait que répéter cette action car il faut mourir plusieurs fois. En réalité, ton autorité rayonnait d'une autre manière : à table, tu ne donnais guère d'instructions. Concernant ma conduite quotidienne il n'y avait pas de recommandations. Pour mes choix vestimentaires, tu laissais à peine échapper un regard désapprobateur. C'est une chose encore plus douloureuse. Un moment, j'ai pris cela pour de l'indifférence, puis j'ai commencé à imaginer que c'était ta manière de me critiquer discrètement mais efficacement. En fait, ce que l'on pourrait appeler ton système pédagogique a touché juste : je n'ai échappé à aucune prise, je suis le résultat de ton éducation et de mon obéissance. Tu n'exigeais pas le silence ni l'approbation, encore moins la soumission que de nombreux pères obtiennent sans même la réclamer, mais tu finissais souvent par atteindre le but que tu t'étais fixé. Il faut dire aussi que tu ne recourais jamais à l'injure ni aux mots grossiers. Tu les réservais à d'autres – peut-être parce que j'étais une fille. Devant ton autorité, j'ai quand même eu beaucoup de mal à garder confiance en moi.

Je t'ai qualifié de tous les noms, je t'ai attribué autant de qualités que de défauts, les ai attribués à ta génération, à ton métier, à ton attitude envers ma mère : j'ai cru que ton égoïsme et ton indifférence étaient purement masculins. Après t'avoir trouvé exceptionnel, je t'ai trouvé mesquin et lâche. Bien entendu, je m'attache d'autant plus à ces traits de caractère que je te ressemble...

Bien que tu n'aies rien dit, je sais que tu n'aimais pas les amis que je ramenais à la maison : tu les trouvais trop barbus ou trop voilées, des coqs bruyants et des poules timorées, c'est comme cela que tu les nommais. Je me sentais mal en ta présence car tu les tolérais, mais tes reproches muets me mettaient vraiment en porte-à-faux : j'aurais voulu que tu sois communicatif comme certains parents, que tu montres un peu d'enthousiasme. Après tout, ces jeunes n'étaient pas encore arrivés à maturité. Et il ne faut pas trop leur en vouloir.

Tu m'as reproché d'être indifférente et méchante, mais ton jugement a commencé à peser sur moi : tu penses n'avoir aucun tort, bien sûr. Tu sembles oublier que je te ressemble, beaucoup même. Nous sommes semblables et ce que tu critiques en moi n'est que ta part d'incompétence et de faiblesse. Je souffre, et tu ne peux imaginer à quel point, de tes préventions qui me semblent concentrer toute l'injustice du monde. Et puis, le reproche permanent, ce n'est pas une façon de communiquer entre nous, nous pouvions espérer mieux.

Je n'étais pas une enfant timorée et comme, en plus, j'étais assez têtue, j'ai peut-être été difficile à diriger, mais cela a volé en éclats car tu es mort. Je suis sûre que tu serais content de moi, je vais poursuivre ton travail. Je te le dis car je ne pense

pas que ma mère puisse comprendre ça. Et je vais te surprendre : je me demande si mon voile et ma culture musulmane – selon toi un handicap – vont résister au séjour en Europe. Je crois que oui et même qu'ils me serviront.

Toi, tu as d'abord cherché à t'inscrire dans une démarche scientifique : c'est ce que j'ai découvert dans ton Journal et cela m'a surprise car le souvenir que je garde de toi et qui concerne finalement surtout tes années de maturité est celui d'un homme plutôt artiste, parfois fantasque, aimant les volutes et les longues rêveries de la musique ottomane, pas un amoureux de la science comme l'envisagent les Européens ou nos modernistes. Pourtant tu n'étais pas un être dénué d'exactitude.

J'ai cru déceler, au fur et à mesure des pages tenues sur ton séjour en France, que tu ressentais une grande antipathie pour le jargon. Ce qui a dû te sembler rassurant car, présentant tous les caractères de la science, il a fini par s'user, se défaire en autant de fragments incompréhensibles. Tu ne parvenais pas à mobiliser ces mots pour bâtir ta réalité. Et c'était bien naturel : elle était plus complexe que ce que ces mots pouvaient exprimer, élaborés par des chercheurs occidentaux du genre dominant et sans connaissance approfondie des langues étrangères. Mais cette prise de conscience ne te fut pas de grand secours, au début : il fallait tout refonder en allant à contre-courant. Cette tâche titanesque, bien en accord avec ton tempérament, tu l'as entreprise dès la deuxième année de ton séjour, et cette simple réflexion sur la science et sur toi, en tant qu'individu à la recherche de quelques vérités, avait des allures de révolution !

Tu ne peux pas savoir comme tu me manques, tu ne le sauras jamais. Moi aussi je veux comprendre ces étrangers : mais je suis plus audacieuse que toi, je veux aussi qu'ils me comprennent. La seule chose qui paraît compter dans l'éducation que tu m'as donnée, c'est l'apprentissage du français. Savais-tu déjà que j'en aurais besoin pour lire ton journal et les essais ? C'était certainement un élément essentiel pour toi. Les manifestations de ta vitalité m'ont mise en danger : comment prendre son envol quand une figure pèse trop lourd ? Et puis, la vitalité, cela ne devrait-elle pas être notre prérogative ? Je n'ai pas encore pris le temps de te parler de cette sœur que j'ai quelque part en France. Moi qui ai grandi comme enfant unique, choyée et soumise à l'univers étroit d'un couple assez mal assorti – pardonne-moi, mais maman n'était pas faite pour un homme comme toi ! –, j'aurais voulu être entourée de frères et sœurs. Tous mes amis dont la famille est nombreuse vivent mieux que moi, se révèlent plus heureux malgré l'agitation et la dissolution de l'affection dans le nombre d'enfants. Mais peut-être as-tu réservé une part de ton amour (assez fluctuant selon les périodes) à cette autre fille que tu as eue en France, une fille inconnue et volontairement ignorée. J'ai l'impression de reprendre ton flambeau : c'est moi désormais qui vais renouer avec cette habitude, cette fidélité qui a dû largement t'occuper mais que tu n'as pas pu honorer. Simplement, j'admets que je n'ai pas été très avisée en ce qui concerne le mariage, je n'ai pas su reconnaître l'importance que ce geste pouvait avoir.

De la même façon, tu ne m'as jamais poussée à prendre un travail, tu semblais considérer que cela pouvait attendre et moi je manquais d'idées sur le sujet. Le travail, vu à travers tes yeux, c'était plutôt une longue recherche de soi, en s'appliquant à un sujet donné, dans laquelle on pouvait occasionnellement gagner sa vie. Le travail, tu l'avais placé tellement haut qu'il perdait toute réalité : c'était un thème, un mot qui occupait une place importante dans la vie quotidienne et même dans le schéma général d'une vie. J'en reviens au mariage : la vie en commun, j'ai l'impression que tu ne l'as jamais envisagée pour moi. Le choix des jeunes hommes qui m'intéressaient te laissait tout à fait indifférent. J'aurais aimé que tu les critiques, que tu leur refuses l'entrée à la maison. J'y vois une forme de mépris, même si tu affirmais toujours te soucier de mon bonheur : bien entendu, tu ne l'aurais pas formulé ainsi.

Je suis sûre que tu te souviens de Simone de Beauvoir : il y a maintenant d'autres femmes comme elle en Asie, en Afrique, et elles ont pris leurs distances avec l'idéal de ces années d'après-guerre. Le message reste intact mais la manière a changé : je les observe à Paris où je suis depuis deux mois, je compte y rester jusqu'en septembre. Mais je brûle de m'installer au large, en province. Comme toi, toucher du doigt la réalité du terroir, voir les autochtones que la Grande ville, la mondialisation, le cosmopolitisme n'ont pas dévoyés. Je t'écrirai encore des lettres. Je redessinerai à ma manière la carte de notre oncle Chakir : un long contournement de l'Europe, ce mince pointillé qui reprend l'itinéraire du bateau d'Istanbul à Leningrad, en cabotant à mon rythme. Tu sais, je me suis dit que je pourrais tenir un journal. Beaucoup l'ont fait, cela me tente, mais l'entreprise me paraît aussi absurde, voire idiote. Un journal de plus, les lamentations et récriminations, les rêveries amoureuses d'une jeune fille ! Je vaux quand même mieux que cela : j'ai envie de réfléchir sur le monde qui m'entoure au lieu de me consumer dans les petits troubles du moi, fouiller ma personnalité encore embryonnaire – pour y trouver quoi ? Quand je pense à mon fiancé qui prenait aussi un air inquisiteur pour analyser mes problèmes ! Il ne faisait que m'espionner sous couvert d'assistance, de sollicitude. Je n'ai pas besoin d'un censeur de plus. Je veux mettre ma curiosité et mon enthousiasme au service des autres, comme tu l'as fait en ton temps. Pourquoi as-tu renoncé ? Je n'arrive pas à comprendre ce tournant dans ta vie, d'autant plus que tu nous as dissimulé ces volte-face et que tu inspirais autre chose : une ligne de force, une morale et des principes, parfois modérés par l'ironie. Mon Dieu, pourquoi as-tu renoncé ?

Remerciements

L'idée qui préside à l'origine d'un texte se perd souvent dans les méandres du passé : pour ce roman néanmoins, j'ai le souvenir clair d'une sollicitation du poète et romancier Abdelwahab Meddeb. Il s'agissait de contribuer à un dossier sur *L'Étranger* en 1999, et le directeur de la revue *Dédale* imaginait sans doute que le sujet avait de quoi susciter des images chez certains d'entre nous, postés à la croisée des mondes. Question concrète, sociologique et géographique mais aussi ontologique, elle se mit à m'obséder et je passai d'un projet de fable philosophique intitulé « Sur cet étrange rivage » à une incarnation plus romanesque à travers un personnage d'ethnologue turc venu étudier les étranges populations françaises. Le cheminement est parfois long pour aboutir à l'écriture d'une idée pourtant simple : quels que soient les efforts déployés, la durée et l'ampleur de l'enquête dans le cas de notre narrateur, il faut admettre que l'on ne connaîtra jamais vraiment l'Autre, on s'en approchera tout au plus. Qu'importe ! La responsabilité humaine consiste surtout à développer son empathie et à forcer son optimisme. Ce qui n'est pas rien.

Merci à la Maison internationale des écrivains et traducteurs de Ventspils (Lettonie) où j'ai séjourné en août 2019. Les conditions idéales de retrait du monde y sont réunies par Ieva Balode, la directrice. C'est encore grâce à elle qu'un chapitre de ce roman a pu paraître en letton début 2020. J'aimerais également remercier Emmanuelle et Justine Collas, mes deux éditrices, ainsi que Sophie Bagur et France Collas, qui ont permis de faire exister ce texte en français.

Titres
parus
**aux Éditions
Emmanuelle
Collas**

Djaïli Amadou Amal
Les Impatientes
Marie Bardet
À la droite du père
Babylift
Anouar Benmalek
L'Amour au temps des scélérats
Sikanda de Cayron
Le Sang des rois
Selahattin Demirtaş
L'Aurore
Et tournera la roue
Pauline Desnuelles
200 mètres nage libre
Khalil Diallo
L'Odyssée des oubliés
Dora Djann
Ouverture à la française
Cathy Galliègue
Et boire ma vie jusqu'à l'oubli

Walid Hajar Rachedi

Qu'est-ce que j'irais faire au paradis ?

Zadig Hamroune

Le Miroir des princes

Nâzım Hikmet

Lettres à Taranta-Babu

Sabrina Kassa

Magic Bab el-Oued

Omar Khayyâm

Quatrains à odeur de vin et de rose

Sema Kılıçkaya

La Langue de personne

Marc Lepape

Seules les montagnes dessinent des nuages

Timour Muhidine

La Fille de l'ethnographe

Mutt-Lon

Les 700 aveugles de Bafia

William Navarrete

Vidalina

William Navarrete et Pierre Bignami

Le Tour du monde en 80 saveurs

Prajwal Parajuly

Fuir et revenir

Grażyna Plebanek

Furie

Cet ouvrage
a été achevé d'imprimer
en février 2022
sur les presses
de Normandie Roto Impression s. a .s.,
à Lonrai,
en France
pour le compte
des éditions Emmanuelle Collas.

Nº d'éditeur: 24
Nº d'imprimeur: 2200394
ISBN: 978-2-490155-15-6

Dépôt légal: février 2022